MM/74

GROTE MARNIXPOCKET

Ward Ruyslinck
De heksenkring

MANTEAU
BRUSSEL & DEN HAAG

Copyright Ward Ruyslinck, Pulle, 1972
Omslagontwerp Robert Nix / Alje Olthof
Vijfde druk 1975
D 1975 0065 75
ISBN 90 223 0344 6

Als er iemand is die een beetje mag knoeien met de werkelijkheid zonder dat het hem kwalijk wordt genomen, dan is het ongetwijfeld de romanschrijver. Het is eenvoudig een onbetwist recht dat hem toevalt. Hij moét eigenlijk de gelegenheid krijgen om wat te 'knoeien' — d.w.z. om de achtergronden wat bij te kleuren, om bepaalde feiten in een andere perspectief te brengen, om bestaande figuren een andere identiteit te geven of omgekeerd, om bestaande namen te gebruiken bij het creëren van denkbeeldige figuren — omdat de roman nu eenmaal aan andere wetten gehoorzaamt dan bijv. de reportage. De geloofwaardigheid is in een roman ten slotte belangrijker dan de naakte, onverbiddelijke werkelijkheid, waarschijnlijk omdat de naakte, onverbiddelijke werkelijkheid nooit helemaal geloofwaardig is.

Het zou natuurlijk verkeerd zijn uit deze beschouwingen te willen afleiden, dat dit boek meer 'Dichtung' dan waarheid bevat. Ik heb getracht de Argentijnse realiteit van vandaag zo dicht mogelijk te benaderen en daarin zoveel mogelijk controleerbare historische, sociale en politieke informatie te laten doorstromen. De meeste gebeurtenissen hebben zich werkelijk voorgedaan zoals ze in het boek beschreven of zijdelings vermeld worden, en de meeste figuren heb ik tijdens mijn verblijf in Buenos Aires en enkele bezoeken aan de 'villas miserias' persoonlijk leren kennen. Wel heb ik, om vrienden en bekenden te vrijwaren voor de gevaarlijke nieuwsgierigheid van de Argentijnse autoriteiten, bij de organisatie van mijn materiaal de rollen enigszins anders moeten verdelen, van vreedzame en loyale bur-

gers 'insurgentes y recalcitrantes' (opstandige en weerspannige elementen) en verklikkers moeten maken, apolitieke buitenlandse armenpriesters moeten laten doorgaan voor revolutionaire priesters, enz. Van de geest van samenzwering tegen het heersende regime, die de gesprekken en gedragingen van de padres Gustavo (alias Gustaaf V.R.) en Rodolfo (Ricciardelli) schijnt te beheersen, kunnen juist deze twee priesters allerminst verdacht worden, en wanneer padre Gustavo op zijn beurt het slachtoffer wordt van de politieterreur, dan zal de lezer wel begrijpen dat ik hèm ter wille van de discretie ervaringen heb opgedrongen waarvan andere priesters, wier namen hier niet prijsgegeven kunnen worden, helaas niet meer kunnen getuigen. Juan Carlos Arevalo, de achtenswaardige en gedienstige portier van hotel Castelar, zal het mij hopelijk ook niet kwalijk nemen dat ik voor de gelegenheid van hem een vrouwenhater en zelfs een lustmoordenaar heb gemaakt. Verder is mij niets bekend omtrent het feit dat de lieve, jonge journaliste Gilda Marta Ortiz ooit een politiespionne zou geweest zijn, en ik acht het ook uitgesloten dat zij dat ooit zou worden. Dat de beruchte luitenant Albarillo hier voor een andere gevreesde politieofficier staat en dat de 'Brigade', waarover hij als adjudant het bevel voert, in Buenos Aires een andere naam heeft, zal wel iedereen met enige verbeeldingskracht makkelijk doorhebben.

Sommigen zullen in dit boek een priesterroman, anderen een sociale roman willen zien. Wat men er ook in ziet, het zou me alleszins verheugen als ik er in geslaagd was de lezer te vervullen met dezelfde bewondering voor de nederige, dienende, zelfvergeten figuur van padre Gustavo, die mij, de vrijdenker, vervuld heeft tijdens mijn vele contacten met hem. Ik geloof dat het niet misplaatst zou zijn als ik 'De heksenkring' aan hem opdroeg, uit dankbaarheid, omdat hij me door zijn voorbeeld, door zijn persoonlijk en eerlijk 'engagement', heeft leren inzien hoe weinig de be-

grippen 'links' en 'rechts', 'gelovig' en 'ongelovig' (of 'andersdenkend') betekenen tegenover onze gemeenschappelijke plicht om deze wereld bewoonbaar te maken voor àlle mensen van om het even welke gezindheid, overtuiging, huidskleur, rang, stand, afkomst of nationaliteit.

De auteur

Die zondagochtend was padre Gustavo om halfzes opgestaan, een halfuur vroeger dan gewoonlijk. Hij had nog zoveel te doen. Hij wou onder meer het stuk voor 'Nuestra Lucha', dat hij de avond tevoren begonnen was, nog voor de middag afmaken, zodat Rodolfo het kon laten stencilen. Hij was weer eens te laat met zijn bijdrage; hij kon het echt niet helpen, ten slotte was hij geen schrijfbuil, zoals padre Rodolfo of zoals de jonge, heethoofdige padre Paolo die, ondanks zijn proletarische afkomst en ondanks het feit dat hij vier jaar in een Chileense salpeterraffinaderij gewerkt had, zijn gedachten en gevoelens met evenveel gemak en evenveel zwier tot uitdrukking wist te brengen als een geboren schrijver; de 'bijeros' noemden hem trouwens 'el hombre de letras', wat hij zich ongaarne liet aanleunen, omdat hij zichzelf een heel andere rol had toebedeeld in de maatschappelijke revolutie die Latijns-Amerika van de armoede, de honger en het onrecht moest bevrijden; een van zijn typische uitspraken was 'als woorden executiepalen waren, zou ik me met veel plezier eraan laten vastbinden'; hij bewonderde Torres en dweepte met de Tupamaros en, hoewel hij het nooit zo openlijk tegen iemand gezegd had, was het wel duidelijk dat hij meer vertrouwen stelde in het succes van de stadsguerrilla dan in het succes van het Evangelie. Zijn woorden waren in ieder geval geen executiepalen; het waren veeleer de dreigende geweerlopen van een executiepeleton. Hèm, Gustavo, kostte het daarentegen altijd ontzettend veel moeite om een behoorlijke zin op het papier te zetten; na negen jaar Argentinië wist hij nog steeds niet welke creoolse meisjes 'niñas', welke 'chicas' en welke 'muchachas' waren. Hij was maar een gewone armenpriester zonder veel kulturele bagage, de zoon van een eenvoudige Vlaamse betonstaalvlechter – een 'peukjesraper van God' zoals El Cholo eens gezegd had.

Een van zijn eerste ochtendbezigheden bestond er zoals altijd in, de gedroogde klonters modder van de hoge, gummi pamperolaarzen te halen, waarmee hij de vorige dag in de 'bija' had rondgeploeterd. Het regenseizoen was begonnen en de zuidwesterstormen, de suestadas, die de avenidas en calles van Buenos Aires schoondweilden, herschiepen de campo en de villas miserias, de overbevolkte armendorpen aan de rand van de stad, in een afschuwelijke modderpoel. Het was ieder jaar weer hetzelfde, een onvoorstelbare ellende, bij alle andere beproevingen die de honderdduizenden mezquinos in de 'bijas' het hoofd moesten bieden. Nuestra Lucha, dacht hij terwijl hij zijn laarzen afspoelde onder de kraan in de kleine, door eeuwenoude warmoezeniershuizen omsloten patio. Onze Strijd, ja. Als je niet tegen de armoede, de werkeloosheid, de onwetendheid, de wanhoop, de onverschilligheid, de tyfus en de cholera moest vechten, was het tegen de modder. Het was eigenlijk één zure, blubberige brij, die zich laag na laag in de harten en de zielen ophoogde en de liefde, de waardigheid en de levensvreugde verstikte. De wereld bewoog en kraakte in haar grondvesten, dat schreven ze tenminste in de kranten, dacht hij, maar in de 'bijas' was er niets dat bewoog of kraakte; alles en iedereen zonk er heel langzaam in de modder weg, bijna geruisloos, en de bewegende, krakende wereld keek onverschillig toe, niet eens verwonderd.

Hij trok alvast zijn laarzen aan, ging vervolgens zijn duiven voeren – hij had onlangs van een geëmigreerde Vlaamse visser uit Mar del Plata een prachtig koppel zwartgetijgerde Hollandse kroppers gekregen – en wat water koken voor zijn dagelijkse potje maté. Een kwartier later zat hij achter zijn schrijfmachine, een oude ratelende Remington die hij geleend had van Martin Rubio, een van zijn parochianen, een gepensioneerde onderwijzer wiens kleindochter Libertad bij de zusters van de 'Hermanitas de la Asunción', aan de overkant van de straat, 'good European English' leerde. Ongeveer de helft van de letters op het toetsenbord was door veelvuldig gebruik afgesleten en omdat hij voortdurend de juiste positie van de vervaagde en onzichtbaar geworden letters vergat, had hij ze met een restje groene verf van zijn duivenhok weer bijgeschilderd. Het was echter goedkope, slecht aangemaakte verf, die na een tijdje onder de aanraking van zijn warme vingertoppen week en kleverig begon te worden, zodat er telkens groene vlekken op zijn wijs- en middelvinger zaten. De a, de l en de o waren trouwens al helemaal uitgesmeerd.

Hij herlas de zestien regels die hij de vorige avond geschreven had en zoog ondertussen met kleine teugjes de hete, bittere, maar verkwikkende maté door het metalen pijpje op. Het stuk waaraan hij werkte had hij betiteld: 'De vuile nagels van Buenos Aires'. Daarin vergeleek hij de Argentijnse hoofdstad met een bloedeloze hand waaruit het bloed werd weggezogen door de buitenlandse investeringen, de zuidoostelijke 'barrios' met de verkrampte, afstervende vingers van die hand, en de vijf grote illegale nederzettingen aan de rand van de barrios, de 'bijas' Belgrano, Lugano, Luro, Soldati en Devoto, met de vuile vingernagels. Hij vond het een vrij gelukkige beeldspraak; alleen zat hij zich af te vragen hoe hij die nu verder zou kunnen uitwerken. Nadenkend keek hij naar buiten. Het had opgehouden met regenen, maar het zou wel weer een grauwe, kille najaarsdag worden. Zoals iedere zondagochtend was het zo stil in de verlaten Calle Junta, dat je het zachte geritsel kon horen van de afgewaaide plataanbladeren die door de straat voortdwarrelden en zich tegen de roestige hekken om de voortuintjes ophoopten tot dikke, gele herfsttapijten. Zijn gedachten dwaalden af. Negen jaar geleden was hem hier in Flores, een van de 'afstervende vingers', de parochie van de Hermanitas de la Asunción toegewezen. Hij was toen dertig jaar, onervaren en optimistisch, vol vertrouwen in het openbaringsgezag van de Kerk, die hem deze 'belangrijke voorpost van de christelijke beschaving' had toevertrouwd. Geestdriftig had hij, kort na zijn aanstelling, naar huis geschreven: 'Ik geloof dat ik hier prachtig werk zal kunnen verrichten onder de duizenden misdeelden en noodlijdenden die mijn nieuwe parochie telt. Wat ben ik de Heer dankbaar voor de kans die Hij me gegeven heeft om al deze ongelukkige, verdoolde schapen de Blijde Boodschap te brengen waarnaar zij, geloof me, zozeer hongeren.' Sindsdien was hij van de ene teleurstelling in de andere gevallen; hij ontdekte dat de 'belangrijke voorpost' een verloren gebied was, een geestelijk moeras, voor zeventig procent bevolkt door gedoopte katholieken van wie echter slechts drie procent zijn godsdienstige plichten vervulde, met andere woorden drie procent minder dan in de Sovjetunie; hij ontdekte ook dat de 'duizenden misdeelden en noodlijdenden' in feite achthonderdduizend bezit- en rechteloze verworpelingen waren, die zich binnen hun tochtige optrekjes van golfplaten even snel vermenigvuldigden als de vlooien, luizen en schurftmijten die hen gezelschap hielden; hij ontdekte ten slotte dat de honger van de 'ongelukkige, verdoolde schapen' naar de Blijde Boodschap heel wat minder groot was dan hij zich aanvankelijk had voorgesteld en dat de enige boodschap die hen kon verblijden hun zou gebracht worden door wie hun werk en een veilig onderdak beloofde. Zodra hij dit alles ontdekt had, had een vreselijk heimwee naar huis hem overvallen, naar de bitterkoekjespudding met karamelsaus die zijn moeder 's zondags klaarmaakte, naar de schemerige veranda met de vetplanten en cactussen op de vensterbank, naar de vleermuizen onder het rode

pannendak van het vredige, zindelijke huis waar hij, ge-
zalfd en gezegend, op een hete zomerdag was weggegaan,
onder een hemel vol schaapjeswolken, met de zon in zijn
ogen en de trieste blik van zijn moeder in zijn rug. Naderhand was dit gevoel geleidelijk toch weer overgegaan.
'De kudden in de estancias worden oneindig veel beter behandeld dan de menselijke kudden in de villas miserias: de
Argentijnse runderen worden tenminste behoorlijk gevoed,
tijdig gebaad en ontsmet, en bovendien slapen zij in ruime,
hygiënische, tochtvrije en verwarmde stallen', schreef hij
en kwam weer een beetje op dreef. Hij wou juist een nieuwe zin beginnen, toen hij zuster Esperanza uit de poort
van de Hermanitas zag komen en de straat oversteken. Ze
bracht hem zijn zondagsontbijt: een potje koffie en enkele
'lunas', knappend verse croissants die hij echter nooit zelf
opat, maar voor de kinderen van de Italiaanse, Boliviaanse, Peruaanse en Chileense gezinnen in de villa Belgrano
bewaarde. Hij hoorde haar de open gang naast het huis in-
komen en de grendel oplichten. De deur was nooit op slot;
iedereen kon op om het even welk uur van de dag of de
nacht binnenkomen.
'Goedemorgen, padre' zei zuster Esperanza en zette de koffie en de lunas naast hem op de tafel neer. 'U hebt zeker
weer de hele nacht opgezeten?'
'Nee, zuster, nee. De laatste tijd slaap ik overigens weer
wat beter. Ik heb mijn nachtrust nodig, dat word ik maar
al te goed gewaar' zei hij. 'Wat ruikt die koffie heerlijk.'
Hij keek haar glimlachend aan. Haar kleine, ietwat af-
staande kinderoortjes hadden iets aandoenlijks. Ze was ongetwijfeld de vijftig al gepasseerd en dat was haar ook
goed aan te zien, maar sommige delen van haar lichamelijk en psychisch organisme schenen niet meegegroeid te
zijn: haar oren, haar schelle stem, de manier waarop ze
naar wereldse nieuwtjes of commentaren luisterde, met
grote argeloze of verschrikte ogen, alsof ze niet wist dat er

zulke dingen als levensmoeheid, staatsgrepen en prostitutie bestonden. Ook de gretige blikken die ze telkens op zijn lunas wierp, hoewel het haar bij de Congregatie op dat gebied zeker aan niets ontbrak, scheen ze uit een jeugd vol ontberingen te hebben overgehouden.

'U zou uw gezondheid toch beter moeten verzorgen. Zo'n leven kan niemand lang volhouden: een parochie van elfduizend zielen en een uitgebreide armenzorg' zei ze en schonk de koffie voor hem uit, in een van die gedeukte blikken bekertjes waaruit minstens twee geslachten van zusters 'café con leche' hadden gedronken.

'Een parochie van tienduizend negenhonderd negenennegentig zielen: Jorge Donato Aumente is gisteren gestorven' verbeterde hij haar en schrok zelf van zijn cynische opmerking. Als je dagelijks met armoede, ellende, ziekte en dood te maken had, was je wel genoodzaakt er op een bepaald moment afstand van te nemen. Van de dood bijvoorbeeld kon je best afstand nemen door ze te herleiden tot een statistisch gegeven. De dood van de ànderen, dacht hij schuldbewust. Naarmate hij meer mensen zag sterven, kon hij met steeds minder sereniteit en vertrouwen zijn eigen sterfelijkheid onder ogen zien. Vroeger had hij altijd verwacht, dat het juist andersom zou zijn. Maar vroeger had hij ook nooit een mesties zien sterven aan cholera en had hij ook nooit achter de doodkistjes gelopen van twee Paraguayaanse bloedjes die door hun moeder, de vrouw van een zieke 'indio', in een vlaag van wanhoop gewurgd waren. In Vlaanderen was de dood meer in overeenstemming met het beeld dat de Kerk altijd had opgehangen van Gods barmhartigheid.

'Aumente? De baas van de fiambreria? De arme man. God hebbe zijn ziel,' zei zuster Esperanza. De dood was niet een van die wereldse nieuwtjes, die haar met kinderlijke verbazing vervulden. Er was niets waarmee ze zo goed vertrouwd was als met de vier uitersten van de mens. Al wat aan de dood voorafging scheen haar ongeloofwaardig toe, interpreteerde zij blijkbaar als een bedrieglijke vervalsing van de ideale werkelijkheid, die ons pas in de glorie van de Hemelse Troon zou geopenbaard worden. Ten slotte had ze nog gelijk ook, zo hoorde het: dit was 'geloven'.

Ze zweeg even en zei toen zoals elke zondag nadat ze hem zijn ontbijt had gebracht: 'Laat uw koffie niet koud worden.'

'Nee. Dank u wel, zuster.' Hij had graag gewoon Esperanza tegen haar gezegd, maar dat zou ze voorzeker te progressief hebben gevonden. Ze kende het woord 'progresivo' alleen in de oorspronkelijke, minder progressieve betekenis: 'voortschrijdend', bepaaldelijk in de richting van de eeuwige zaligheid.

'U hoeft tenminste vandaag de vroegmis niet te lezen, nu padre Luis hier is.'

'Padre Luis?' vroeg hij verstrooid.

'Ja, padre Luis Rivas van de Avenida Mejico.'

'O, juist. Is hij hier? Dat wist ik niet. Daar ben ik blij om. Ik heb nog zoveel te doen. Ik zal hem straks wel even komen begroeten,' zei padre Gustavo en probeerde het groene verfvlekje van zijn rechter wijsvinger af te wrijven. Hij kon niet verhinderen dat zijn gedachten ondertussen weer begonnen af te dwalen naar de kudden in 'de ruime, hygiënische, tochtvrije en verwarmde stallen' van de estancias en naar het menselijke vee in de enge, smerige, tochtige, onverwarmde varkenshokken bezuiden de stad.

'Muchas gracias' zei hij, toen hij zag dat ze wou weggaan. Maar ze bleef nog even staan bij de deur en luisterde, evenals hij, naar de haastige voetstappen die de gang naast het huis inkwamen. Het was pas kwart over zes, maar noch hij noch zuster Esperanza waren verbaasd over dit vroege bezoek; er was geregeld aanloop in de 'casa del cura', op elk uur van de dag, en vaak ook 's nachts. Ze waren alleen maar nieuwsgierig.

Er werd op de kamerdeur geklopt en padre Gustavo zei: 'Adelante!' Waarschijnlijk had hij niet luid genoeg gesproken, want de deur ging niet open en er werd na enkele seconden opnieuw aangeklopt. 'Adelante!' riepen padre en zuster Esperanza tegelijk. Onmiddellijk daarop werd de deur geopend door een nerveus mannetje van een jaar of vijfenveertig. Hij had een lange, schrale hals en de blik van een kwaadaardige hond, die zich niet door om het even wie zou laten strelen.

'Buenos dias, padre.'

'Buenos dias, Juan Carlos' zei Gustavo. 'Dit is zuster Esperanza, die ken je zeker wel?'

Juan Carlos Arevalo knikte haar vaag toe, mompelde 'buenos dias' en begon onmiddellijk, zenuwachtig en struikelend over zijn woorden, tegen de padre te praten in een overkokende marmelade van Spaans, Duits en Criollo. Zijn mond ging als een helse klappermolen en telkens als hij hakkelde, wierp hij zuster Esperanza een boze, bijna dreigende blik toe, alsof het haar schuld was dat hij niet uit zijn woorden kon komen.

'Ga er even bij zitten en vertel me maar eens rustig wat er nu eigenlijk gebeurd is,' onderbrak Gustavo hem.

Juan Carlos schudde het hoofd: 'No, no.' Hij wou niet gaan zitten, keek schuw om zich heen.

'Wil je een kop koffie hebben?'

'No.' Hij staarde naar het koffiekannetje, bedacht zich toen en zei: 'Si, con mucho gusto, gracias. Schwarz, bitte. Sin leche, por favor.'

Hij bleef met het blikken bekertje tussen zijn handen staan zonder ervan te drinken. Uit zijn verdere woordenvloed kon Gustavo ten slotte opmaken, dat de politie tijdens de afgelopen nacht een razzia in de villa Belgrano had gehouden en verschillende arrestaties verricht had. Arevalo sprak niet van Belgrano, maar zoals alle 'bijeros' van de 'ciudad oculta', de duistere stad. Het was een begrip, zoals 'de Brigade' een begrip was, en 'Jaap de Hond' en 'de Abrikoos' en 'la maleza'. In feite waren dit geen afzonderlijke, op zichzelf staande begrippen; ze vormden samen één enkel, moeilijk te omvatten begrip: de hel van Belgrano.

'Goeie genade' zei Gustavo, 'nu komen ze die stakkerds ook 's nachts van hun bed halen. Wat een terreur. En dan mag je niet schrijven dat dit een politiestaat is.' Hij zag er verslagen uit. 'Wàs het de politie, weet je dat zeker? Of was het de milicia?'

'De politie, padre, ganz gewiss. De Brigade,' zei Arevalo. Hij keerde zuster Esperanza de rug toe en negeerde haar volkomen, ook toen zij het nieuws met een gruwend 'que barbaros' samenvatte. 'De actie werd persönlich geleid door luitenant Albarillo, de duivel hale die stinkende zoon van een ongehoornde geit, permiso, es verdad.'

'Nou, drink je koffie maar eens op,' zei Gustavo rustig. 'Heeft padre Rodolfo jou gestuurd?'

'Si, padre. Ze hebben ook hèm verhört. Ze hebben hem van zijn bed gehaald en ze hebben hem voor maca... macarron gescholden' hakkelde Arevalo.

'Dat valt nog wel mee, soms gebruiken ze grovere scheldwoorden,' zei Gustavo en dacht aan wat ze tegen hem eens gezegd hadden: sifilitico. Het was hun smakeloze manier om je duidelijk te maken, dat ze het recht hadden je te vernederen en te tergen, en als ze er zin in hadden je ook te arresteren en te mishandelen. Ze konden je moeilijk voor 'outcast' schelden, want daarmee deden ze je een excuus aan de hand voor je vijandige en opstandige gevoelens ten opzichte van een maatschappij, die je genadeloos vertrapte; door je echter voor macaroni of syfilislijder te schelden schoven ze een groot deel van de schuld van de maatschappij, die zij dienden en vertegenwoordigden, op jezelf af. Of kon de maatschappij het soms helpen, dat je je een vuile ziekte op de hals gehaald had, dat je een van die luie Italiaanse nietsnutten was die dachten dat ze het Argen-

tijnse volk konden komen uitvreten zonder een slag te
doen? 'Weet je ook wiè ze gearresteerd hebben, Juan Carlos?'
'Ik heb gehoord' zei Arevalo, terwijl hij als een auguur
strak in zijn zwarte koffie keek, 'dat ze Ignazio, de zoon
van Domenico Santucci, verhaftet haben, en Paco Yacallpa, de Peruaan, en zijn vrouw Maria, ja, ook hààr hebben
ze ingerekend, einfach abgeführt. Dios hay en el cielo!'
'Onder de gebruikelijke voorwendsels natuurlijk: politiek
verdacht, geen verblijfsvergunning, ongeldige verblijfsvergunning...'
'Wie immer, ja. Het ongeluk van de descamisado is een
misdaad, padre, en de misdaad van de ricacho is een recht.
Rico ó pinchado, so geht es her in dieser Welt: de rijken
stelen en de armen worden ervoor gehangen.'
'Je hebt gelijk, Juan Carlos. Maar God zal niet eeuwig
blijven toezien, zijn dag zal komen.'
'Cuando?' vroeg Arevalo met een flikkering van opstandige gevoelens in zijn boze, gekwetste blik.
'Wanneer? Tja, wanneer? God kiest zijn tijd, Hij laat de
vruchten rijpen, ook die van de boze,' zei Gustavo voorzichtig.
'Als Hij meester is over de tijd, waarom draait Hij de wijzers van de klok dan niet vlugger voort met zijn almachtige vingers?'
Het was een vraag die nooit gesteld en ook nooit beant-
woord was in de dikke, theologische traktaten die Gustavo
vijftien, twintig jaar geleden in het seminarie doorgewor-
steld had. Het was een van die konkrete, ondubbelzinnige
vragen, waarover de abstracte casuïstiek zich vanuit haar
verheven stellingen nooit diep had kunnen neerbuigen.
Gustavo glimlachte ontwijkend en bleef het antwoord
schuldig. 'Cuando? Porque?' stamelde hij. Hij waagde het
niet, het woord 'mysterie' over zijn lippen te laten komen;
hij had trouwens een hekel aan dat woord, dat wel eens de

zachtmoedige halfzuster van de 'hysterie' zou kunnen zijn. Zuster Esperanza gaf het antwoord, waarnaar hij vruchteloos zocht. 'U zou het waarschijnlijk onvriendelijk van Hem vinden, als Hij dat deed en als u dan zou kunnen zien wat u misschien over twintig jaar te wachten staat' zei ze met een strenge, dogmatische rimpel in haar voorhoofd, dat zonder enige twijfel met haar lichamelijk organisme meegegroeid was.

'De zuster bedoelt...' begon Gustavo, maar hij wuifde onmiddellijk zelf haar bedoelingen weg als een hinderlijk luchtje. 'Daar zullen we later wel eens verder over praten.' Later, dacht hij, als het God behaagt de wijzers van de klok met zijn almachtige vingers heel eventjes stil te zetten. 'Ik had nu graag geweten wie ze verder nog gearresteerd hebben.'

Arevalo bracht de hand naar zijn voorhoofd, in een poging om zich nog andere namen te herinneren. 'Ik heb gehoord, dat ze ook Valentin Mendoza verhaftet haben,' zei hij toen.

Het leek of hij een litanie stond op te dreunen, een vast formulier waarin telkens alleen maar de namen van de heiligen en martelaren varieerden. 'De politie heeft twee zakken cement bij hem gevonden, en ze beweert dat hij die gestolen heeft. Iedereen heeft gehoord, dat ze hem voor puerco ladrón gescholden hebben, voor smerige dief. Solche Gemeinheiten! Mendoza een dief. Da stimmt etwas nicht. Dat weet u best, padre.' De scheldwoorden die ze gebruikten schenen een diepere indruk op hem te maken dan de willekeur waarmee ze arrestaties verrichtten.

'Mendoza, alweer' zei Gustavo. 'Wat hebben ze toch tegen hem? Ik heb de indruk dat ze hem zoeken. Het laatste halfjaar hebben ze hem al driemaal opgepikt, telkens zonder enige ernstige aanleiding.' Hij zag het ronde, domme, goedaardige gezicht van Mendoza voor zich: een van de vele arme 'campesinos' uit de noordelijke provincies, die met hun gezin waren komen afzakken naar Buenos Aires, in de hoop er werk te vinden als 'peon', als simpele onderbetaalde karweiganger. In weerwil van de omstandigheden was Mendoza daar op de een of andere manier in geslaagd: hij werkte gemiddeld tien uur per dag als metselaar of steenbikker en verdiende nauwelijks het zout in de pap van zijn vier kinderen, of zoals hij zelf zei 'de zemelen in de trog voor mijn vier biggen'. Omdat hij vooruit wilde komen en omdat hij zo sterk en zo gezond was als een stamboekstier uit de runderstapel van La Elisa, had hij ook nog de moed en de energie om in het weekeinde en in zijn zeldzame vrije uren een 'huis' voor hem zelf en zijn gezin te bouwen met gekregen of 'gevonden' afbraakstenen en -hout. Hij was daar al meer dan drie jaar mee bezig, elke dag bracht hij een tas bijeengeraapte, ongelijksoortige stenen mee en zo langzamerhand was het vreemde, stijlloze huis met zijn muren als lappendekens van rode en gele baksteen, bruin cordillerasporfier en grauwe zandsteen tot boven de deur- en venstergaten uitgegroeid. De 'casa de Mendoza' verrees in het hart van de 'ciudad oculta' als het geheimzinnige overblijfsel van een oude Inkatempel in een ongezonde, broeierige, rottende wildernis. Het wàs ook een tempel: een privé heiligdom ter verheerlijking van het koppige, menselijke geloof in de toekomst, het primitieve getuigenis van een bescheiden, naïeve heldhaftigheid – de heldhaftigheid van de kleine man die vocht voor zijn bestaanszekerheid, met niets anders dan zijn taaie, buigzame nek, zijn eeltige handen, een troffel en wat Arevalo noemde 'organisierte Ziegel'. Nu had hij blijkbaar ook enkele zakken cement 'georganiseerd' en was hij een 'puerco ladrón'. Arevalo had gelijk: de kleine dief wordt gehangen en de grote door de President ontvangen.

'Ich bin nog nooit verhaftet, jamás' pochte Arevalo. 'Mij krijgen ze niet te pakken, de jakhalzen. Mendoza is niet vlug genoeg, of niet slim genoeg. Waarom maakt hij zich niet tijdig uit de voeten zoals iedereen? Waarom vlucht hij niet de maleza in, el asno?'

Gustavo antwoordde niet. Hij dacht aan Mendoza, aan de jonge 'gringo' Santucci, aan de Peruanen en aan alle andere stakkerds, die waarschijnlijk op dit moment in het hoofdkwartier van de brigade Diego Perro op een rijtje tegen de muur stonden, met opgeheven armen. Het was een van hun beproefde methoden om de 'insurgentes y recalcitrantes', de onruststokers en weerspannigen, tot betere gevoelens te brengen. Soms moesten de onschuldige, bange mannen en vrouwen in die houding naakt tegen de klaagmuur van 'Jaap de Hond' gaan staan, urenlang, 'terwijl hun kleren ontluisd werden'.

'Wat een vreselijke toestand, en we kunnen er eigenlijk zo weinig tegen doen' zei hij. 'Ik ga in ieder geval met je mee, ik zou padre Rodolfo willen spreken.' We mogen het niet opgeven, dacht hij terwijl hij zijn jas aantrok. Het opgeven betekende opgegeven worden, en opgegeven worden betekende in Argentinië, zoals overal elders in de Derde Wereld, doodverklaard worden. In dit land, in héél Zuid-Amerika, werden dagelijks duizenden gezonde, vreedzame, onschuldige mensen doodverklaard, om geen enkele andere reden dan dat zij het ongeluk hadden tot de humuslaag van de beschaving te behoren.

'Als u om tien uur niet terug bent, zal ik padre Luis dan vragen of hij ook de hoogmis wil opdragen?' vroeg zuster Esperanza, die met grote ogen vol ontzetting had staan luisteren, alsof dit gesprek haar het bestaan had geopenbaard van een wereld vol geweld, onrecht en verdrukking. 'Ja, zuster, es usted muy amable' zei hij. Ze zou zeker diep geschokt zijn, als hij zei dat hij op dit moment het lot van de gearresteerde 'bijeros' belangrijker vond dan het sacrament des altaars. Ze zou het ongetwijfeld, en vanuit hàar diepgevroren godsdienstige overtuiging niet zonder reden, als een ketterij hebben beschouwd. Hij had ook niet de moed om haar te herinneren aan de recente verklaring van monseigneur Casaldaliga. Het heeft niet de minste zin, had de Braziliaanse bisschop onlangs in een ophefmakend rapport geschreven, dat de katholieken in Sao Paolo naar de kerk gaan en geld in de armenbus stoppen, wanneer zij hun ogen en harten sluiten voor de mensen die in hun land als slaven worden behandeld en zelfs vermoord.

'Vamos, Juan Carlos.'

Toen ze buitenkwamen, begon het juist te druppelen. De regen viel met nijdige tikken, als insekten die tegen een raam aanvlogen, op het nauwelijks opgedroogde asfalt. Het was een heel eind lopen, naar Belgrano, en Gustavo zei: 'We zullen de bus maar nemen.'

Arevalo liep een tijdlang zwijgend naast hem voort, met vlugge nerveuze passen, en toen zei hij opeens: 'Heb ik u gezegd, dat ze ook señorita Lafaut verhaftet haben?'

Gustavo zag hem verbijsterd aan en ging trager lopen: 'Wàt zeg je? Mademoiselle Lafaut? Hebben ze hààr ook...? Lieve hemel, weet je dat zeker?'

'Volstrekt zeker, padre.'

Als dàt waar is, dacht hij, dan staan die kerels voor niets, c'est la guerre. Hij kon zich Violette Lafaut moeilijk voorstellen als een slachtoffer van de repressie. Het was ondenkbaar dat ze haar, een gediplomeerde maatschappelijke assistente, de vierenveertigjarige dochter van een tandarts uit Orleans, naakt en met opgeheven armen tegen de 'klaagmuur van Jaap de Hond' zouden zetten. Het arme kind. Ze was pas drie weken tevoren in Buenos Aires aangekomen, met wapperend vaandel en met jubelende ogen, ongeduldig om de strijd aan te binden: een reïncarnatie van 'La Pucelle', die in haar geboortestad op een voetstuk van hemelse stemmen stond.

Het begon harder te regenen en weer voelde Gustavo het heimelijke, bijna zondige verlangen naar de zondag in Vlaanderen bij zich opkomen, waar het nu lente was, waar de dagen langer en vrediger waren en zacht knetterend als kleurige paaskaarsen opbrandden in de kandelaber van Gods eeuwigheid. Hij had niet het recht naar vrede en veiligheid te verlangen. Meer dan ooit was hij zich ervan bewust, dat hij de wanhoop en de twijfel en de innerlijke onrust gekozen had. Als de flakkerende, walmende punt van de paaskaars brandde zijn ziel zeer heftig en zeer ongeduldig op in dat andere verlangen: het verlangen om de verdrukten en verguisden te dienen.

Juan Carlos Arevalo zat in de bus naast de Vlaamse priester, die naar scheerzeep en naar zuur beslag rook, die een heel andere wereld dan de zijne uitwasemde, een wereld van zindelijke gewoonten en gedachten. Hij hield zich aan de verdofte, bepoetelde nikkelen stang vol vingerafdrukken vast en dacht aan de tijd toen hij nog nachtportier in het hotel Castelar was, toen hij schouderklapjes en fooien kreeg, in het midden van de drukke Avenida de Mayo ging staan om de aandacht van de taxichauffeurs te trekken en de deur van de confitería openhield voor schonkige bitse Duitsers, luidruchtige Amerikanen, ingetogen Japanners, zwaarmoedige Argentijnen en giechelende, dronken Belgen. Het was de tijd toen hij nog als een mens behandeld werd, een mens van een inferieure categorie weliswaar, een 'subordinado', een knikkende en buigende jabroer, maar dan tenminste toch als een levend menselijk wezen met gevoelens en behoeften. Uit het feit dat ze je een fooi gaven bleek alleszins duidelijk dat ze bereid waren te erkennen, dat ook jij moest eten en drinken om in het leven te kunnen blijven. Sommigen gingen in hun grootmoedigheid zelfs zo ver, dat ze hem behandelden als een 'criatura', een redelijk schepsel in wiens lichaam God zich verwaardig had een ziel te blazen. Niet dat dit hem troostte of gelukkig

maakte, want hij hechtte weinig of geen geloof aan het bestaan van een menselijke ziel, evenmin als hij enig geloof
hechtte aan het bestaan van God. En als Hij toevallig toch
bestond, je kon nooit weten, zag hij geen enkele reden
waarom hij de Hemelse Vader liefde zou moeten 'verschul-
digd' zijn. Omdat Hij ons door Zijn zoon, Jezus Christus,
verlossing uit de macht van zonde en dood beloofd heeft,
zeiden de padres. Maar als de mens zich tot zonde liet verleiden, dan was het toch omdat God hem een zwakke, zinnelijke natuur had ingeschapen – hoe kon je dan iemand
straffen voor het kwaad dat hij deed, als je hem de neiging
tot het kwade zelf had ingeblazen, en hoe kon je dan ook
nog zo wreed zijn om hem de hemel als beloning voor te
spiegelen, als hij het kwaad overwon, de ingeboren neiging
tot zonde? Het was net of je zou een hond een bord met
vlees voorzetten en hem dan bestraffen, als hij probeerde
ervan te eten. Nee, zo achterlijk was hij niet: hoe kon je
zulke dwaze verzinsels geloven? Tegenover de padres deed
hij natuurlijk alsof hij het allemaal wel geloofde; hij gaf
zich niet graag bloot: te veel openhartigheid verzwakte alleen maar je positie. Bovendien waren die buitenlandse
priesters zo wat de enigen die zich werkelijk uitsloofden
om het lot van de verschoppelingen in de 'bijas' te verbeteren, en het minste wat ze als tegenprestatie daarvoor konden verlangen, was dat je hun toch al gekruisigde, vervloekte en verloochende God niet in het gelaat zou spu-
wen.

De bus, een rammelende 'colectivo', stopte even buiten Flores tegenover de nieuwe drugstore, de 'ramos generales' La
Pampa. Er stapten twee Boliviaanse vrouwen op, gehuld
in kleurige ponchos, en een oude 'turco' met een hengselmand waarin twee verkleumde kippen zaten. Terwijl hij
verstrooid naar de oude islamiet keek, zei padre Gustavo:
'Ik heb de indruk, dat jij zuster Esperanza niet mag. Is dat
zo of verbeeld ik me dat maar?'

Juan Carlos knipte zenuwachtig met zijn linkeroog en zei vaag, maar met een hese stem: 'Frauen, na ja... Sie wissen...' Hij wou er nog aan toevoegen 'zusters zijn ook vrouwen', maar hij zweeg, want hij was bang dat hij te veel van zijn gevoelsleven zou prijsgeven. Hij hield niet van God, voor zover die dan bestond, en hij hield ook niet van vrouwen. Zijn diepe, bijna instinctieve afkeer van beiden was even groot, maar omdat hij niet met zekerheid wist of God wel bestond, kon hij zich tegenover Hem een onverschillige houding veroorloven, terwijl hij aan zijn haat tegen de vrouwen, wier bestaan hij nu eenmaal niet kon loochenen, gewoon niet ontkwam. Zelfs zijn moeder haatte hij. Hij kon aan haar alleen denken als aan een vadsig, wellustig wijf met een hanglip en donker haar op haar armen en benen, een kruising van een tochtige koe en een ruige das. Zij was een Wolga-Duitse, die kort voor de oorlog met haar vader naar Argentinië emigreerde en daardoor aan de deportatie ontsnapte. In Córdoba leerde zij zijn vader kennen, een dove Spaanse kapper, een ontwortelde 'gallego', die door heimwee naar zijn geboortegrond verteerd werd en zijn leven lang van zijn olijvendorp op een van de hellingen van de Serrania de Cuenca bleef dromen. Ze was zevenendertig jaar toen ze met hem trouwde en een half jaar na haar huwelijk bracht ze haar enig kind ter wereld: de kleine Juanito. In 1942 verhuisden ze naar San Juan, een welvarende handelspost aan de voet van het Andesgebergte, op iets meer dan honderd mijl van de Chileense grens. Zijn vader opende er een kapperszaak en knipte er gedurende twee jaar, in de schaduw van de eucalyptusbomen op de plaza voor het huis, het haar van duizenden peones, rancheros, bodegueros en contratistas. Wijn- en veeboeren en veeknechts liepen de 'peluquería' in en uit, verkochten in het bijzijn van de dove Garcia Arevalo schunnige praatjes tegen zijn moeder, die toen al een geile zeug bleek te zijn, en maakten, terwijl zijn vader hen stond te scheren, schaamteloos grinnikend afspraakjes met haar. Zijn vader merkte er blijkbaar niets van, waarschijnlijk droomde hij van de viooltjesblauwe hemel boven Castilië.

De bus stopte aan het benzinestation. De twee Boliviaanse vrouwen stapten uit en er stapte een dikke man met slaperige ogen op, die naast de turco ging zitten en tegen hem begon te praten. Padre Gustavo zat bezorgd voor zich uit te kijken en zei niets meer. Hij was een Vlaming, een 'germano', en de 'germanos' waren over 't algemeen heel wat minder spraakzaam dan de 'hispano-americanos'. Dat was Juan Carlos al veel eerder opgevallen; als portier van Castelar was hij met alle mogelijke nationaliteiten in aanraking gekomen.

Hij ging weer aan zijn moeder zitten denken. Op een snikhete dag in het jaar 1944 – hij was toen pas vier jaar geworden, maar hij kon het zich alles nog heel goed herinneren, tot in de kleinste bijzonderheden – nam ze hem mee naar de oever van de Rio San Juan, waar ze een afspraak had met een veel jongere man met mooi, zwart krulhaar en een hete, duivelse blik. Ze zette hem op een rood zwerfblok bij het water neer en beval hem, daar te blijven zitten totdat ze terugkwam. Daarop verdween zij met de duivel in het maïsveld langs de rivier. Hij bleef gehoorzaam zitten, keek naar de draaikolken en stroomversnellingen en luisterde naar de geruchten die zijn moeder en de onbekende man in het hoge maïs maakten. Hij hoorde hen op een vreemde manier lachen, hijgen en steunen, en ertussendoor hoorde hij hen ook allerlei woorden stamelen en roepen, waarvan hij pas veel later de betekenis en de samenhang begreep. Zo herinnerde hij zich dat zijn moeder op zeker moment giechelend uitriep: 'Todavia no, zampatortas!' Hij dacht toen dat die twee samen golosinas of empanadas zaten te eten, of misschien wel iets dat verboden was, want waarom zouden ze zich anders verschuilen in het maïsveld en waar-

26

om zou zijn moeder anders zeggen 'nog niet, schrokkerd'? En terwijl zijn moeder met de duivel zat te eten, steeg opeens een angstaanjagend gerommel uit de aarde op, de hoge toppen van de Cordilleras schenen heen en weer te bewegen en het leek of het water in de rivier werd weggezogen in brede kloven die in de bedding tussen de keien zichtbaar werden. De zon verduisterde en terwijl de aarde met een diep, dof gereutel heen en weer bleef schudden, kwam zijn moeder met een dodelijk verschrikt gezicht en met loshangende haren uit het maïsveld naar hem toegelopen. 'Santa Maria! Die Welt geht unter!' huilde ze en holde als een krankzinnige met hem naar huis. Maar ze vond de 'peluquería' en de plaza en de eucalyptusbomen niet terug: ze waren verdwenen, bedolven onder bergen puin. Garcia Arevalo, zijn vader, behoorde tot de drieduizend slachtoffers van de vreselijke aardbeving, die San Juan de la Frontera bijna volledig verwoestte. Anderhalf jaar later hertrouwde zijn moeder met Jaïme Huerta, een gedrongen, halfkale, norse, blaffende kleine veeboer uit de buurt van Rosario. Zijn stiefvader, die zich Don Jaïme liet noemen, was een bullebak: als hij 'Juan!' riep, snerpte dat als een zweepslag rond zijn oren. Zijn enige conversatie met zijn stiefzoon bestond in een reeks scheldwoorden, die praktisch de gehele Argentijnse fauna bestreken en waarbij hij een opmerkelijke voorkeur betoonde voor parasieten, week- en kruipdieren: slak, vlo, weegluis, worm, sprinkhaan, hondejong... In het begin deed zijn moeder of ze dat niet hoorde, maar na een tijdje begon ze op haar beurt op hem te schelden. Toen hij veertien jaar was, schold hij terug: hij zei 'kwal' en 'stinkende hoer' tegen haar, woorden die hij uit de mond van de peones had gehoord, en hij was gelukkig toen hij haar woede zag, want hij ontdekte nu dat hij haar pijn kon doen, dat hij niet langer weerloos was. Toen hij vijftien was betrapte hij zijn moeder, tijdens de afwezigheid van Don Jaïme, met de 'capataz', de meesterknecht, in de tuigkamer: de knecht lag op zijn rug op een stapel paardedekens en zij zat als een dikke, vadsige gaucho met opgeschorte rok te paard op hem. Het was een weerzinwekkend gezicht zoals ze daar, zwoegend en knorrend, zat te schommelen met haar lillende, blote achterste. De kwijl droop van haar vlezige hanglip op de behaarde borst van de 'capataz' en hij zag dat het donkere haar, dat op haar benen groeide, tot boven haar kruis woekerde. Toen ze 'het hondejong' zag staan, keek ze hem met een blik vol haat aan; ze hield op met hobbelen, bleef met trillende dijen en bezweet gezicht in het zadel zitten en zei schor: 'pak je weg, cazurro, gluiperd'. De 'capataz' richtte zich half op, steunend op zijn ellebogen, en hijgde: 'Als je één woord tegen je vader durft te zeggen, wring ik je nek om als een kuikentje.' Hij zei niets tegen zijn stiefvader, maar diezelfde nacht ontvluchtte hij de 'ranchito'. Hij trok te voet naar Buenos Aires, dwars door de pampa, tweehonderdtwintig mijl ver, vervuld van een diepe haat tegen zijn moeder, die met de duivel vrijde terwijl de aarde onder hun zondige lichamen beefde en scheurde. Een haat, die hij naderhand op alle andere vrouwen overdroeg.

Een honderdtal meter voorbij het rangeerterrein was de weg overstroomd. De colectivo dook, zonder zijn vaart te verminderen, als een onderzeeër in het modderige water, dat aan weerszijden van de motorkap hoog opspatte met het gedruis van een slagzee. De chauffeur floot een chacarera van Leda y Maria en schakelde zijn versnellingshandel met zoveel omhaal van gebaren terug alsof het een spoorwissel was. 'Ole!' riep de dikke man met de slaperige ogen en de chauffeur knipoogde naar hem in zijn spiegel. De papieren prikkelpop op de spiegel, een knipsel uit het een of andere magazine, keek Juan Carlos de hele tijd uitdagend aan.

'Mire usted' kraaide de turco even later, 'un huevo fresco, muy fresco!' Een van de kippen in zijn hengselmand had een ei gelegd en hij toonde het triomfantelijk aan de dikkerd naast hem en aan de chauffeur, die in het midden van de weg stopte en zich omdraaide om het ei te bewonderen. De turco zag er gelukkig uit; het was waarschijnlijk het eerste legsel van zijn pas gekochte kippen en hij was blij dat het in de bus gebeurde, in het bijzijn van getuigen, zodat iedereen kon zien dat hij zich niet miskocht had. Terwijl de chauffeur weer gas gaf, boog hij zich voorover naar de tamelijk jonge, mollige vrouw met mooie, amandelvormige ogen en helblauw aangezette oogleden, die aan de vorige halte was opgestapt, en hij bood haar met oosterse hoffelijkheid het ei tussen zijn duim en wijsvinger aan. 'Wat moet ik daarmee?' zei de vrouw. 'Wil je soms dat ik het uitbroed?' Iedereen lachte, behalve Juan Carlos. Het antwoord van de criolla deed hem denken aan het vocabulaire vol bedekte verleidingstaktieken dat zijn moeder altijd had gebruikt in de omgang met mannen, aan de vulgaire dubbelzinnigheden waarmee zij de schuine grapjes van de wijnboeren en vaqueros in de 'peluquería' beantwoordde, en ook later de opdringerige 'piropo' van de paardeknechts van Don Jaïme.

Het is de schuld van die 'stinkende hoer', dacht hij, dat ik mijn baan ben kwijtgeraakt bij Castelar. Het was een veilige, winstgevende baan, die hij bij wijze van promotie had gekregen nadat hij gedurende vier jaar en zeven maanden tot grote voldoening van de 'gerente' de liftdienst had waargenomen. Voordien had hij trouwens zowat alle karweitjes en baantjes aangepakt die je als ongeschoolde beginneling in Buenos Aires moest doorlopen, als je enige kans wou hebben om van de grond te komen: schoenpoetser, ballonnetjesventer, leurder met loterijbriefjes, telegrambesteller, loopjongen, kelner en taxichauffeur. Hij had zich geleidelijk wat hogerop gewerkt – een baan als nachtportier van een hotel met 200 kamers, een Turks bad, een confitería en een 'salon de fiestas' was al een min of meer benijdenswaardige positie voor iemand met zijn verleden en maatschappelijke achtergrond – toen dat stomme incident zich voordeed. Op een avond kwam zo'n opgedirkt wijf, wie je heel goed kon aanzien wat ze deed voor de kost, het hotel binnenstappen, met een air alsof ze een rechtstreekse afstammelinge was van keizer Montezuma; hij had haar nog nooit gezien, maar hij twijfelde er geen ogenblik aan dat ze een tippelaarster was, die haar stage in de Avenida Santa Fé had gedaan en nu haar operatieterrein verlegd had naar de Avenida de Mayo. Ze stevende recht op de liftdeur af, brutaal als die meiden zijn, maar hij hield haar tegen en vroeg haar niet al te vriendelijk waar ze heen wou. Ze zei dat ze de vrouw was van Señor Alba de Cabrera, kamer 212. Het was het bekende, erg doorzichtige truukje. Hij had echter formele onderrichtingen op dat punt gekregen: geen hotelhoeren, en ook al had de een of andere eenzame, viriele Señor hem, wat wel vaker gebeurde, een royale 'propina' toegestopt opdat hij zijn ogen zou sluiten, hij zou geen duimbreed zijn geweken. Hij pakte dat mens dan ook ruw bij de arm vast en beet haar toe: 'Maak dat je weg komt, snol. Dit is een fatsoenlijk hotel, en geen amueblado.' Haar mond viel open van verbazing. 'Na, los, Scheisshure! Afuera! Eruit!' snauwde hij. Ze verliet ogenblikkelijk het hotel, met driftige passen en een rood hoofd. Het was de eerste maal dat hij een hoer zag blozen. 'Zie je wel!' had hij triomfantelijk gezegd tegen Ramon, de receptionist, 'zo moet je die loeders aanpakken.' Een halfuur later werd hij bij de 'gerente' geroepen. Señor Martinez zag doodsbleek. 'Arevalo' zei hij, 'je bent een stomme ezel, en stomme ezels kan ik niet gebruiken. Je bent ontslagen. Je hebt de vrouw van de Mexicaanse bananenkoning señor Alba de Cabrera, een machtig man en vriend van de Mexicaanse president, een snol genoemd, je hebt haar een blauwe plek geknepen en haar de deur gewezen. Dat is imperdonable. Señor Alba is razend en eist dat ik je op staande voet aan de deur zet. Ik heb hem gezegd dat het waarschijnlijk op een misverstand berust, maar hij wil zelfs je excuses niet aanvaarden.'

De dag daarop stond hij op straat, zonder referenties en zonder onderdak, want hij had de laatste twee jaar zijn eigen kamertje in Castelar gehad, naast de linnenkamer. Hij was één van de miljoenen 'parados': een zwerfhond, op zoek naar voedsel en een onderkomen. Al wat hij daarna probeerde, mislukte jammerlijk. Het was de schuld van zijn moeder: zij had hem op dat steenblok aan de Rio de San Juan neergezet terwijl ze in het maïsveld hoereerde met de duivel, en hij was zijn leven lang op die steen blijven zitten, bang voor het kolkende water, bang voor de aarde die beefde onder zijn voeten, bang voor de geheimen van het leven waarmee zij, die 'verdammte Sau', in al haar schaamteloosheid zozeer vertrouwd was.

De bus vertraagde en stopte op enkele tientallen meter van de ingang van de 'villa Belgrano'. Op de criolla na stapte iedereen uit en de turco kwam met zijn kippenmand naast Arevalo en de padre lopen. Hij had het ei in een smoezelige zakdoek geknoopt, die hij voorzichtig in de andere hand droeg. 'Gaan jullie naar de bija?' vroeg hij en vervolgde zonder het antwoord af te wachten: 'Nou, kijk maar uit. De politie heeft vannacht een razzia gehouden en een stelletje onderduikers ingerekend.'

'We hoeven niets te vrezen, wij zijn geen onderduikers' zei de padre.

Hij was voorzichtig: de Brigade liet zich wat graag inlichten door verklikkers en maakte daarenboven op steeds grotere schaal gebruik van infiltranten en spionnen.

'Het schijnt dat ze ook een van de padres hebben opgepakt,' zei de turco.

De padre schrok. 'Allemachtig, nee, dat is niet waar,' zei hij ontzet. 'Wie dan? Padre Rodolfo?'

'Ik weet het niet. Un padre italiano, un gringo.'

'Dat moet dan Rodolfo zijn,' mompelde padre Gustavo. 'Wat een toestand.' Hij stapte sneller aan, met zijn korte benen en zijn schuifelende tred, de tred van iemand die gewoon was zacht en geruisloos tussen de kerkbanken in het huis van God te lopen. Een toestand, dacht Juan Carlos, hij heeft het bijna altijd over een toestand, een 'situación'. Wat een vriendelijk, onschuldig woord voor iets dat een onvoorstelbare, uitzichtloze verschrikking was.

De verschrikking kwam hen tegemoet, zodra ze het wankele, houten hek en de spichtige, rossig geworden liguster-stekken, die er niet in geslaagd waren een heg te vormen, gepasseerd waren. De villa miseria Belgrano strekte zich voor een groot deel uit over de glooiing van een terrein, dat oorspronkelijk als stortplaats voor de barrio Belgrano had gediend; in plaats van een stortplaats voor huisafval was het nu een stortplaats voor menselijk afval geworden. Als je aan de rand van de glooiing stond en omlaag keek was het of je op het geschubde rugschild van een reusachtig groot, sluimerend gordeldier neerkeek, dat, als je verder naar beneden ging, bleek te bestaan uit de grauwe, zinken en eternieten golfplatendaken van honderden, misschien wel duizend kleine, bouwvallige optrekjes. De primitiefste zagen eruit als verveloze, verweerde wachthuisjes langs een buiten gebruik gestelde buslijn, en de minder primitieve als kleine, donkere varkenskotten. Je had het gevoel of je in een negerdorp aan de rand van de beschaafde wildernis kwam, waar de blanke, rode, bruine en mongoloïde negers gelaten neerhurkten in afwachting van de komst van de Grote Blanke Tovenaar, die in de naburige beschaafde wildernis zijn gloeiende speren smeedde. Vanop de open plekken tussen de verzakte hutten stegen hier en daar, onder de grijze hemel waaruit nu een zachte, doordringende stofregen viel, flarden ijle rook op, afkomstig van een 'asado', een houtskoolvuur waarop de inboorlingen, bij gebrek aan een schaap of een zwijn, hun dagelijkse portie bloedworst en ingewanden roosterden. In de regentijd stroomde de regen in murmelende beekjes, die aanzwollen tot brede gorgelende watervallen, de helling af, tussen de keten door, en herschiep het dorp in een afschuwelijke modderbank, een dikke vette brij waarin je je nauwelijks overeind kon houden.

Ook nu waren de wegen, na de overvloedige regenval van de laatste dagen, zo goed als onbegaanbaar geworden. Padre Gustavo en Arevalo moesten zich voortdurend aan elkaar vasthouden om niet uit te glijden of dieper in de modder weg te zinken. Op sommige plaatsen leken de slijkpoelen op een taai, klef deeg, waarin ze tot aan de enkels wegzonken. Ze moesten vooral opletten dat ze niet per ongeluk in een van de vele verraderlijke afwateringssloten, -greppels of -putten trapten. Zoveel mogelijk bleven ze aan een van de buitenkanten van de weg lopen, waar de grond nog tamelijk hard was, en ze vermeden ook de vaak ondoorwaadbare hoofdlanen, de 'avenidas', die door de paarden, de ezels, de varkens, de karren en de rijwielen gebruikt werden. Door de minder druk begane en bereden kruispaden, de 'calles', kwamen ze makkelijker vooruit. Zelfs deze ellendige slijkdorpen waren ontworpen volgens het planologische principe, dat een groot deel van het Argentijnse denken scheen te beheersen: het principe van de strenge geometrische afbakeningen, de avenidas en calles, waarbinnen de levenden en de doden werden samengeperst. Bijna alle grote steden in dit land vertoonden eenzelfde grondplan, dat te vergelijken was met het rooster van een kruiswoordraadsel; de vertikale lijnen, de avenidas, en de horizontale lijnen, de calles, die elkaar op regelmatige afstanden kruisten, verdeelden de stad in 'cuadras', huizenblokken van telkens honderd vierkante meter. Buenos Aires, Córdoba en Rosario zagen er vanuit de lucht waarschijnlijk als een wafelijzer uit. Ook door hun kerkhoven hadden de Argentijnen, volgens hetzelfde principe, avenidas en calles getrokken. Alleen waren de hoofd- en zijlanen, die om de 'cuadras' van de doden liepen, geasfalteerd en gerioleerd, in tegenstelling met de slijkerige geitenpaden die de verkeersaders van de 'bijeros' vormden. De Argentijnse doden waren in heel wat opzichten bevoorrecht; ze waren tenminste beter behuisd dan de miljoenen levende paupers; hun ruime, waterdichte, tochtvrije verblijven, hun marmeren en vergulde graftempels, waren zelfs voorzien van electriciteit. Die vaststelling had padre Gustavo altijd met ongelovige verbazing vervuld, telkens als hij een van zijn parochianen naar diens laatste rustplaats op Chacarita vergezelde.

Om het houten noodkerkje te bereiken, dat de padres met de hulp van enkele Italianen en een bijzonder vrome Venezolaan hadden gebouwd, moesten ze nog ongeveer vijf minuten ver door de modder ploeteren.

Halverwege gaf Arevalo het op. 'Ik ga de andere kant op, als u mij niet meer nodig hebt' zei hij. 'Ik moet mijn konijnen nog voeren. Hasta la vista, padre.'

'Hasta la vista' zei Gustavo en liep alleen verder.

Tegenover de cantina van de Bartolini's, een kleine winkelbarak van geteerde planken en met een dak van asfaltpapier, waren een drietal mannen bezig de oude, zieke acacia om te hakken. Het gedreun van hun forse bijlslagen deed de flessen met spuitwater en limonade en de bokaaltjes met olijven en ingezuurde mosselen op de uitstalplank van de cantina zachtjes rinkelen, toen Gustavo er langs ging. De acacia was een van de bomen die het het langst hadden uitgehouden. Alles in Belgrano scheen gedoemd om te verdorren en af te sterven: de jonge ligusterstekken, de oude ingewortelde bomen, de hoop, het geloof en de liefde. Alleen de zinnelijke liefde scheen bij tussenpozen telkens weer op te flakkeren, zoals bleek uit het stijgende aantal onechtelijk geboren kinderen. Het lichaam was de heidense god van deze babelse gemeenschap, en je kon het ze ook nauwelijks kwalijk nemen dat zij als rechteloze enkelingen in een illegale nederzetting, die met de normale maatschappelijke regels had gebroken, ook niet langer de regels van het huwelijks- en liefdesleven erkenden die in de beschaafde wildernis golden. Zij leefden in een soort van stamverband, een besloten gemeenschap die haar eigen wetten, rechten en verantwoordelijkheden creëerde.

Toen een van de boomhakkers Gustavo zag aankomen, gooide hij zijn bijl neer en kwam naar de padre toe. 'Buenos dias, Domenico!' riep Gustavo hem van verre toe. 'Is het waar wat ik heb gehoord? Hebben ze je zoon opgepakt?'

Domenico Santucci, een stoere Siciliaanse boer uit de Conca d'Oro, wierp zijn armen met een theatraal gebaar in de hoogte. 'Si, padre. Ignazio, mijn enige zoon. En ik weet verdomd niet waarom. Neem me niet kwalijk als ik vloek als een pagano, maar dat heb ik hier geleerd. Je weet eigenlijk nooit waarom ze iemand oppakken. Ze zeiden dat hij geen verblijfsvergunning had, maar Dios de Dios, niemand heeft hier een permiso. Dan kunnen ze ons allemaal meenemen: 'tutti'!' Hij maakte een wijd gebaar met zijn arm om zich heen. De beide andere houthakkers, een Paraguyaanse 'indio' met een ingescheurde oorlel en een Italiaanse herderszoon uit de Abruzzen, waren op hun beurt naderbij gekomen. Ze luisterden met open mond naar de flinke taal van Santucci en bevestigden zijn woorden met instemmende hoofdknikjes. 'Si, tutti' echode de jonge italiano.

Domenico wiste met de rug van zijn hand de glinsterende regendruppels uit zijn dikke, zwarte wenkbrauwen en zijn grote, zwarte snor en vroeg: 'Denkt u dat ze hem weer gauw zullen vrijlaten, padre?'

'Dat weet ik niet,' zei Gustavo.

'Kunt u niets voor hem doen? U hebt toch ook Cesare Bianchi vrij gekregen...'

'Ja,' zei de Paraguayaan, 'die hebt u ook vrij gekregen.'

'Dat was je reinste toeval. Ze hebben die jongen uit eigen beweging weer vrijgelaten, omdat hij uit zijn neus bloedde. Ze dachten dat hij tyfus had en ze waren bang voor besmetting. Nee, daar heb ik persoonlijk geen verdienste aan,' zei Gustavo nederig, en bij de gedachte aan zijn eigen nederigheid voelde hij zich, merkwaardig genoeg, rustig en sterk en gewapend.

Er waren ondertussen steeds meer mannen, vrouwen en kinderen uit de omstaande krotten om hen heen komen staan, en een ruige, magere hond met schurftplekken kwam aan Gustavo's knieën snuffelen. Overal waar hij of een van de andere padres zich vertoonden, deden zich dergelijke samenscholingen voor. Iedereen klampte zich aan hen vast, in de overtuiging dat zij als priesters boven de wet stonden, dat zij als vertegenwoordigers van God het onheil konden afwenden. Het feit, dat reeds zestien priesters in hechtenis genomen waren en zeven uitgewezen, scheen geen invloed te hebben op die overtuiging.

'Waarom moeten ze onze jongens en onze mannen weghalen, die geen vlieg kwaad doen?' zei een van de omstaande vrouwen, een bejaarde mulattin met harde ogen. 'Waarom sluiten ze zo'n vieze kerel als die Gomez, dat brutale bezopen varken dat onze chicos lastig valt, niet op? Nee, die laten ze lopen!'

'Ja, waarom sluiten ze die dronkaard en die knapenschender niet op?' zei de 'indio' met zijn ingescheurde oorlel en spuwde op de grond.

Porque, dacht Gustavo ook nu weer. Hoe kon hij het onheil afwenden, als hij nog niet eens het antwoord wist op een eenvoudig 'waarom'?

Rocco Bartolini en zijn vrouw Lorenza, de Genuezen die

de cantina hielden, waren eveneens nieuwsgierig naar buiten gekomen en Rocco riep met zijn operatenor over de hoofden van de anderen heen: 'U weet toch, padre, dat ze ook de padre chileno hebben opgepakt? Gisteravond al, ze stonden hem op te wachten aan de bus.'

Het was dus Paolo die ze te pakken hadden gekregen, en niet Rodolfo. Ze hadden hem waarschijnlijk al lang in de gaten, de vurige voortvarende Chileen, die de evangelische waarheden hanteerde zoals een gaucho de boleadora.

Ze begonnen allen door elkaar te praten tegen hem, op heftige toon en met opgewonden gebaren, terwijl de kinderen op hun blote voeten door de modder liepen en met de schurftige honden speelden. 'We zullen zien' zei hij telkens weer, om ze gerust te stellen. 'We zullen zien wat we kunnen doen. Ik moet eerst overleg plegen met padre Rodolfo. Hou jullie zolang maar rustig.'

Terwijl hij van ze wegging, bij elke stap voorzichtig zijn laars uit de zuigende modder optrekkend, vroeg hij zich af wat Paolo tegen ze zou gezegd hebben. Hij zou voorzeker niet gezegd hebben: we zullen zien, hou je maar rustig. Waarschijnlijk zou hij ze een abrazo gegeven hebben en tegen ze gezegd hebben: 'een Frente Amplio, een breed front zoals in Uruguay, met of zonder de Tupamaros, is de enige oplossing.' Of misschien: 'Tel de dagen, wees ongeduldig. Je zult niet meer zovéél dagen moeten wachten op de nieuwe revolutionaire maatschappij als er franjes aan de epauletten van hun gala-uniformen hangen.' Hij gooide kissende en knetterende woorden op het smeulend vuur van hun opstandige gevoelens; hij onderhield hun ongeduld als een asado, die door de regen dreigde gedoofd te worden. Ze begrepen wel niet altijd waar hij heen wou, vooral niet in zijn politieke uiteenzettingen, maar ze voelden instinctief aan dat wat hij wou hetzelfde was als wat zij wilden.

Toen hij een meter of twintig voorbij de cantina was, ving hij in zijn rug opnieuw de galm van de krachtige bijlslagen op en hij begreep, dat Santucci zijn woede op de oude, zieke boom uitwerkte. Als zijn woede helemaal uitgewerkt was, zou hij er ook nog een flink voorraadje hout voor de komende winter aan overhouden.

In het voorbijgaan liep hij even aan bij de vrouw van Mendoza. Zij was een paffige, lelijke vrouw met een ongezonde, gele huid en met verwonderlijk hoge, ronde en fijne wenkbrauwboogjes, bijna penseelstreepjes, die niet bij haar gezicht hoorden, maar bij het gezicht van een verzorgde, mondaine vrouw. Ze leefde met haar vier kinderen, zes kippen, een eend, twee honden, een nest jonge honden en een kat in een schemerig, benauwend kruiphol, waar zwermen vliegen begonnen te zoemen bij de minste beweging die je maakte. De salamiworsten, die naast het rookgat hingen, zagen zwart van de vliegen en een vlaggenguirlande van wasgoed hing boven de bultige slaapzakken te drogen. Onder de salamis hing een berookte heiligenprent: Onze Lieve Vrouw van Guadalupe had de zwarte sluier aangenomen.

Toen Gustavo haar moed wilde inspreken, begon ze te huilen en nam ze zijn hand vast. Hij dacht dat ze huilde omdat Valentin gearresteerd was door Albarillo, de Abrikoos, maar toen zei ze opeens: 'Nu zal het huis nooit af raken.'

Hij begreep hoe belangrijk dat huis voor haar was, en omdat hij er niets tegenover kon stellen, niets dat even belangrijk of belangrijker was, vroeg hij: 'Heeft hij die zakken cement werkelijk gestolen?'

'Kun je het stelen noemen, padre' jammerde ze, 'als een arme peon twee zakken cement meeneemt om een huis voor zichzelf en zijn vrouw en zijn kinderen te bouwen, met zijn eigen handen? Als je een veertje uit de staart van een struisvogel trekt, lijdt hij dan kou?'

'Nee, maar als iedereen dat doet wel,' zei hij in een poging om niet te eenzijdig te lijken. Een van de kinderen, een brutale bliksem met grote bijna volwassen handen, prikte met een puntig houtje door zijn broek heen in zijn dij. Hij duwde het jongetje zacht van zich weg, 'ga spelen, Pablito' zei hij en keek toen de vrouw weer aan, die, even afgeleid van haar problemen, opgehouden had met huilen.

'En hoe wisten ze, dat hij die zakken ge... meegenomen had?'

'Ze zeiden tegen hem dat hij het maar beter meteen kon bekennen, als hij die zakken gestolen had, want dat ze het zouden onderzoeken. En toen heeft hij het maar bekend. Denkt u dat dat verkeerd was?'

'Het kan nooit verkeerd zijn, de waarheid te zeggen' zei hij en kwam tot de vaststelling, dat hij alweer bezig was zich vast te praten in wat Rodolfo noemde de dialectiek van de biechtstoel: omdat Mendoza de waarheid gezegd had, zat hij in de gevangenis; als hij gelogen had, was hij nu op vrije voeten en kon hij het huis afmaken voor zijn vrouw en zijn kinderen. Het was dus heus niet zo moeilijk om beloond te worden voor een leugen; je hoefde alleen maar 'nee' te zeggen.

Een ondraaglijk gevoel van moedeloosheid overviel hem en bleef, toen hij zijn weg voortzette door de avenida Rivadavia, zwaar op hem wegen, bijna als een doodzonde. Gods wegen, zowel de modderige en onbegaanbare als de brede geplaveide boulevards, schenen altijd en altijd weer naar ééenzelfde punt te leiden: de twijfel. De boomstompen, die hier en daar uit de modder opstaken, riepen het woord 'stompzinnigheid' bij hem op: de stompzinnigheid van de rijken en machtigen, die dachten dat ze God konden kopen of gijzelen, en de stompzinnigheid van de armen en verdrukten, die dachten dat ze God konden misleiden door hun ellende als excuus in te roepen voor hun kleine, sluwe leugens. En van welke aard was zijn eigen stompzinnigheid? Dacht hij soms God te kunnen 'verdienen' door er eerlijk voor te werken zonder meer, als een peon, een soort van biddende en zalvende en troostende dagloner –

ja, als een zwoegende kameel die behalve zijn eigen twee bulten, zijn parochie en de armenzorg, ook nog de lasten en zonden van de hele mensheid als een zware vracht zoutzakken op zijn rug door de woestijn probeerde te zeulen? Of door met huichelachtige nederigheid en onderworpenheid aan Zijn wil zijn weerzin te onderdrukken voor de schurft van de wereld, die Hij schurftig geschapen had en dus blijkbaar zo bedoeld had, om welke reden ook?

Uit de luidspreker op het dak van de 'capilla', het houten kerkje dat er als een ruw in elkaar getimmerde alpenhut uit zag, schalde hem orgelmuziek tegemoet. Het was een versleten plaat, en ook de geluidsinstallatie deugde niet; alles bij elkaar was het een wonder dat je in het krijsende en krassende geluid, dat uit een oude koffergrammofoon scheen te komen, nog muziek kon herkennen. De mis was uit: in kleine groepjes en met bedrukte gezichten kwamen de 'gelovige' bijeros uit de wierook naar buiten in de regen en de modder. Het waren er ontmoedigend weinig, hooguit een twintigtal: voor het merendeel Italianen, en verder enkele Brazilianen, Peruanen, Chilenen, Bolivianen en de vrome Venezolaan Zorrilla, die eens gezegd had dat hij graag priester had willen worden. Hun aantal verminderde wekelijks op verontrustende wijze, zonder dat hiervoor een redelijke verklaring kon gevonden worden. Tenzij in het overheersende gevoel van ongeduld, waaraan Arevalo uitdrukking had gegeven: dat 'El Salvador', de Verlosser, ondanks alle grootmoedige beloften bijzonder lang wachtte om hen te verlossen. Zijn beloften waren in hun ogen waarschijnlijk zo langzamerhand even onbetrouwbaar geworden als de ijdele beloften van de regering en de syndikaten. Deze afvalligheid, of hoe je het ook moest noemen, was des te opvallender en onverklaarbaarder omdat de 'escuela', het schooltje dat de padres hadden opgericht om de kinderen van de meestal analfabete bijeros te leren lezen en schrijven, zich in een groeiend aantal leerlingen mocht verheugen. Het had dus blijkbaar niets te maken met de padres zelf, maar met de luchtspiegeling die de padres 'Dios' noemden en met de verre, rijke, onbereikbare en onverschillige tante die de padres 'de Kerk' noemden. Ze wisten immers allemaal dat kardinaal Caggiano, het hoofd van de Argentijnse kerk, een steunpilaar was van het meedogenloze regime.

Hij bleef even met Zorrilla staan praten, terwijl de anderen achter de rug van de Venezolaan voorbijgingen en hem toeknikten: 'buenos dias, padre'. Daarna ging hij de kerk in, op zijn kousen. Zijn beslijkte laarzen liet hij buiten aan de deur achter. Zoals daarbuiten in de modder voelde hij zich plots wegzinken in deze veilige ruimte, vervuld met de geur van wierook en van het kersrode, ongeverfde quebrachohout, en terwijl hij daar stond, moest hij er opeens aan denken dat Zorrilla nooit sprak van 'la capilla', maar van 'la barraca de Cristo'. Het was zoveel mooier: de barak van Christus. Hij vond het zo mooi, dat de gedachte eraan zijn moedeloosheid doorbrak: hij glimlachte.

Neergeknield op een van de achterste banken, keek hij naar de pezige, jongensachtige nek van Rodolfo, die op een bank vooraan zat te praten met een man in een rafelige, cacaobruine pull. De nek van de man stond vol zweren. Ze zaten met hun rug naar hem toe en hadden hem niet horen binnenkomen. Hij was geruisloos op zijn sokken binnengekomen en bovendien overstemde de luidspreker, die op het dak van de kerk bleef voortschallen, ieder ander geluid. In die omstandigheden kon Gustavo op zijn beurt evenmin horen waarover zij zaten te praten. Rodolfo had zijn kazuifel nog aan en Gustavo zag tot zijn ontsteltenis, dat hij hem verkeerd aanhad: niet het kruis, maar de kolom zat op zijn rug. Het was ongelooflijk, zoiets kon alleen Rodolfo overkomen. Hij scheen altijd aan andere dingen te denken dan de dingen waarmee hij bezig was.

Na een poosje stonden Rodolfo en de man met de bruine

pull op, ze draaiden zich om en Gustavo keek in het verzopen gezicht met de ruige wangen en de rode, waterige oogjes van Julio Gomez. Het verraste hem Gomez, die nog nooit een voet in de kerk had gezet, hier te zien. Gomez, de dronkaard, de pederast, de bekkensnijder, het schurftige schaap: wat had die hier te zoeken?

Rodolfo legde zijn hand op de arm van Gomez en zei iets tegen hem. 'Het geeft niets, ga nu maar' verstond Gustavo. Daarop schuifelde Gomez met een verlegen grijns tussen de banken door naar de uitgang. Hij keek Gustavo niet aan en mompelde alleen maar een vage groet, toen hij langs hem heen ging.

'Je hebt je kazuifel verkeerd aan' zei Gustavo, zodra Gomez de deur uit was.

'O ja?' zei Rodolfo op die rustige, afwezige toon van hem, die rusteloze gedachten verborg. 'Inderdaad, je hebt gelijk.' Het scheen hem niet zoveel te kunnen schelen. 'Wacht even, ik ga eerst die plaat omdraaien — afzetten, bedoel ik' glimlachte hij. Hij verdween door de zijdeur in het aangebouwde kamertje, dat als sacristie èn als spreekkamertje èn als schoollokaal dienst deed. Hoewel hij geen enakskind was, moest hij zich vrij diep bukken toen hij er binnenging; de deuropening was, als gevolg van een verkeerde berekening, veel te laag gemaakt. 'Ik voel me altijd als een eskimo die zijn iglo inkruipt' had Rodolfo eens gezegd. Het grapje was een vaste uitdrukking geworden onder de padres: die kaarsen? kijk eens of ze niet in de iglo liggen; we zouden eindelijk eens een fatsoenlijk schoolbord in de iglo moeten hebben, en een telraam...

De orgelmuziek, of wat daarvoor doorging, werd afgebroken en het was opeens verrassend stil in de kerk. Je kon het werkende rode hout horen kraken. Rodolfo keerde terug, nog steeds met zijn kazuifel aan, en zei: 'Wat èen nacht, Jesumaria — ik heb geen oog dichtgedaan.'

Hij was de zoon van een Napolitaanse bakker en het kon

louter verbeelding zijn, maar hij had nog steeds het smalle, bleke gezicht van het jongetje, dat zijn vader 's nachts moest bijspringen en het vuur aanmaken onder de oven. Alleen de blauwe schijn op zijn kin liet er geen twijfel over bestaan, dat hij al lang de baardrijpe leeftijd had bereikt.

'Was dat Gomez niet, die daarnet naar buiten ging?' vroeg Gustavo.

'Por supuesto! Je kent Gomez toch, net zo goed als ik,' zei Rodolfo.

'Ik hoop dat je me niet zult wijsmaken, dat hij de mis heeft bijgewoond.'

Rodolfo lachte geheimzinnig. 'Dat heeft hij inderdaad, van héél dichtbij zelfs, en waarschijnlijk tegen zijn zin.'

'Wat bedoel je?'

'Onder het altaar.'

Gustavo zag hem verbaasd aan: 'Onder het altaar? Hoe zo?'

'Ga zitten.' Gustavo ging werktuigelijk op een van de banken zitten en Rodolfo kwam naast hem zitten en zei: 'Tijdens die razzia, vannacht, kwam hij hierheen gelopen, zo bang als een wezel. Hij had gehoord dat ze Paco en Maria Yacallpa hadden opgepakt en hij vreesde dat ze ook hèm zouden zoeken, omdat hij met die indios min of meer bevriend is – más o menos, nou ja: Gomez is niemands vriend.'

'Waarom kwam hij eigenlijk hierheen?'

'Omdat hij nergens anders heen kon. Meestal zoekt hij een heenkomen in de maleza, als er wat ophanden is, maar nu regende het zo hard, dat hij daar onmogelijk de halve nacht kon blijven liggen tussen die bosjes. Nou, en toen–'. Hij sprak bedachtzaam en koos zorgvuldig zijn woorden, als een intellectueel. ' – ik zei tegen hem, dat ik hem onmogelijk hier kon verbergen, want dat ze nu en dan ook in de kerk en in de iglo en zelfs in mijn kamer kwamen rondsnuffelen. Er was tenslotte maar één plaats, dacht ik, waar hij veilig was, waar ze nog nooit hadden gekeken: onder het altaar. Ik zei hem dus dat hij zich daar kon verstoppen, als hij zich koest hield, en blijkbaar heeft hij zich zo koest gehouden dat hij erbij in slaap gevallen is. Nu kun je het misschien stom van me vinden, maar vanmorgen dacht ik gewoon niet meer aan hèm – ik heb vannacht zoveel aan mijn hoofd gehad – ik was het compleet vergeten, dat hij daar zat. Hij moet vast geslapen hebben. Stel je voor, onder het kyrie schoot het me opeens weer te binnen. Ik dacht de hele tijd: zie dat hij er nu onderuit komt... Al een geluk dat hij niet heeft zitten snurken.'

Gustavo kon er niet om lachen. 'Wat een idee' zei hij en kon niet verhinderen, dat er in die woorden een indirect verwijt doorklonk.

'Zo'n kerel als die Gomez...'

'Je bedoelt natuurlijk: een zuipschuit en een pederast onder het altaar. Ja, ik weet wat je bedoelt,' zei Rodolfo, rustig als altijd. 'Ik heb er ook wel even over nagedacht, maar ik ben tot de conclusie gekomen dat zo iemand ook recht heeft op onze bescherming, misschien éérder dan wie ook. Het is trouwens nog het ergste niet. Hij heeft me zijn halve levensgeschiedenis verteld –'. Hij zweeg en keek door het raam achter het altaar naar de regen, die in mistige wolken over de maleza dreef, de woeste braakgrond vol bosjes en kuilen achter de nederzetting. 'Het is een vreemde man. Wist jij dat hij twee jaar in een maté-plantage in Misiones gewerkt heeft?'

'Nee, dat wist ik niet.'

'Nou, je weet wat dat zeggen wil: Misiones, de maté-plantages... Hij heeft er trouwens malaria opgedaan. God, wat hij me alles verteld heeft. Als het niet gefantaseerd is, heeft die vent alleszins een bewogen leven gehad, en tenslotte is hij nog geen vijfendertig jaar. Hij heeft ook ongeveer een jaar onder de Chuncho-Indianen in Peru geleefd.'

'Een avonturier, als je 't mij vraagt,' zei Gustavo en probeerde vruchteloos zijn stem mild en begrijpend te doen klinken.

'Ja. Een man die een groot deel van zijn vele heftige en vaak tegenstrijdige hartstochten heeft opgebruikt tussen zijn twintigste en zijn dertigste jaar. Hij is een van dat soort mensen voor wie het geluk, als je het geluk kunt noemen, onder de bepaling valt die Charles Fournier ervan gegeven heeft: het geluk bestaat erin, zoveel mogelijk hartstochten te koesteren en ze alle te kunnen bevredigen.'

'Twee hartstochten heeft hij dan toch zeker nog niet opgebruikt, de drankzucht en de pederastie' zei Gustavo streng.

Rodolfo wreef nadenkend met zijn hand over zijn blauwe kin. 'Zeg me eens eerlijk: vind je dat het verkeerd is wat ik gedaan heb? Zou jij het niét gedaan hebben?'

Bij die vraag dacht Gustavo aan de vrouw van Mendoza. Het scheen de dag te zijn, waarop iedereen van hem wilde weten of ze iets verkeerds gedaan hadden. Er waren dagen waarop iedereen dezelfde dingen zei of dezelfde vragen stelde; het was bijna als een top-hit: op een bepaald moment hoorde je overal dezelfde woorden, dezelfde deun, en je wist niet waar ze vandaan kwamen.

'Verkeerd? Dat zou ik niet durven zeggen' zei hij. 'Maar als je dan de keus had tussen Paolo of juffrouw Lafaut of zelfs Mendoza en die – die Gomez, dan zou ik waarschijnlijk niet geaarzeld hebben. Ik bedoel niet dat hun leven meer waard is dan dat van Gomez, maar... enfin, je begrijpt wel wat ik bedoel: onder het altaar...'

'Ik had geen keus' zei Rodolfo. 'Paolo hebben ze ingepikt toen hij uit de bus stapte, gisteravond al, een paar uren vóór die razzia. We hebben elkaar zelfs niet meer gezien. En over señorita Lafaut zou ik me maar geen zorgen maken: die is op dit moment in veiligheid.'

'O' zei Gustavo. 'Hebben ze haar al vrijgelaten?'

'Ja, vanochtend om vijf uur. Toen ik hoorde dat ze haar mee opgepakt hadden, heb ik onmiddellijk de Franse ambassade opgebeld, maar daar kreeg ik natuurlijk geen gehoor, op een zondagochtend om vier uur, dat ligt voor de hand, en toen heb ik mijn stoute schoenen aangetrokken en de ambassadeur persoonlijk thuis opgebeld. Het gevolg daarvan was, dat zij een uur later al op vrije voeten gesteld werd, met beleefde excuses.'

'Het is ook een speciaal geval. Zoiets zou je bijvoorbeeld niet kunnen doen voor Mendoza of Yacallpa.'

'Nee, ik kan me niet voorstellen dat je de ambassadeur van Peru 's nachts uit zijn bed zou kunnen halen om de vrijlating te vragen van een arme, ontwortelde Quéchua-indio. Waarschijnlijk zou hij beginnen te giechelen of gewoon ophangen.'

'En waar is ze nu?'

'Hiernaast, in mijn kamer. Ze slaapt. Het arme kind, ze is kapot van de zenuwen. Ik geloof dat zij zich de consequenties van haar besluit, om in de bijas te gaan werken, heel anders had voorgesteld. Waarom sturen ze ons altijd van die romantische zielen, die zich niet overeind kunnen houden in deze porquería?'

'Wat een toestand' mompelde Gustavo. Hij kreeg koude voeten in zijn vochtige sokken en hij dacht, niet zonder enige zelfgenoegzaamheid: koude voeten is een van de geringste ongemakken die je hier kunt lijden. Hij was er helemaal niet zeker van of hij als man en als armenpriester met een lange ervaring de morele en fysische vernederingen, die Violette Lafaut waarschijnlijk doorstaan had, moediger zou dragen.

'Estoy rendido, ik ben doodop' zei Rodolfo. Hij stond van de bank op. 'Wil jij me even helpen mijn albe uit te trekken?' Gustavo maakte met zijn dikke, verkleumde vingers onhandig de singel los en hielp hem het koorhemd over het hoofd uit te trekken.

'Ik kan je wel zeggen' zei Rodolfo, terwijl hij met de albe en de kazuifel over zijn arm in de iglo verdween, 'dat we

binnenkort nog méér narigheid mogen verwachten.'
Gustavo ging achter hem aan, vervuld van bange voorge-
voelens.
'Nog méér narigheid? Wat bedoel je daarmee?'
Rodolfo antwoordde niet dadelijk. Hij was bezig de misge-
waden zorgvuldig, maar met werktuiglijke afwezige gebaren op te hangen over de kleerhangers, die aan een oude, in
de muur bevestigde gordijnroede hingen.
'Wat vroeg je?'
'Ik vroeg wat je daarmee bedoelt: nog méér narigheid?'
'Wel – 't is te zeggen... Ik heb vannacht met Albarillo
gesproken...'
'Is hij hier geweest?'
'Nee, ik ben naar hem toe gegaan. Hij was bezig met zijn
mensen de avenida San Martin te doorzoeken, en hij zei, op
zijn gewone arrogante toon, dat we binnenkort allemaal
zouden worden opgeroepen voor een medisch onderzoek,
naar aanleiding van enkele gevallen van syfilis die hier
onlangs zouden zijn geconstateerd. Iedereen, ook jullie, samaritanos, zei hij met een wrang lachje. Stel je voor,
ook wij zouden aan dat onderzoek onderworpen worden: de
syfilitische Kerk van Argentinië. Zou de bisschop zich ook
dàt laten welgevallen?' Hij leunde op een slungelige manier tegen de muur, waarop enkele kindertekeningen van de
escolares van Belgrano waren vastgeprikt: een rood paard,
een gele hond, een televisieantenne waaraan vreemde
zwarte vruchten als olijven groeiden, en een vrij goed gelij-
kende schets van El Cholo en zijn lama, de Chileense
mesties die tweemaal per week maté en specerijen in het
dorp kwam verkopen. 'Het is natuurlijk weer een van hun
onsmakelijk doorzichtige, zogezegde hygiënische maatregelen. Jij weet evengoed als ik wat ze daarmee voorhebben.
Een syfilisstempeltje op de medische kaart van al wie op
hun lijsten voorkomt: ya está! De patiënten worden voor on-
bepaalde tijd ter observatie opgenomen in wat je moeilijk

een verplegingsinrichting kunt noemen, en dat zal dan de eenvoudigste manier blijken te zijn om de insurgentes y recalcitrantes voor minstens enkele weken, om niet te zeggen enkele maanden, onschadelijk te maken, als je begrijpt wat ik bedoel.'

'Denk je dat? Zouden ze...?' Gustavo voelde zich altijd erg onzeker worden tegenover de welsprekendheid en de rustige overredingskracht van Rodolfo. Het was in het verleden trouwens al vaker gebleken, dat de inzichten en voorspellingen van de Napolitaan niet op losse grondslagen gebouwd waren. 'Aan de andere kant lijkt zo'n maatregel me toch niet helemaal onverantwoord' wierp hij voorzichtig op. Hij dacht aan de losbandigheid, het overspel en de vrije seksuele opvattingen die het zedelijk besef van de bijeros in toenemende mate ondermijnden: hoeveel gezinnen waren er niet, waarvan de kinderen door drie, vier of vijf verschillende vaders verwekt waren? Hij dacht ook aan Natalia Polo, de Portugese jodin, die in Belgrano samenhokte met de verlopen tangogitaarspeler Felipe Paz. 'La Natalia' had een tijdlang als dienster in de jodenwijk Once gewerkt, voordat zij het regiment straathoeren in het Centro ging versterken. Het was algemeen bekend dat zij, waarschijnlijk gesouteneerd door Paz, ook in Belgrano haar oude 'beroep' bleef uitoefenen. Zij 'opereerde' voornamelijk in de maleza, waar zij, zowel overdag als 's avonds, afspraakjes maakte met vurige Italianen en eenzame vrijgezellen, die enkele honderden pesos overhadden voor het twijfelachtige, verschaalde genot dat zij hun gaf. Niemand stoorde zich daaraan. Aan 'het programma', zoals de Argentijnen hun galante avontuurtjes noemden, was in het leven van de 'ciudad oculta' een nog veel belangrijker plaats ingeruimd dan in de beschaafde wildernis: het was een vorm van verdoving, een goedkope en opwindende manier om gedurende enkele uren aan de rauwe werkelijkheid te ontsnappen. In het droge seizoen, tijdens de hete zomeravonden, was 'la Natalia' trouwens niet de enige, die in het gezelschap van een man langs een van de vele liefdespaadjes in de maleza verdween.

'Ik zeg niet, dat ik een tegenstander ben van strenge hygiënische maatregelen' zei Rodolfo, 'maar het moet op een sirieuze manier gebeuren. Het zou geen aanleiding mogen zijn om...' Hij zweeg en wierp een blik op de deur achterin de iglo. 'We kunnen beter maar wat zachter praten, anders maken we haar nog wakker' fluisterde hij.

'Zou je nu zelf ook niet eerst wat gaan slapen?' zei Gustavo.

'Straks, na de middag, zal ik wel de gelegenheid krijgen om een uiltje te knappen,' zei Rodolfo. Hij ging naar de deur, luisterde en deed ze voorzichtig op een kier open. 'O, goedemorgen, señorita. Hebben we u wakker gemaakt met ons geklets? Padre Gustavo is hier. Mogen we binnenkomen?'

'Bien sûr, vous êtes chez vous' zei een ietwat hese, moedeloze vrouwenstem.

'Goedemorgen, mademoiselle Lafaut' zei Gustavo en ging op zijn beurt naar binnen.

'Goedemorgen, padre.'

Violette Lafaut, een tengere brunette zonder enig opvallend vrouwelijk reliëf, zat bleek, verdwaasd en een beetje huiverig op de rand van het bed. Het zag er naar uit, dat ze met haar kleren aan geslapen had: haar bruine rok en haar zeemkleurige blouse waren gekreukt en gerimpeld als voddegoed dat lang in een lappenkast had gelegen. Ze had waarschijnlijk lange tijd door de regen gelopen, want haar haar was nog steeds nat; het plakte als zeewier in klissen aan haar voorhoofd en haar slapen, en het kussen, waarop ze met haar hoofd gelegen had, vertoonde een grote vochtige vlek.

Ze keek Gustavo en Rodolfo met een blik vol doffe ellende aan, en het viel Gustavo ook nu weer op wat een vreemde kleur haar ogen hadden: 'morocho', de paarszwarte kleur van rijpe olijven. Het zou hem niet verwonderen, als er in haar stamboom Moorse ascendenten voorkwamen.

Ze zei niets, ze bleef roerloos op het bed zitten en de zieke glimlach, waaraan ze zichzelf trachtte op te hijsen, leek meer op de wrokkige grimas van een meisje dat urenlang in de hoek had moeten staan voor iets waaraan ze geen schuld had: een mengeling van verongelijkte gevoelens, geschokt vertrouwen en opluchting omdat ze de straf achter de rug had. Ze zag er werkelijk diep terneergeslagen uit; de ervaringen van de voorbije nacht schenen haar geïnfecteerd te hebben. Gustavo herkende haar nauwelijks.

'Hebt u wat kunnen slapen?' vroeg Rodolfo haar.

Ze schudde het hoofd: 'Nee... Na zò iets...'

'Hebben ze u mishandeld?' vroeg Gustavo.

'Niet werkelijk, nee. Niet lichamelijk, als u dàt bedoelt.' Ze staarde met een blik vol vaag, hopeloos verlangen voor zich uit, naar iets dat in de verte schemerde en dat zij alleen kon zien, waarschijnlijk naar de bloeiende boomgaarden aan de oever van de Loire of naar de bronzen, vrouwelijke ruiter op de Place du Martroi, in de schaduw waarvan zij opgegroeid was. Ze haalde diep adem en zei toen: 'Maar je begrijpt het niet. Het zijn sadisten... de vrais sadiques...' Ze bleef die drie woorden herhalen, koppig, alsof ze bang was dat iemand haar zou tegenspreken: 'de vrais sadiques, de vrais sadiques...'

Gustavo sloeg haar verwonderd gade. Er was niets meer overgebleven van haar overmoedigheid, haar zelfvertrouwen, haar geestdrift, haar onstuimige blijheid. Het was alles verschrompeld tot één enkel benauwend en wellicht ongeneeslijk gevoel: datgene wat de porteños 'resentimiento' noemden. Bijna iedereen, die op de een of andere manier in de gore wereld van de villas miserias en haar ziekelijke uitwassen terechtkwam, liep onvermijdelijk kwetsuren op, maar bij de meesten groeiden die kwetsuren na enkele weken dicht tot littekens; bij haar scheen de schok met de nieuwe, onthutsende werkelijkheid een inwendige bloed-storting te veroorzaken.

'Hebben ze u lang verhoord?' vroeg Rodolfo.

'Wat is lang? Een half uur, een uur misschien. Ik weet het niet. Je hebt nergens benul meer van' zei ze, huiverend in haar natte kleren.

'Zou u geen droge kleren gaan aantrekken?' stelde Gustavo voor.

'Ja' zei ze, maar bleef wezenloos zitten.

Het was even stil in het kleine, lege, kale kamertje met de planken muren, dat je de illusie gaf te zitten opgesloten in een groot krat. Een illusie, waaraan je alleen kon ontko-men door naar het bed, het crucifix aan de ene muur en de revolutionaire leus in zwarte sjabloon-letters aan de andere muur te kijken.

Het was of ze alle drie stonden te luisteren naar het zachte, bijna onhoorbare geruis van de regen op het houten dak.

'Una porquería' zei Rodolfo, om de stilte te verbreken.

Toen begon Violette Lafaut, ontwakend uit haar angst-droom, opeens te praten, met een starre blik en op een hef-tige, hijgende, steeds ongeduldiger toon, alsof haar woor-den als een strak opgewonden kluwen touw van een klos werden afgewonden: 'Ik ben geen heilige... non, je ne suis pas une sainte, je vous l'assure... Ik was doodsbang. Ik heb me nog nooit zo misérable gevoeld, zo klein, zo laf. Als ze me gevraagd hadden of ik mijn geloof wou afzweren, of ik me tot het sjintoïsme of om het even waartoe wou beke-ren, ik zou het onmiddellijk gedaan hebben. En het was, geloof ik, nog niet zo heel erg wat ik heb moeten door-staan. In ieder geval erg genoeg, voor een vrouw. Essayez de me comprendre: je suis une femme...' Ze sloeg de ogen op en zag Rodolfo smekend aan.

'Niemand verwijt u iets' zei Rodolfo. 'We weten niet eens wat er precies gebeurd is. Ze hebben u toch niet...?'

'Ah non, mon Dieu' zei ze haastig. 'Dat zou ik niet overleven.' Ze kruiste de armen voor haar borst en legde de handen op haar schouders, alsof ze haar eigen vernederde lichaam wilde omhelzen. 'Ze lieten me neerhurken, met mijn gezicht naar de muur en mijn armen omhoog, comme une putain qu'ils avaient ramassée... Toen ik moe begon te worden, liet ik me op mijn hielen zakken, maar toen kwam er een van die schoften achter me staan en lichtte me met de tip van zijn laars onder mijn zitvlak op, op een heel speciale manier, le cochon, il me caressait, je n'ose pas le dire. Niet op je hielen, snauwde hij. Dat deed hij telkens weer, toen hij zag dat ik op mijn hielen wou gaan zitten, et les autres, ils rigolaient, les salauds. Een van die kerels zei tegen hem, vraiment je n'ose pas le dire...' Ze zweeg, beschaamd, en zat haar eigen schouders te kneden met haar handen. 'Hij zei: trek je laars uit, Pepe, anders maak je haar broek vuil. Ik dacht dat ik het zou besterven van schaamte. En toen... ik was bang, ik was nerveus, en bovendien heb ik een nierontsteking, ik kreeg pijn in mijn lenden en in mijn buik en ik moest zo nodig, maar ik durfde het ze niet te vragen. Mon Dieu, je n'ai pas mal souffert, en iedere keer kwam die vent achter me staan en voelde ik zijn laars tussen mijn benen, chaque fois plus haut, het was verschrikkelijk, ik heb me nog nooit in heel mijn leven zo diep vernederd gevoeld. En toen kon ik het echt niet langer meer ophouden, ik begon misselijk te worden. Ik vroeg ze de permissie om naar het toilet te gaan, en de sargento lachte me uit, hij zei dat er geen toiletten waren. Laat het maar lopen, zei hij en nog een heleboel andere schunnige toespelingen, en toen ik het tenslotte liet lopen, werden ze woedend. Ze scholden me voor cochina sordida en voor ouwe hoer en ze... ze...'

Ze barstte in snikken uit. Gustavo keek hulpeloos en verlegen van haar weg. Hij voelde zich opeens heel belachelijk en heel zielig, zoals hij daar voor haar stond, genegeerd, ongewapend, op zijn beige gestopte sokken, als een deser-

teur, als een soldaat van Christus die zijn geweer had weg-
gegooid. Hij vermeed het Rodolfo aan te zien en omdat er
niets anders was om naar te kijken, staarde hij naar de leus
die tegen de muur was opgehangen: 'Los pastores que cal-
lan solo son dignos de pueblos esclavos!' De betekenis van
die woorden drong slechts traag tot hem door. Ja, dacht hij
toen, waarom schreeuwen wij het niet uit?

Toen ze door het lege kolenmagazijn vol zwarte stofweb-
ben naar de trap achterin ging, moest ze opeens weer
denken aan de dode, vergiftigde kat die hier voor enkele
weken had gelegen, de avond waarop ze haar kamer in gebruik had genomen. Het was een mooie poes geweest, een
prachtig gevlekte lapjeskat met een dikke vacht; ze was
blijkbaar hier komen sterven en ze had met verstijfde
poten, wijdopen glazen ogen en rose schuim op haar snoet
in het kolenstof gelegen als een hoopje bijeengeveegd vuil.
Ze moest daar telkens weer aan terugdenken, haar gevoelens kwamen tegen zoiets in opstand. Ze had nooit kunnen
wennen aan de gevoelloosheid, de wreedheid en de vulgariteit van de mensen, ze gruwde ervan. Meer dan ooit wist
ze wat de menselijke gevoelloosheid, wreedheid en vulgariteit betekenden, na de vreselijke nacht die ze had doorgemaakt.
Ze ging de trap op, zocht op het donkere portaal naar de
schakelaar en draaide hem om, maar het licht ging niet
aan. De lamp was blijkbaar weer eens gestolen; ze haalden
de gloeilampen uit de fitting waar je bij stond. Ze kwamen
er ook openlijk voor uit, ze ontkenden het niet; ze noemden
het echter 'lenen' en niet stelen. Heel Argentinië, dacht ze
soms, bestaat uit dingen die geleend zijn, zelfs de gevoelens.
Op de tast ging ze voort tot bij de deur van haar kamer,

waar ze dank zij het bovenlicht wat beter kon zien. Door een barst in het glas van het bovenlicht drong de regen binnen, zodat er bijna altijd een plasje water op het afgelopen zeildoek voor haar deur lag.

Ze schrok en haar hart ging vlugger kloppen, toen ze op de deur van haar kamer een groen papiertje zag zitten, iets groter dan een visitekaartje. Ze had het gevoel of er een nieuw, veel groter onheil boven haar hoofd hing, een gevaar waarvan ze het bestaan nog niet kende. Angstig ging ze dichterbij en ze haalde opgelucht adem, toen ze zag dat het een verkiezingsplakkertje was. 'Su voto decide: por viejos dirigentes traidores corrompidos o... por nuevos dirigentes' las ze. Het was propaganda voor LISTA 3. Ze wist niet wie Lista 3 vertegenwoordigden en het kon haar ook niets schelen; politiek interesseerde haar niet, ze had er overigens geen verstand van. Ze wist alleen dat politiek een 'saloperie' was en dat ze weinig of niets met idealisme of met constructieve waarden te maken had. Het was blijkbaar zoiets als een opleidingsschool, een 'école supérieure' voor specialisten in de kunst van grove verdachtmakingen. Een aantal woorden in de tekst van de plakker op haar deur leken haar in dit opzicht veelzeggend: 'viejos', 'traidores', 'corrompidos' – afgeleefde, corrupte verraders... Of welke was de juiste vertaling? Ze beheerste het Spaans nog niet zo goed.

Dit is werkelijk Zuid-Amerika, dacht ze terwijl ze naar binnen ging en het papiertje op de deur liet zitten: je hoefde geen duidelijke stellingen in te nemen zoals in Europa, maar je werd niettemin bij een heleboel zaken betrokken, of je wilde of niet; tot zelfs op de deur van je kamer lieten ze je weten wat voor rotland dit was. Ze hoefden het haar niet te zeggen, na wat haar vannacht was overkomen zou niemand haar ervan kunnen overtuigen dat dit onmetelijke, raadselachtige, deprimerende land het aardse paradijs was. Ze had eigenlijk veel zin om meteen haar koffer te pakken en naar Europa terug te vliegen. Alles in dit land bleek zo heel anders te zijn dan ze voor haar vertrek en kort na haar aankomst gedacht had. De eerste dagen was ze zelfs een klein beetje verliefd geweest op Buenos Aires, waarschijnlijk omdat vrij veel dingen haar aan 'thuis' herinnerden, aan Frankrijk, aan Parijs: de hoge huizen in Haussmann-stijl langs de brede, drukke boulevards, de obelisk, en de Parque Palermo, die wel een kopie leek van het Bois de Boulogne, met inbegrip van de vrijende paartjes in de stilstaande auto's. Er was zelfs een 'Alianza Francesa', waar echte Franse pernod gedronken werd en knappe, modieuze vrouwen rondliepen die gekleed waren door Nina Ricci en Yves Saint-Laurent – maar dat had ze alleen maar horen zeggen. Ook in de negatieve zin bleken vergelijkingen mogelijk te zijn, bijvoorbeeld tussen de villas miserias en de Parijse bidonvilles. Maar ze ontdekte al gauw, dat de Parijse sfeer van Buenos Aires maar een dunne laag schmink was op een pokdalig gezicht. De Argentijnse hoofdstad was in feite een kwaadaardig gezwel in een lichaam, dat er uiterlijk gezond en levenskrachtig uitzag. Tot die vaststelling kwam je pas na verschillende dagen, na een week, zodra je de gelegenheid gekregen had om dat ogenschijnlijk sterke, vitale lichaam op zijn heimelijk lijden te betrappen. In Frankrijk, dacht ze chauvinistisch, had de misère ten slotte nog 'un parfum de poésie'; ze tastte de weefsels en de vitale organen niet aan, en ze werd ook niet weggeschminkt.

Ze slikte een van de knalgele tabletjes furandantine tegen de nierinfectie en trok vervolgens droge kleren aan. Ze deed ook haar nog halfnatte broek uit, die stonk naar de urine. Met een vreemde, nieuwsgierige aandacht en tegelijk wantrouwig bekeek ze de grote, bruingele vlek in het nylon; wat ze zag bracht haar in verwarring; ze inspecteerde altijd zorgvuldig haar broek voordat ze schoon goed aantrok en ze wist dat de ongewoon gele kleur voortkwam van het geneesmiddel dat ze innam; het was dàt niet wat haar in verwarring bracht, niet de kleur, wèl de omvang van de vlek: een afschuwelijk gele, bruingerande landkaart, zo groot als haar hand; meestal waren het alleen maar twee, drie kleine vlekjes, van het uitdruppen. Ze had zoiets nog nooit gezien, het gaf haar een paniekerig gevoel, bijna als- of het iets aankondigde dat niet in de Larousse Médical stond, een afwijking, een of ander zelden voorkomend verschijnsel waaraan vrouwen op middelbare leeftijd on- derhevig werden. Maar ze had ook sinds haar zevende of achtste jaar niet meer in haar broek geplast.

Ze stopte het slipje in de kartonnen doos, waarin ze haar vuil goed bewaarde, en vroeg zich af wat haar vader zou denken, als ze hem schreef dat ze het in haar broek had ge- daan, 'comme une gamine'. Zoiets zou ze hem natuurlijk nooit durven schrijven. Ze zou hém zeker nooit durven schrijven, dat ze door de brigade van Jaap de Hond gearres- teerd, verhoord en fysiek vernederd was. Hij zou denken dat ze misschien – ja, wat zou hij denken? Als ze er nu aan te- rugdacht, aan wat er gebeurd was, vond ze het om de een of andere reden zelf al minder erg dan daarstraks. Ze kon er tenminste al gewoon aan denken, zonder schaamte, en zon- der dat onredelijke gevoel van angst voor – nou ja, ze wist zelf niet goed waarvoor. Alleen de gedachte aan die kerel, die haar met de tip van zijn laars had 'bevoeld', bleef haar met weerzin vervullen. Mannen, dacht ze, zijn duiste- re, ondoorgrondelijke, dierlijke wezens. Het was maar beter dat ze er niet meer aan dacht.

Maar ze bleef er zonder het te willen aldoor aan denken, terwijl ze met een handdoek haar kruis droogwreef en ver- volgens de zachte zinkzalf uit het valiesje pakte, dat onder haar bed stond. Ze smeerde met haar vingers de zalf over de rood geïrriteerde huid uit en vermeed daarbij angstval- lig haar schaamlippen aan te raken.

Terwijl ze de zalf liet indrogen, hing ze haar vochtige, verfomfaaide kleren op aan de enige twee kleerhangers die ze bezat. Ze streek met haar hand liefkozend over haar bruine rok. Ze hield van die kleur, en van de rok zelf, die ze voor het eerst had gedragen toen ze met haar vader naar Saint Marceau was gereden, naar die vernissage. 'Caca du Dauphin' had Jacques die kleur genoemd: een modekleur uit de tijd van Lodewijk de Zestiende.

Ze keek door het raam in de sombere, regenachtige calle Catamarca, en een ogenblik leek het of ze iemand anders was, niet Violette Lafaut, de dochter van een tandarts uit Orleans, maar iemand die zich voor haar liet doorgaan: een vrouw met haar gestalte en haar stem, maar met heel andere denkbeelden, gevoelens en verwachtingen. Kon je zozeer veranderen? Wat had ze tenslotte nog gemeen met de goedgeklede, oppervlakkige, bijna luchthartige vrouw, die voor enkele maanden 's avonds op het witte balkon met het zwarte, smeedijzeren hek had staan kijken naar de oranje gloed boven de daken, afkomstig van de schijnwerpers die op de Place du Martroi op 'Jeanne' gericht waren? En die bejaarde vrouw die achter haar rug, onder de lampekap met de groene franjes, samen met soeur Evelyne, een oude vrolijke non met een fluitende adem, een kaartspelletje zat te spelen dat ze zelf had uitgevonden en dat ze 'feu follet' noemde: was dàt haar moeder? Of was het iemand die in haar vorig bestaan een rol had gespeeld?

Alleen als ze aan haar vader ging zitten denken, kwam het verleden plots weer dichterbij als een fragment uit haar eigen leven, kon ze zich weer vereenzelvigen met Violette Lafaut. Ze had waarschijnlijk wat men noemde een vaderbinding. Die blozende man met zijn witte, wollige wenkbrauwen en zijn sinterklaasogen, die zich in zijn vrije uren, na zijn praktijk, in de Byzantijnse beschaving verdiepte en die zijn huis volhing met schilderijen van de 'jeune peinture française', zonder erg veel van kunst af te weten, behalve dan de Byzantijnse: ja, die was wel degelijk haar vader.

Hij zag er niet uit als een tandarts, eerder als een gepensioneerde raadsheer, en hij praatte ook niet als een tandarts. Ze had hem bijvoorbeeld nooit horen spreken van een gebit, maar altijd van een 'dominospel'; een mond vol rotte kiezen was een 'afgebrand kerkhof' en twee tanden die elkaar verdrongen waren 'verkeerd geparkeerd'. Hij hield er een eigenaardige, vriendelijke, nogal persoonlijke soort van humor op na, die voor een groot deel steunde op een beeldspraak die hij, zoals haar moeder dat kaartspel, zelf had uitgevonden.

Ze vond het prettig aan haar vader te zitten denken. Het was of ze in de herfstzon van de Midi keek: een zachte, warme, rode zon die haar verblindde. Maar ze kon niet in die zon kijken zonder dat haar stille, weemoedige geluk verduisterd werd door de schaduw van een wolk: Jacques. 'Jacques le Perlaire' zoals ze hem zelf noemde, omdat zijn palet overheerst werd door een parelkleur. Haar vader had een schilderij van hem gekocht, op die vernissage in Saint Marceau: een surrealistisch stuk in de trant van Tangui. 'Ici Londres' heette het. Eigenlijk was zij het, die het schilderij had gekozen. Haar vader zei dat tegen de schilder, toen ze met hem stonden te praten, en Jacques bekeek haar op een vreemde manier, zoals nog geen enkele man naar haar had gekeken, alsof hij iets in haar ontdekte dat nog niemand was opgevallen, ook haarzelf niet, en toen zei hij, heel ernstig: 'u lijkt op uw vader', en hoewel zij dit als een compliment beschouwde, was ze toch teleurgesteld, omdat ze wist dat het dàt niet was wat hem aan haar was opgevallen. Ze had een openbaring verwacht, en ze hoorde alleen maar een beleefdheid. Ze bleef een poosje alleen met hem staan praten, terwijl haar vader met de catalogus in de hand de overige schilderijen bekeek, en ze vond hem steeds sympathieker, ze voelde zich tot hem aangetrokken, en op zeker ogenblik zei ze zelfs: 'ik wou dat ik uw ogen had, dat ik dingen kon opmerken die bijna niemand opmerkt'. Alsof hij op die gelegenheid had gewacht, vroeg hij haar opeens zonder enige omhaal: 'Zou u er bezwaar tegen hebben om eens naakt voor mij te poseren?' Achter de ruggen van de andere genodigden zag ze haar vader terugkomen van zijn rondgang, en tot haar eigen stomme verbazing hoorde ze zichzelf zeggen, tegen haar burgerlijke opvoeding en haar morele principes in: 'ik ben niet zo preuts als u denkt'. Ze bloosde niet eens toen ze dat zei. Ze voelde zich alleen onbehaaglijk vanwege die domme, arrogante en doorzichtige leugen, want ze wàs natuurlijk preuts. Het was een regelrechte uitdaging aan haar verleden, aan een tot christelijk ideaal verheven maagdelijk leven vol kwellingen, twijfels en zinnelijke honger. Het was of de gedachte, die ze zo lang onderdrukt had, als een bitter schuim kwam bovendrijven in haar overmoedige antwoord aan Jacques le Perlaire: wat voor zin had het om voor 'la pucelle' te spelen, als je niet de kans kreeg om aan het hoofd van een leger een stad te ontzetten, de vuurdood te sterven en heiligverklaard te worden?

Achteraf had ze spijt van haar ondoordachte besluit, ze voelde zich een dwaze gans, maar ze had niet de moed om Jacques op te bellen en de afspraak af te zeggen. Wat kon ze tegen hem zeggen? Ze was bang dat hij haar argumenten, voor zover ze die had, met veel gemak zou ontzenuwen en dat ze zich dan nog veel belachelijker zou aanstellen dan wanneer ze in haar niet-zo-preutse houding zou volharden. Dagenlang kwelde haar de vraag: wat ziet hij in mij, in mijn lichaam? Ze was tweeënveertig jaar, toén; haar buste was nauwelijks ontwikkeld en ze begon al min of meer af te takelen. Hij was drie jaar jonger, negenendertig, dat had ze in de catalogus gelezen, en ze had al eerder enkele andere 'naakten' van hem gezien: jonge, slanke meisjes met gretige ogen en uitdagende, volle borsten – meisjes waarmee hij ongetwijfeld naar bed was gegaan, want ze wist toevallig wel hoe het er toeging in het wereldje van die plastische kunstenaars. Zij zelf was nog nooit met een man naar bed geweest: 'elle était intacte'. Ze had zelfs nog nooit gemasturbeerd, zoals sommige ongetrouwde vrouwen schenen te doen. Ze vond dat vies. Ze kende alleen maar seksuele gevoelens; wat seksuele bevrediging betekende, wist ze niet.

Ze werd heen en weer geslingerd tussen gevoelens van schaamte en een soort van bange nieuwsgierigheid, en naarmate ze dieper in zichzelf groef, woelde ze met steeds grotere zekerheid dat éne duistere, zondige bezinksel van haar wezen op: het verlangen om door een man gestreeld en bevredigd te worden. En toen dacht ze: ik ben niet zo preuts als ik zelf dacht. Ze had inderdaad niet gelogen.

Op een vrijdagnamiddag in juli ging ze erheen. Hij had zijn atelier een eindje buiten de stad: een verbouwde schuur in de schorren, met uitzicht op de zandplaten van de Loire. Het was er stil en het rook er naar slik en naar muf, vermolmd hout. Hij leidde haar eerst in zijn atelier rond en sprak met haar over haar vader, die hij 'le dentiste byzantin' noemde, en daarna noemde hij haar, met een glimlach die zij als wellustig ervoer, 'sa fille byzantine', en ze beefde de hele tijd bij de gedachte aan het moment waarop hij tegen haar zou zeggen: 'kleed je maar uit'. De geheimzinnige, rituele formule, die overal ter wereld het liefdesspel inleidde, want merkwaardig genoeg: ze dacht alleen maar aan vrijen, niet aan poseren. Toen het zover was, zei hij echter, tot haar opluchting, heel gewoon: 'zullen we nu maar aan het werk gaan?' Ze vond dat heel tactvol van hem. Toen ze tenslotte moedernaakt voor hem stond, op de estrade, bekeek hij lange tijd zwijgend haar lichaam, met die vreemde, opmerkzame blik waarmee hij haar in Saint Marceau al had opgenomen. 'Precies wat ik hebben wou' mompelde hij, 'tepels, maar geen borsten... j'en ai mare, de ces poires coiffées...' Ze begreep niet wat hij precies verstond onder 'poires coiffées', maar ze dacht wel dat het een compliment voor haar inhield. Hij draaide om haar heen, legde zijn warme hand op haar billen en volgde met een trage, modellerende beweging de welving naar onderen toe: 'Die zijn niet zo mooi rond, hè? Trek je buik eens wat in. Ik wil een paar stevige billen zien, en geen opgeblazen pannekoeken.' Ze deed wat hij vroeg en weer streek hij zacht, teder haast, over haar billen. Ze rilde. 'Heb je het koud?' vroeg hij. Ze schudde ontkennend het hoofd. Tot haar ontsteltenis voelde ze haar schaamlippen nat worden. Ze liet haar hoofd hangen en deed haar ogen dicht. Ze voelde hoe hij meedogenloos naar iedere rimpel, iedere plooi, iedere doorzakking, iedere onvolkomenheid van haar verleppende lichaam keek. Hij kwam op de estrade vóór haar staan en strekte zijn armen naar haar uit, om haar houding te verbeteren zoals ze achteraf begreep, maar ze dacht dat hij haar wou omhelzen; en het was of ze gek geworden was: ze sloeg met een krachtig, onbeheerst gebaar, en met een korte hik in haar keel, de armen om hem heen. Ze klampte zich wild aan hem vast, als een drenkelinge, en slaagde er niet in haar schokkende lichaam te bedaren. Tamelijk ruw, met een verwonderde ironische blik in zijn ogen, maakte hij zich uit haar omarming los. 'Wat mankeert jou?' zei hij. Iemand sloeg met een vilten hamer op haar hoofd. Beschaamd, vernederd, geschonden zonk ze op de rand van de houten estrade neer, een splinter prikte als een naald in haar blote zitvlak, en pas een minuut of wat later kreeg ze een vreselijke huilbui. Ik ben een hoer, dacht zij en iets anders kon ze niet denken, een vulgaire hoer, een Byzantijnse hoer...

Met een gevoel van diepe verslagenheid dacht ze vandaag, op haar kamer in de Calle Catamarca, voor de zoveelste maal aan dat schandelijke voorval terug. Ze had het nooit aan iemand durven vertellen, en als ze vanmorgen tegen de padres had gezegd dat ze zich nog nooit in haar leven zo diep vernederd had gevoeld, had ze bewust gelogen; ze had dat alleen maar gezegd omdat ze, ook tegenover hèn, haar schokkende ervaring met Jacques niet kon prijsgeven. Jacques le Perlaire. Hij betekende niets meer voor haar, en waarschijnlijk had hij nooit iets voor haar betekend. Zelfs de signatuur op het schilderij 'Ici Londres', dat in de wachtkamer van haar vader hing, had alleen nog een dubbelzinnige, emotionele betekenis voor haar: het was de signatuur van de enige man die ooit, denkend aan verf en proporties, haar billen had gestreeld. Het was de signatuur van de menselijke gevoelloosheid, wreedheid en vulgariteit.

'Ici Buenos Aires' dacht ze bitter, terwijl ze in de rommelige, kleine, ongezellige kamer om zich heen keek, naar het doorzakkende bed, naar de plompe bergkast die niet meer op slot kon gedaan worden en waarvan de verf in grote blaren afschilferde, naar de kartonnen doos waarin ze haar vuil goed bewaarde, en naar het gammele tafeltje bij het raam, waarop een plattegrond van de stad, haar Spaans woordenboek, enkele brieven van haar vader en wat etensresten lagen. Op de kruimels op het bord, al wat overbleef van de twee 'empanadas' die ze gisteren gekocht had, zaten een stuk of vijf grote, zwarte vliegen. Ze mepte er een van dood en de andere vlogen nijdig zoemend weg.

Ze begon honger te krijgen en maakte een potje 'dulce de leche' open. Terwijl ze de zoete, lillende, puddingachtige brij oplepelde, probeerde ze nergens aan te denken. Ze was moe, na die afschuwelijke slapeloze nacht, maar ze zou vast niet kunnen slapen, daar was ze te gespannen voor. Na een tijdje kreeg ze dorst en toen dacht ze: waarom zou ik mezelf niet op een cafecito al paso trakteren, tenslotte heb ik na al die narigheid wel een compensatie verdiend? Ze had geen gas en ze kon dus zelf geen koffie zetten, maar in de buurt was een tamelijk gezellig koffiebuffet, waar ook vrouwen kwamen.

Ja, waarom niet? moedigde ze zichzelf aan. Ze haalde een

kam door haar haren, pakte haar handtas en liep de trap
af. Ze snàkte gewoon naar een lekkere, geurige kop koffie.
Toen ze halverwege de trap was, hoorde ze voetstappen in
het kolenmagazijn. Geschrokken bleef ze stilstaan, in het
halfdonker. Ze kon niets zien, maar ze hoorde hoe de voetstappen aarzelend in haar richting kwamen en ten slotte
niet ver van de trap stilhielden. Ze hield haar adem in,
wachtte even en ging toen voorzichtig enkele treden
lager.
Op enkele meters van haar zag ze een man in een officiers-
uniform staan. Een hete golf van angst sloeg over haar
heen. Ze kende de uniform met de gekruiste bandoleras
maar al te goed: de Brigade.
'Buenos dias' zei de man en salueerde. 'Bent u señorita Lafaut?' Het klonk ongeveer als 'làfo', met het accent op de
eerste lettergreep.
'Si' zei ze. Ze kon zelfs dat ene, korte woord moeilijk uitbrengen. Roerloos bleef ze tegenover hem staan, op een
van de onderste treden. Het was te donker in het magazijn
om zijn gezicht duidelijk te kunnen onderscheiden; bovendien stond hij met zijn rug naar het daglicht, dat door de
ingang van het magazijn naar binnen viel. Hij stond ongeveer op de plaats waar de dode kat gelegen had.
'Subteniente Cambras' stelde hij zich voor. 'U hoeft niet
bang te zijn. Ik heb een boodschap voor u vanwege kolonel
Perro. De kolonel heeft me verzocht u zijn oprechte excuses
te willen overmaken voor het pijnlijke misverstand waarvan u vannacht het slachtoffer bent geworden.'
Ze staarde hem verbaasd aan. 'Misverstand, zegt u? De kolonel heeft een apart gevoel voor humor, dunkt me' zei ze
honend en kwam verder de trap af.
'Ik hoop dat u deze excuses wil aanvaarden' zei de tweede
luitenant Cambras onverstoorbaar. Ze kon nu zijn gezicht
vaag onderscheiden: hij had een dun, fatterig snorretje,
twee schuine, zwarte streepjes, als een samentrekkingsteken

dat met een fijn penseel onder zijn neus scheen te zijn geschilderd.

'Zegt u maar tegen de kolonel, dat ik alleen bereid ben zijn persoonlijke, schriftelijke excuses te aanvaarden' zei ze woedend. Haar angst was geleidelijk weggeëbd en ze trotseerde hem met een agressieve vastberadenheid, die hem van zijn stuk scheen te brengen.

'Lo siento mucho' zei hij onthutst. Hij bleef aarzelend staan en toen ze langs hem heen ging, liep hij achter haar aan door het magazijn naar buiten. 'Wou u nog uitgaan?' vroeg hij vriendelijk.

'Ik was net van plan een cafecito te gaan drinken' zei ze. 'Na de emoties van de voorbije nacht heb ik die wel verdiend.'

'Mag ik u die dan misschien aanbieden?' zei de subteniente bijna smekend.

Ze draaide zich verrast naar hem om. Wat een vreemd land is dit, dacht ze. Het leek of ze nooit uit deze nachtmerrie zou ontwaken. Nu ze hem wat beter kon bekijken, daarbuiten in het daglicht, had ze er al min of meer spijt van dat ze hem zo onheus behandeld had. Het kon best een aardige jongen zijn. Hij had een onschuldig gezicht, vond ze, en eerlijke, vriendelijke ogen. Ten slotte kon hij het ook niet helpen, dat hij haar wat voor boodschap dan ook moest overbrengen. Waarom zou ze eigenlijk zijn aanbod niet aanvaarden? Waarschijnlijk wou hij het alleen maar goedmaken. Hij was klaarblijkelijk een beschaafd, ontwikkeld man, dat zag ze wel, niet een van die lompe varkens in wier handen ze vannacht gevallen was. Welja, waarom zou ze niet? Ze maakte zichzelf wijs, dat ze misschien zijn invloed kon gebruiken om iets voor de anderen te doen, haar onfortuinlijker lotgenoten wier ambassadeur geen tijd of belangstelling voor ze had.

Toen Cambras zag dat ze in twijfel stond, schonk hij haar een hoffelijke, geduldige glimlach, waarbij het samentrek-

kingsteken onder zijn neus in twee gestrekte gedachten-
streepjes veranderde. 'Doet u mij dat genoegen' zei hij. Het
leer van zijn bandeliers glom alsof ze pas opgewreven
waren.
Ze stond op het punt ja te zeggen, toen ze zich opeens rea-
liseerde waar dat ongewone, doordringende gevoel van kou
onder haar kleren vandaan kwam: ze had vergeten een
broek aan te trekken. Instinctief kreeg ze een kleur. Zo kon
ze niet met hem meegaan.
'Neem me niet kwalijk, bij een andere gelegenheid' mompelde ze en haastte zich terug het kolenmagazijn in. Ze
werd duidelijk de verwonderde blik van de subteniente in
haar rug gewaar.

Kort na de middag liet Gustavo zijn duiven uitvliegen. Het
had eindelijk opgehouden met regenen en er schenen witte, en hier en daar ook blauwe wakken in de lucht te
komen. Terwijl hij met verstrooide blikken de vlucht van
de duiven volgde, die in steeds grotere en daarna weer in
steeds kleinere kringen onder de brekende hemel boven
Flores rondcirkelden, dacht hij aan het stuk voor 'Nuestra
Lucha', dat nog altijd onvoltooid in de schrijfmachine zat.
Bruikbare, heel toepasselijke zinnen uit het boek Job kwamen hem voor de geest: 'Zij worden uit de samenleving
weggejaagd, en men schreeuwt tegen hen als tegen dieven.
In huiveringwekkende dalen moeten zij wonen, in aardho-
len en rotskloven; tussen de struiken balken zij, onder de
netels hokken zij samen, dwaze gesmade lieden, wegge-
zweept uit het land.' Hij wist alleen niet goed waar hij dat
citaat in de beeldspraak, die hij ontwikkeld had, te pas zou
kunnen brengen; ten slotte zat hij min of meer aan die 'vuile nagels' vast. Daarenboven vermeed hij zoveel mogelijk
in dat soort proza gebruik te maken van gewijde teksten.

Het rook te zeer naar het onwrikbare gezag van de traditionele Kerk, die zich in Zuid-Amerika eeuwenlang had opgeworpen als de verdedigster van een maatschappelijke vrede die Dom Helder Camara 'een moeras bij maanlicht' noemde.

De duiven begonnen de een na de ander te vallen. Gustavo telde ze en net toen de laatste, een prachtige blauw geschelpte doffer, op het slag was neergestreken, hoorde hij iemand zijn naam roepen. Hij herkende onmiddellijk de schelle stem van zuster Esperanza. Zij stond op de patio, naast de pomp, en vroeg of hij even naar beneden kon komen. Ze was zoveel als het boodschappenmeisje tussen de Hermanitas en de 'casa del cura'. De overige zusters noemden haar wel eens plagend 'la estafeta', maar daar kon ze vreselijk boos om worden, vooral als de jongere zusters zoiets zeiden.

'Ik kom' zei hij en klauterde het laddertje af.

'U zit ook nooit stil' zei ze op vriendelijk verwijtende toon.

'Och' zei hij, 'die duiven – het is mijn enige verstrooiing. Ik zou er uren naar kunnen zitten kijken. Als ik niets anders te doen had' voegde hij er glimlachend aan toe. 'Mijn vader, weet u, was een verwoed duivenmelker. 's Zondags zat hij de godganse dag op zijn hok. Nou, bij hem was het een echte passie: las palomas – een onschuldige passie, Godzijdank, er zijn er heel wat verderfelijker...'

Hij was blij dat hij hier eens tegen iemand over thuis kon praten, daar had hij zo zelden de gelegenheid voor. Hij had haar nog zoveel willen vertellen, over zijn vader, zijn moeder, zijn ongetrouwde zuster, zijn broer die met een verpleegster getrouwd was – maar daar was het waarschijnlijk ook nu niet het moment voor. Er zou wel weer iemand op sterven liggen of een mislukte zelfmoordpoging hebben gedaan, dacht hij niet zonder enige wrevel. 'En, zuster? Wat voor nieuws hebt u?'

'Er is iemand in de Hermanitas, die u dringend wil spreken. Een jong meisje,' zei 'la estafeta'.

'Waarom laat u haar niet hier komen?'

'Ze wil niet. Ze doet erg vreemd, vind ik. Er is vast wat met haar aan de hand.'

'Aan de hand? Hoezo?'

'Ik weet het niet. Ik kan me vergissen' zei zuster Esperanza ontwijkend.

'Kent u haar?'

'Nee, ik heb haar nog nooit gezien. Zuster Trinidad heeft haar binnengelaten. Ze beweert dat ze u kent.'

'Bién. Ik kom zo dadelijk' zei hij en onderdrukte een zucht van teleurstelling, want het zag er naar uit dat God niet kon hebben, dat hij zich met 'de vuile nagels van Buenos Aires' bezighield.

Hij hoorde Esperanza in haar wijde rokken wegruisen, als een galjoen onder vol tuig, en hij had het gevoel of zij hem weerloos achterliet in een wereld die aaneenhing van machteloze woorden en gemiste kansen op blijdschap.

Nog steeds vervuld van dat gevoel, waaraan het begin van een lichamelijke inzinking wel niet vreemd zou zijn, liep hij enkele minuten later op zijn zeildoekse pantoffels door de schemerige, akwariumgroene gang van de Hermanitas de la Asunción, langs de lage vensterbanken die vol met geile potplanten stonden. Zuster Trinidad, een kaneelbruine Hondurese met leuke kuiltjes in haar wangen, kwam hem tegemoet.

'Dag, zuster' zei hij. 'Waar is dat meisje?'

'In de spreekkamer, padre' zei ze en scheen lichtjes ontstemd. Ze kneep haar ogen samen: 'Ze vroeg me of ik de gordijnen wou dichtdoen en ik mocht ook het licht niet aansteken. Ik vraag me af wat dat kind te verbergen heeft.'

'Ja, dat zou ik ook wel eens willen weten' zei Gustavo.

Hij deed de deur van de spreekkamer open en draaide vastberaden het licht aan. Het meisje zat op een van de stoelen tegen de muur en keek wantrouwig naar de deur,

67

verblind door het plotse lichtschijnsel. Hij kende haar niet, hij had haar nooit eerder gezien. Ze had in ieder geval, om zo te zien, geen enkele reden om in het donker te zitten: ze was niet alleen jong, maar ze had ook een opvallend knap creools gezichtje met warme, weemoedige ogen en een pikante tache links van haar mond. Hij schatte haar niet ouder dan twintig.

'Bent u... padre Gustavo?' Ze rees aarzelend van haar stoel op.

'Ja' zei hij. 'Ik dacht dat u me kende. Dat hebt u toch tegen de zuster gezegd?'

'Wilt u alstublieft het licht uitdoen?' vroeg ze.

'In Godsnaam, waarom eigenlijk?'

'Ik ben bang' zei ze.

'U hoeft nergens bang voor te zijn' zei hij en draaide tegen zijn zin het licht weer uit. 'Niemand kan ons hier zien of horen. Kijk maar.' Hij schoof de gordijnen een eindje uit elkaar, zodat er tenminste wat licht van buiten in de kamer naar binnen viel: door de reet was een vage glimp van het verlaten binnenhofje zichtbaar. 'Dat is het binnenhof van de Hermanitas, ziet u wel.' Hij ging tegenover haar zitten, achter de tafel, en toen zei hij: 'Ik zou wel eens willen weten waarvoor een aardig, jong meisje als u bang zou moeten zijn.' De vaderlijke toon, die hij onwillekeurig tegenover haar aansloeg, gaf hemzelf een onbehaaglijk, bijna schuldig gevoel. Hij had tegen mooie meisjes nooit gewoon kunnen praten, ook vroeger niet, als jongeman, vóór zijn wijding; het was een van die manieren die hij zich had aangewend om vrouwelijke schoonheid op afstand te houden, in het bijzonder de fysieke gevoelens die deze schoonheid bij hem opwekte. Als priester werd je verondersteld de hele mensheid te omhelzen, maar je mocht er niet mee naar bed gaan.

'U moet mij helpen, padre' zei het meisje. 'U bent de enige die mij kùnt helpen.' Haar ogen, die een vreemde gele glans hadden in het donker, deden hem denken aan de ogen van een kaaiman. Het kostte hem moeite zich voor te stellen dat de kille, gele blik zonder uitdrukking, die hem in het donker aanstaarde, bij haar knappe gezichtje met de warme, weemoedige ogen hoorde.

'Dat valt nog te bezien' zei hij. 'Vertel me eerst maar eens hoe u heet. Ik weet ten slotte niet eens wie u bent.'

'Gilda Marta Ortiz' zei ze en hij dacht: ze heeft ook nog een naam om verliefd op te worden, je hebt vaak alles of niets in het leven.

'Als u me niet wilt helpen, padre, ben ik verloren. Ik kan nergens anders heen. De politie zit me achterna, ik sta op de zwarte lijst.'

Ter verklaring voegde ze er aan toe, dat ze pas was afgestudeerd aan de journalistenschool José Hernandez en dat ze onlangs een paar ophefmakende 'articulos marxistos' had gepubliceerd in een illegaal blad. 'Misschien hebt u ze wel gelezen, in Media Noche.'

'Nee, ik heb niet zo veel tijd om te lezen' zei hij. Hij had wel eens gehoord van een blad dat 'Middernacht' heette, maar hij had altijd gedacht dat het een van de vele pornografische periodieken was die clandestien circuleerden in de Argentijnse 'dolce vita'-kringen. 'Ik zie in ieder geval niet goed in wat ik voor u zou kunnen doen. Ik ben een vreemdeling en ik kan het me als zodanig niet veroorloven me met de politiek van dit land in te laten.'

'Ik dacht anders wel, dat uw stukjes in Nuestra Lucha min of meer politiek geëngageerd waren' zei ze, nogal brutaal.

'Sociaal, niet politiek geëngageerd' zei hij. Het verbaasde hem niet zozeer dat ze het bestaan van 'Nuestra Lucha' kende dan wel dat ze vertrouwd scheen te zijn met het feit, dat hij daarin stukjes schreef, die overigens bijna nooit ondertekend waren. Het viel hem ook op dat zij in verband daarmee het ietwat kleinerende woord 'stukjes' gebruikte, alsof ze zijn aandacht wilde vestigen op het onderscheid tussen

haar eigen professionele 'articulos' en zijn geliefhebber in
de gestencilde muurkrant van de villeros. 'U bent alleszins
goed geïnformeerd. A propos, hoe komt u aan mijn adres?
Wie heeft u naar mij verwezen?'
'Blanca Molina' zei ze. 'Ik ken haar zoon heel goed. Hij
heeft ook een tijdje aan José Hernandez gestudeerd.'
Nu hij aan het donker begon te wennen, kon hij haar gezicht weer wat beter onderscheiden. Hij zag dat ze af en toe
schuw naar de reet tussen de venstergordijnen keek en
daarbij telkens zenuwachtig haar lippen likte. Om de een
of andere reden had hij het gevoel dat ze het allemaal nogal opschroefde, dat ze haar situatie als dramatischer voor-
stelde dan ze in werkelijkheid was.
Zo zo, dacht hij, Blanca Molina. Sinds zijn oude, Indiaanse
huishoudster begin van dit jaar naar haar familie in Tucuman was teruggekeerd, 'om er te sterven' zoals ze zei, kreeg
hij tweemaal in de week wat huishoudelijke hulp van
señora Molina, de vrouw van een plaatlasser en militant
syndicalist uit de barrio Nueva Pompeya. Haar man was
tijdens de woelige stakingsrellen van vorig jaar aangehou-
den en zat nu, zeven maanden later, nog steeds in zoge-
naamd 'voorarrest'.
'En wat wil u nu precies van me, señorita?'
'O, ik wou u alleen maar vragen, padre, of u me niet voor
een tijdje kunt helpen onderduiken in een van de bijas?
Blanca zegt dat u...'
'In een van de bijas? Maar lieve kind, u weet niet wat u
zegt. Gaat u liever in het midden van de Nueve de Julio of
voor mijn part op de trappen van de Casa Rosada zitten,
daar zult u veiliger zijn dan in de bijas. In Belgrano heeft
de Brigade nog maar pas een razzia gehouden. Ze hebben
een stuk of tien mensen ingepikt. Zulke dingen gebeuren
regelmatig, dat weet u zelf ook als u Nuestra Lucha leest.'
Hij probeerde haar dat idee uit het hoofd te praten, omdat
de toestand in die lazarusdorpen ook zonder al die onder-

duikers al vreselijk genoeg was, maar toen begon ze zachtjes te jammeren: 'Wat moet ik dan doen? Ik kan nergens
anders heen. Zegt u me dan wat ik moet doen...'
'Hebt u geen vrienden?'
'Ja, natuurlijk heb ik die, maar ik denk er niet aan om ze
op hun beurt in moeilijkheden te brengen' zei ze. Ze zuchtte, alsof loyaliteit in de vriendschap ook al zo'n last was,
en bewoog onrustig op haar stoel. Misschien beeldde hij het
zich alleen maar in, maar hij dacht dat er een vage geur
van warm, vers gebakken brood uit haar kleren opsteeg.
Het is de geur van de jeugd, dacht hij toen, van het jonge
rijzende deeg in de hete oven van het leven. Als je de veertig naderde was het deeg al lang een kruimelend, aange-
sneden brood geworden.
'O juist' zei hij. 'U denkt waarschijnlijk: als die padre in
moeilijkheden komt, tot daar aan toe – iemand moet hem
toch de kans geven om een martelaar van de Kerk te worden.' Hij had het helemaal niet onvriendelijk gezegd, hoogstens een tikje ironisch, maar niettemin scheen zijn opmerking haar van streek te maken.
'Santa Maria, u denkt toch zeker niet...' stotterde ze. 'Het is
niet omdat ik linkse ideeën heb, omdat ik articulos gauchis-
tos schrijf, dat ik geen respect en bewondering heb voor
mensen zoals u. Integendeel. Ik weet wat u en de andere
padres voor de mezquinos doen: fenòmeno! Se lo agradece-
mos infinitamente. Trouwens, ik zal u zeggen wat Blanca
Molina tegen me gezegd heeft. Ga naar die padre flamenco, zei ze, hij is een goed mens, een heilige, hij zal u niet in
de steek laten. Dàt zei ze, op mijn erewoord.'
'Ach, wat een onzin.' Gustavo sloeg zijn ogen neer en stelde maar weer eens vast, dat hij er nog steeds niet in geslaagd was zich met oprechte ootmoed of zelfs maar met
onverschilligheid te wapenen tegen dit soort van compli-
menten. 'Ik heb ook niet gezegd, dat ik u in de steek zou
laten. Op de een of andere manier vinden we wel een op-

lossing.' Hij stond op en voelde zich minder weerloos dan een kwartier geleden. De machteloze woorden waren bezworen: hij moest iets voor dat meisje doen, hij kon haar inderdaad niet aan haar lot overlaten. 'Ik zal de zusters vragen of u tot vanavond hier kunt blijven. Zodra het donker is, kom ik u halen.'

Hij hoorde haar opnieuw zuchten; waarschijnlijk was het ditmaal een zucht van opluchting. Ze zei niets en hij zei verder ook niets meer. En toen hij door de halfdonkere kamer voorzichtig naar de deur toe schuifelde, bedankte ze hem niet eens. Ze was wellicht van oordeel dat het alleen maar zijn plicht was haar te helpen, zijn christelijke gewetensplicht. Ze kon ook niet weten, dat hij niet heilig genoeg was om elke dag weer hetzelfde wonder te verrichten door duizenden moedelozen moed, duizenden radelozen raad en duizenden wanhopigen hoop te geven.

Bij de deur keerde hij zich nog even naar haar om: 'U hoeft niet ongerust te zijn, als het wat later wordt. Ik moet eerst nog een stukje voor Nuestra Lucha afmaken.'

'Ik vertrouw op u, padre' zei Gilda Marta Ortiz.

'Vertrouwt u liever op God' kon hij niet nalaten te zeggen en op het moment dat hij de kamer uitging, flakkerde plots een gloed op die haar gezicht gedurende enkele seconden als een bronzen masker zichtbaar maakte: ze stak een sigaret op.

'Lieve hemel, wat moeten we met haar beginnen?' zei zuster Trinidad, toen Gustavo haar vroeg of het meisje tot 's avonds in de Hermanitas mocht blijven. De radeloze manier waarop ze dat zei had kunnen doen denken, dat er een volwassen nijlpaard in de spreekkamer zat.

'Laat dat maar aan mij over, zuster' zei hij. 'U hoeft zich helemaal niet met haar bezig te houden. Als u wilt kunt u haar een kop koffie brengen of wat dan ook, maar verder hoeft u niets voor haar te doen. Ik kom haar halen op het afgesproken uur.'

'Ze is zeker thuis weggelopen?' vroeg de Hondurese nieuwsgierig.

'Och, het is weer zo'n beroerd geval' zei hij vaag en terwijl hij langs de vensterbanken met potplanten de gang uitliep, hoorde hij haar de deur van de spreekkamer opendoen en vragen 'hebt u soms zin in een kop koffie?'

De hele verdere namiddag zat hij achter zijn schrijfmachine, maar het kostte hem ontzettend veel moeite om zich te concentreren op de vuile nagels van de bloedeloze hand Buenos Aires. Hij tikte drie, vier regels en ging toen weer aan dat meisje zitten denken, aan de nieuwe problemen waarmee hij door haar komst geconfronteerd werd.

'Alsof deze wantoestanden nog niet onmenselijk genoeg zijn, worden de paria's van de Argentijnse maatschappij ook nog bedreigd door het mateloze, niets ontziende winstbejag van het grootkapitaal. Een van deze gewetenloze bloedzuigers, de vleesconservenfabriek Rio de la Plata (een Amerikaanse investering), heeft zich al tot aan de rand van de villa Belgrano uitgebreid en dringt nu bij het stadsbestuur aan op de onteigening van de noordelijke gronden, waarop zich een 400-tal gezinnen hebben gevestigd' tikte hij. Hij herlas die zin die hij geschreven had, ikste het woord 'onmenselijk' door en verving het door 'schreeuwend', en vroeg zich bezorgd af bij wie hij Gilda Ortiz in Belgrano zou kunnen onderbrengen. Het was heus niet zo'n eenvoudig probleem. Je kon een aantrekkelijk, om niet te zeggen verleidelijk meisje van negentien, twintig jaar onmogelijk toevertrouwen aan een gezin met opgroeiende jongens of al te ondernemende, volwassen 'aspirantes' – en welke 'aspirantes' in Belgrano waren niet ondernemend? Het minste wat haar onder 'de hoede' van papagalli als Angelo en Vittorio Morelli kon overkomen, was dat ze vanaf de eerste dag zou worden ingeschakeld in hun 'programma', als een soort van 'premio gordo', een hoofdprijs in de nationale liefdesloterij. En wat haar te wachten

73

stond als haar het hof zou worden gemaakt door kerels van het slag van Felipe Paz of Faya 'el Torero', daar durfde hij gewoon niet aan te denken. Ze zou waarschijnlijk in minder dan geen tijd dezelfde weg opgaan als 'la Natalia': de platgetreden weg naar de 'maleza', het openluchtbordeel van Belgrano. Nee, hoe langer hij erover nadacht, hoe moeilijker het hem viel daarin een verantwoorde beslissing te nemen. Hij tikte weer een paar woorden, hamerde een hele reeks letters door het versleten lint van de schrijfmachine en overwoog toen, terwijl hij het overlangs gescheurde lint een eindje voortspoelde, de mogelijkheid om zijn beschermelinge toe te vertrouwen aan de Bartolini's. Het scheen hem uiteindelijk nog de meest geschikte oplossing toe: het Genuese echtpaar, dat de cantina exploiteerde, had slechts twee jonge kinderen, een meisje van dertien, Milena, en een jongetje van negen, Massimo. Hun jongste dochtertje Gina was voor twee jaar aan een tyfusaanval bezweken. Op Rocco zelf, de vader, viel weinig aan te merken: hij was wat aan de luie en luidruchtige kant, zoals alle Italianen, maar je kon bezwaarlijk zeggen dat hij een schuinsmarcheerder was, en nog veel minder een kruimeldief, zelfs niet van het onschuldige soort als Valentin Mendoza. Alles bij elkaar konden de Bartolini's blijkbaar behoorlijk leven van de opbrengst van de cantina en van het geld dat Massimo als schoenpoetser in de metrostations verdiende. Ja, het was wel een goed idee, vond hij: waarom zou hij Gilda Marta Ortiz niet bij de Bartolini's onderbrengen? Ze zou ook nog een handje mee kunnen uitsteken in de cantina.

Om kwart voor zes was hij klaar met zijn stuk. De avond begon al te schemeren. Hij slurpte inderhaast nog een potje maté en ging toen het meisje halen. Het leek of hij maar een paar minuten was weggeweest: ze zat daar nog precies zo als vier uur geleden, op dezelfde stoel tegen de muur, in het donker. Alleen hing er een dichte mist van sigarettenrook in de kamer.

'Als u 't goed vindt, zullen we te voet gaan. Het is veiliger dan met de bus' zei hij.

'Macanudo' zei ze en hij vroeg zich af wat er zo 'heerlijk' aan was, aan een uur lopen door straten waar je om de drie cuadras een politiepatrouille met honden tegenkwam of zwaar bewapende soldaten, die een ambassade, een bank of een hotel bewaakten. Ze vond het blijkbaar, ondanks haar duidelijk merkbare angst, een opwindend avontuur. Het zou hem niet verwonderen als zij ademloos de fantastische verhalen van Borges gelezen en herlezen had, verhalen zoals 'Het Wachten' en 'De man op de drempel'. Rodolfo had hem eens enkele van die verhalen geleend, toen hij een week met griep in bed moest blijven, en alles wat hij zich daaruit kon herinneren waren zinnen vol geheimzinnig, sluipend geweld, zinnen doortrokken van angstzweet: 'hij was in de ban van die magie toen het schot hem uitwiste...', 'twee mannen kwamen met revolvers zijn kamer binnen...', 'zijn verminkte lijk vond ik in de paardestallen achter het huis'. Natuurlijk had ze, in verband met haar 'articulos marxistos', ook Madrighela gelezen: de gewelddadige bijbel van de stadsguerrilleros.

Onderweg vertelde ze hem dat ze op een kamer in Maipù woonde, boven een kunstgalerij, en dat haar vader in september '55 een van de slachtoffers was geweest van de beruchte antiperonistische coup.

'Hebben ze hem gefusilleerd?' vroeg hij.

'Godzijdank, nee' zei ze. 'Hij heeft tijdig de benen genomen, naar Uruguay. Hij werkt nu in een benzinestation in Montevideo. Ik logeerde toen toevallig bij een tante in La Plata, anders zat ik nu misschien ook in Uruguay.'

'U moet toen nog heel jong geweest zijn.'

'Zes jaar. Vijf, perdone. Ik ben nu éénentwintig' zei ze en terwijl ze daar naast hem liep, met een gejaagde wippende stap die toch ook op de een of andere manier iets te maken had met het verraderlijke, sluipende geweld in het proza van Borges, viel zijn oog op de nogal modieuze, genopte doorknoopjurk die ze aanhad. Hij vroeg zich af hoe ze zich daarmee in Belgrano zou kunnen vertonen zonder allerlei gevaarlijke gevoelens als wantrouwen, afgunst en verachting op te roepen. Ze liep alleszins fel in het oog: ze had net zo goed de Amerikaanse vlag voor zich uit kunnen dragen.

Ze staken de avenida Rivadavia over, in de richting van de avenida Directorio. In een taxi, die hen voorbijreed, zag Gustavo een vrouw zitten die verbazend goed op Violette Lafaut leek – maar dat kon niets anders dan gezichtsbedrog zijn, want er zat een officier van de brigade Diego Perro naast haar. Nee, dat kon echt niet, dacht hij, niet 'na zoiets'...

Toen ze in de volksbuurt nabij de avenida del Trabajo kwamen, hadden ze nog geen enkele politiepatrouille ontmoet. Gilda keek nu en dan schuw over haar schouder om. Het irriteerde hem, zoals haar dure jurk en de pikante tache naast haar mond hem irriteerden. Hij was niet gewoon met zulke meisjes om te gaan: de 'muchachas', die zijn dagelijks bestaan bevolkten, schreven geen intellectuele bijdragen in 'Media Noche', rookten geen sigaretten en roken niet zo zalig naar vers gebakken brood.

'U hebt toch tegen niemand gezegd, dat u naar me toe kwam?' vroeg hij achterdochtig.

'Nee, natuurlijk niet' fluisterde ze. 'Daarom begrijp ik het ook niet: we worden geschaduwd.'

Ze gaf hem een haastige, heimelijke por in zijn zij: 'Nee, niet omkijken. Laten we gewoon doorlopen, of er niets aan de hand is.' Ze liepen zwijgend naast elkaar voort en hij probeerde het geluid van voetstappen achter hen op te vangen, maar hij hoorde niets anders dan het metalen geluid van een traliehek dat voor een winkelportiek werd dicht- of opengeschoven.

'Bent u er zeker van?'

Ze antwoordde niet en begon vlugger aan te stappen. Ze sloeg een stille zijstraat in en hij volgde haar werktuigelijk, langs smerige huizen met smerige balkonnetjes en duistere, gapende keldertrappen, en toen hoorde hij het ook: er kwam iemand achter hen aan.

Een ogenblik had hij zelf ook het gevoel of hij in een verhaal van Borges verdwaald was. Hij liet zich door het meisje leiden zonder erbij na te denken: ze scheen precies te weten wat ze moest doen. Bij de eerstvolgende dwarsstraat keek hij snel even achterom. Hij ontwaarde de vage gestalte van een man in een donker pak, die op een meter of dertig achter hen aanliep en aarzelend, met ingehouden tred, naar de huisnummers keek, alsof hij een bepaald adres zocht. Het kon natuurlijk een truuk zijn, zoals het bekende doorzichtige vetertjestrikken, maar op dat moment had Gustavo ontegenzeggelijk het gevoel dat ze zich beiden als kinderen aanstelden door op hol te slaan voor de schim van een man, die misschien op zoek was naar een schuldenaar, een kamertjesklant of een engeltjesmaakster. Voordat hij daarover iets tegen Gilda had kunnen zeggen, pakte ze hem bij zijn hand vast en trok ze hem mee de achterstraat in: weer groezelige huizen met verweerde balkonnetjes en steile, stenen keldertrappen.

Ze bleef zijn hand vasthouden, en hij wist helemaal niet meer of het nu een spelletje was of bittere ernst. Wat een toestand, dacht hij.

'Abajo, padre, haast je.' Ze drong hem een keldergat in. 'Vlug, naar beneden.' Hij stommelde de trap af, aan haar hand, want er was maar één leuning en die bevond zich aan hààr kant.

Onder aan de trap bleef ze zacht hijgend staan, in de volslagen duisternis, wachtend, luisterend. De kelder rook naar schimmel en naar vochtige kalk. Van de begane grond drong geen enkel gerucht tot beneden door, geen voetstappen, geen stemmen, niets. Om de een of andere reden bleven ze elkaars klamme hand vasthouden, alsof ze bang waren dat de magische kracht, die het gevaar op afstand hield, zou worden opgeheven als ze elkaar loslieten. 'Ze waren in de ban van de magie, toen het schot hen uitwiste' dacht Gustavo – een gedachte die zijn angst verdreef, waarschijnlijk omdat ze nog absurder was dan de situatie waarin hij zich bevond.

Sinds enkele dagen werd Rocco opnieuw die scherpe, prikkende pijn boven zijn neuswortel gewaar, alsof er een speldenkussen tussen zijn ogen zat dat, als hij gewoon maar probeerde na te denken, telkens bewoog en in zijn hersens drong. Lorenza beweerde dat het 'nevralgias' waren, zenuwpijnen, maar hij was er volstrekt niet gerust op. Soms verdween de pijn voor enkele dagen, maar daarna keerde ze hardnekkig weer, als de slag van een klok. Ze belette hem iets te doen, en ze bracht ook zijn gedachten in de war, wat hij heel vervelend vond, want er was nog zoveel waarover hij nodig moest nadenken. Een tijdje geleden was hij naar de enfermería gegaan, maar de assistente was er niet ze was iets gaan afhalen in het station. Hij had toen met dat andere mens gesproken, dat Franse stokbrood met haar kikkerbillen, die juffrouw Lafaut, en die had hem de raad gegeven iets op zijn hoofd te zetten in de winter. Ze dacht zeker dat hij een zondagse en een doordeweekse hoed had, en een zijden kachelpijp voor de kerkelijke feestdagen. Hij had niet eens een nagel om zijn gat te krabben. Maar ook als je geen duimstok had kon je nog wel meten; je moest alleen maar slim zijn. Hij had zijn stoute schoenen aangetrokken en was Giovanni Battista gaan opzoeken, de Milanees die vroeger elke zaterdag cannelloni bij hen kwam

eten, toen ze dat eethuis in La Boca nog hadden. Giambattista werkte bij de afdeling Verloren Voorwerpen van de Compañia de los Subterraneos; in de voormiddag schreef hij de 'objetos perdidos', die de avond tevoren door het treinpersoneel van de ondergrondse waren ingeleverd, in een register in, en 's namiddags speelde hij een partijtje bingo met de chef van de afdeling of schreef hij brieven aan zijn zuster, die een souvenirwinkeltje hield in Milaan. Zo'n reuzebaan als die vent had; je moest maar geluk hebben. 'Hé, Giambattista, beste kerel, hoe maak jij het?' had hij tegen de Milanees gezegd. 'Het is waar ook: jij werkt hier. Dat was ik glad vergeten.' Giambattista had hem hartelijk omhelsd, als een broeder: 'Per amór del cielo! Rocco, amico mio! Blij je weer te zien. Wat kan ik voor je doen?''Ik heb vorige week mijn hoed in de trein laten liggen, in de metro, tussen Pelligrini en Federico Lacroze.' Giambattista likte zijn duim en sloeg het register open: 'Tussen Pellegrini en Lacroze, zeg je. Even kijken: linea B... Was het soms een strooien manillahoed, maat 58?' 'Precies, dat is 'm.' 'Je boft, ouwe jongen. Hoeden en regenschermen en dat soort dingen worden eigenlijk maar zelden ingeleverd: die zijn allemansgading. Un momento, ik ga hem zo voor je halen.' De hoed die Giambattista voor de dag haalde, scheen nog te hebben toebehoord aan een volgeling van generaal Urquiza en de slag bij Caseros overleefd te hebben: hij had geen model meer en het stro stak er aan verschillende kanten in pieken uit. 'Die heeft zijn beste tijd gehad, amico, die hoed van jou.' Maar het was altijd beter dan niks en hij had de manilla op zijn kop gezet en was ermee naar huis gegaan. Lorenza en Milena hadden het uitgeproest, toen ze hem zagen aankomen: 'Mamma mia, wat heb jij voor een mussenest op je kop...'
Hij grinnikte: een mussenest. Laat ze maar lachen, dacht hij, ik heb tenminste iets om op mijn hoofd te zetten in de winter. Een manilla. Wie had hier een manilla in dit stront-

dorp? Geen mens. Rocco Bartolini, ja, Rocco di Genova. Hij zat op het hakblok naast de cantina en wreef zachtjes met zijn wijsvinger over het plekje tussen zijn ogen, waar het speldenkussen zat. Soms scheen dat te helpen: het verlichtte de pijn.

De stem van Lorenza maakte hem aan het schrikken. 'Rocco, jij laat het vuur toch niet uitgaan?' schreeuwde ze door het schot heen.

Met zijn linkerhand pakte hij de halfverkoolde stok op, die naast het hakblok lag, en pookte ermee in het smeulende asadovuur. Er stegen wat pufjes grijze rook uit de hete as op.

'Er moet hout gehaald worden. Er is geen hout meer!' schreeuwde hij terug.

'Zie maar dat je hoed niet in het vuur valt' giechelde Milena, die stond toe te kijken hoe 'la princesa', dat nieuwe meisje dat de padre flamenco hun op de hals had geschoven, in galgroene letters de woorden BEBIDAS Y VIVERES boven de deur van de cantina schilderde.

'Hou jij je brutale bek maar' gromde hij en gluurde naar het juffertje dat op een leeg krat stond en bij iedere streek van de verfkwast haar tong wulps liet meekrullen met de letter. Er zaten al verfvlekken op haar poppejurk, zag hij, en haar keurige rijglaarsjes begonnen langzamerhand op klompen te lijken, met die dikke korst gedroogde modder eraan. Nou, dat moest ze er maar bij nemen. Ze dacht toch zeker niet dat ze haar onder hun dak hadden opgenomen om met haar schone kont op een poef te zitten en haar neus te poederen. Hij vroeg zich af of hij hàar niet om hout zou sturen, zodra ze met dat gekladder klaar was. Ze had er ten slotte zelf om gevraagd, om vernederd te worden: wat kwam ze hier doen, die fijne beschuit met haar huppelende poeperd? De mannen opgeilen en de vrouwen jaloers maken. Die twee smakkers van Morelli draaiden vanaf de eerste dag al om haar heen als katers om de hete brij – en

wat had Cesare Bianchi gisteren ook weer tegen hem gezegd? 'De padre mag mij ook zo'n opklapbed leveren.'
Een grote geile bek, ja, dàt had-ie, maar als het er op aan-
kwam... Hij kende die slijmerds wel: ze spoten het uit in
hun broek of gingen zich aftrekken in de maleza.
'Hé, Tintoretto' riep hij 'la princesa' toe, 'als jij klaar bent
met je drieluik, haal dan maar eens wat brandhout aan.'
Ze doopte haar kwast in de verfpot en keek schuw naar
hem, met een onzekere glimlach. Dat ze bang voor hem
was, had hij al vaker gemerkt: ze ontweek zijn blik en
sprak hem nooit zelf eerst aan. Hij zou wel eens willen
weten wat ze over hem dacht. Misschien dacht ze wel dat
hij een geschikte gelegenheid afwachtte om haar in het
kruis te pakken. Op dat punt hoefde ze werkelijk niet bang
te zijn: ze was nu eenmaal zijn type niet. Hij gaf de voorkeur aan rijpere, mollige vrouwen met stevige uiers en ach-
terbouten als een bolwerk. Die opgeschoten meiden met
hun borsten als mandarijntjes en hun kikkerbillen: dat was
niks voor hem, al wasten ze alle dagen hun gat met gepar-
fumeerde zeep. Daar was geen knabbel aan; dat was goed
voor jonge bokjes als Angelo en Vittorio Morelli.
Hij snoot zijn neus tussen duim en wijsvinger, gooide de
stok in het vuur en dacht mistroostig: hier gebeurt verdomd
nooit iets; in La Boca, aan de havenkant, viel tenminste nu
en dan nog wat te beleven. Hij stond van het hakblok op,
drukte de manilla wat vaster op zijn kruin en stak zijn
hoofd om de deur: 'Ik ga eens kijken naar de casa de Mendoza. Ik ben benieuwd hoever ze er al mee staan.'
'Je blijft toch zeker niet de hele namiddag weg?' riep Lorenza, maar hij gaf haar geen antwoord en sjokte door de
taaie, vette modder de weg op. Er liepen enkele honden
met hem mee. Aan de rand van een slijkerige poel lag een
verzopen kat als een weggeworpen dweil. Hij ging door de
Calle Patagonia en kwam Juan Carlos Arevalo tegen.
'Che, Juan Carlos. Cómo le va?'

'Va bién, Rocco. Wat heb jij op je kop?'

'Een dieselmotor – zie je dat niet?'

Arevalo kon er niet om lachen. Hij liep met zijn gewone kwaadaardige blik langs Rocco heen, tikte tegen zijn slaap en zei gemelijk: 'Ihr seid alle übergeschnappt, ihr italianos.'

Terwijl hij op zijn beurt verder liep, riep Rocco hem over zijn schouder na: 'Oiga usted, drope, ik ben geen Italiaan. Ik ben een Genuees.' Hij was gepikeerd. Wat verbeeldde die knul zich eigenlijk? Hij had hem op zijn vuile smoel moeten slaan: ubarsnap, ubarsnap – dacht die basterd misschien dat hij niet wist wat dat betekende? Moest je nodig zeggen, als je zelf na de zesde maand uit de broek van je moeder gevallen was. Nee, *hij* was geen Italiaan: hij was een halfbakken struif van verschillende broedeieren. Zijn vader was een gallego, een Spanjool, en zijn moeder een Russische moffin, of een moffenrussin, wat deed het er eigenlijk toe.

'Che, Bartolini!'

Hij bleef staan en keek over de lage schutting van gecarbolineerde tengels in het 'tuintje' dat aan het verlaten, uitgezakte krot van de Yacallpa's paalde. Het 'tuintje' was een lapje grond van drie vierkante meter, overwoekerd met dovenetels; in het midden ervan groeide een jonge eucalyptusboom vol knobbeluitwassen, die een van zijn armen door een gat in de lemen muur stak. Tegen de stam van de boom leunden Natalia Polo en Pepe 'Adios', de jonge Argentijnse deserteur met zijn kortgeschoren schaapskop. Hij had zijn arm om haar heen geslagen en stond ongegeneerd onder haar oksel door haar borst te kneden. Zijn pantalon zat vol harmonikaplooien en zijn gulp stond op een kier.

'Hé, jullie' zei Rocco, 'dit is het huis van Paco en Maria.'

Met een domme, verzadigde blik keek Pepe hem aan: 'A mí, qué me importa? En wat kan joù dat schelen? Ben jij soms Paco's conciërge?'

'Waarom gaan jullie niet naar de maleza?'
'Denk jij dat ik met mijn blote kont in het natte gras wil liggen, als het droog en zacht ook kan?' zei Natalia. Ze schurkte zich tegen de jongeman aan als een koe tegen een wrijfpaal. 'Hij is jaloers, Pepe. Van zijn vrouw mag hij la princesa niet aanraken, en hij zou zo graag eens in een groene appel bijten.'

Rocco schoof zijn manilla in zijn nek en zette uitdagend zijn ellebogen op de schutting. 'Jaloers? Ik? Op die melk-baard? Pobrecita!' hoonde hij. 'Ik zou niet weten waarom. Omdat hij je stinkende, ranzige lellen mag likken en daar-voor ook nog mag betalen?'

Pepe 'Adios'' mond viel open van verbazing. Zo verbaasd was hij, dat hij vergat in de borst van Natalia te knijpen.

'Ach wat, cornudo, loop heen. Haast je naar de kerk en of-fer een kaars voor San Bobo, de patroon van de horendra-gers en de impotenten' schold Natalia en spuwde op de grond.

'Haast jij je maar naar de enfermería, maar struikel on-derweg niet over je lellen' schold hij terug, spuwde op zijn beurt over de schutting in het onkruid en liep zo achteloos mogelijk door, de handen in zijn zakken.

Ze slingerde hem nog allerlei grofheden naar het hoofd, maar hij schonk er geen aandacht aan. Het stemde hem wrevelig, dat hij niet kon nalaten zich overal mee te be-moeien. Hij wou dat hij in dat opzicht een Argentijn was: hun 'no te metas' bespaarde hun veel narigheden. Al kon je van die jonge hoerenjager moeilijk beweren, dat hij zich overal buiten hield. In Belgrano had voor enkele weken het gerucht de ronde gedaan, dat Pepe 'Adios' een van de me-deplichtigen was aan de overval op de juwelierszaak in de Diagonal del Norte. Hij smeet in ieder geval heel wat geld tegen die snol aan, je zou haast zeggen dat hij geabonneerd was op haar. Alles bij elkaar had die slijmerd redenen ge-noeg om zijn brutale bek te houden: desertie en gewapende overval, dat waren geen snakerijen, daar zouden Hunne Excellenties hem geen gratie voor verlenen.

Niet ver van de casa de Mendoza zag hij de lama van El Cholo staan. De mesties was in drukke onderhandeling met een van de Guarani-Indiaansen. Het palaver ontwikkelde zich tot een vreemd ritueel, dat Rocco altijd met geamuseerde verbazing had gadegeslagen: de Chileen nam uit de tinnen schaal, die hij in zijn hand hield, een handvol yerba maté en deed die in de aarden pot die de Indiaanse hem voorhield; daarop stak zij haar neus in de pot, rook aan de maté alsof het snuiftabak was en wisselde een paar woorden met El Cholo; de mesties pakte nog een vingergreepje uit zijn schaal en voegde dat bij de thee in haar pot, en zij ging opnieuw staan snuiven, schudde het hoofd en legde ongeveer de helft van de inhoud van haar pot terug in zijn schaal. Het was een soort van spelletje, dat vaak eindeloos doorging en waarbij een deel van de maté, na iedere nieuwe gedachtewisseling, telkens weer van de schaal naar de pot en van de pot naar de schaal verhuisde.

'Buenas tardes!' zei Rocco.

'Che, genovés' zei El Cholo met zijn droge, raspende stem. 'Is dat je zondagse hoed?'

De koop was gesloten en de Paraguayaanse vrouw ging met haar pot naar binnen zonder Rocco een blik te gunnen.

'Lach jij me uit, hongerlijder?' zei Rocco en aaide de kauwende, kwijlende snoet van de lama.

'Waarom zou ik, compañero? Ik ben een vriend en een weldoener van de cabecitas negras, dat hoor jij toch te weten. Al ben ik dan mijn eigen baas, ik zeg altijd: que trabaje el patron'. Hij stopte de tinnen schaal in een van de zakken, die over de rug van de lama hingen. 'Zeg, heb jij het nieuws al gehoord?'

'Bedoel je de aanslag op de hoofdredacteur van La Opinión?'

'Welnee. Weet jij dan niet dat ze een huiszoeking gedaan

hebben bij padre Gustavo?'
'Bij de padre flamenco? Daar wist ik niets van. Hebben ze hem opgebracht?'
'Nee, ze hebben enkele nummers van een verboden blad meegenomen, hoe heet het ook weer: Revolución y Cristianismo. En een briefje van padre Paolo, dat uit de gevangenis gesmokkeld was.'
'Gesucristo, dat ziet er niet zo mooi uit.'
'Ik heb horen zeggen, dat ze ook beslag hebben gelegd op zijn schrijfmachine.'
'No cabe más! En als wij een klosje garen gappen omdat we onze broek niet kunnen ophouden als er geen knopen aanzitten, dan zijn we puercos ladrones' zei Rocco verontwaardigd. Een schrijfmachine was in zijn ogen een heel belangrijk instrument, dat tot de uitrusting behoorde van mensen met een hogere, goddelijke of wereldlijke inspiratie; het produceerde verordeningen, omzendbrieven, kranteartikelen en dat soort dingen en symboliseerde bijgevolg macht, gezag, ontwikkeling en maatschappelijke invloed.
Hij bleef nog een tijdje staan praten met de mesties en vervolgde toen zijn weg: 'Ik ga een eindje verderop, naar de casa de Mendoza, eens kijken hoever ze er al mee staan. Ciao!'
'Hasta luego!' zei El Cholo.
Rocco was benieuwd of de vrijwilligers, die zich hadden aangemeld om het huis van Mendoza te helpen afbouwen, ondertussen het dak zouden hebben bereikt. Het werk schoot in ieder geval goed op: vorige zondag, toen iedereen vrij was, hadden die kerels met hun elven drie lagen gemetseld en de betonnen vloer gegoten. Mendoza zou staan kijken, als hij vrijkwam. De hele opzet was een initiatief van Zorrilla, de Venezolaan: hij had, naar het voorbeeld van de Katholieke Bouworde, een dozijn of wat peones weten over te halen om de nodige materialen te 'organiseren' en gezamenlijk, volgens een vooraf ontworpen ploe-

85

genstelsel, de handen uit de mouwen te steken. Deze wil tot 'liefdadige samenwerking' en het resultaat dat zij met hun allen hoopten te bereiken, noemde Zorrilla 'een stichtelijk voorbeeld van de ontroerende solidariteit onder de verdrukte minderheden'. Het was een zin die heel geschikt was om in Nuestra Lucha af te drukken. De Venezolaan praatte al net zoals al die andere 'pastores de almas': zijn woorden zweefden om je heen als een geurige nevel uit een van die dure, witgelakte spuitbussen met pastelkleurige bloemetjes erop. Het was natuurlijk ontzettend aardig, dat ze op dat idee waren gekomen – maar wat hadden die honderdduizenden, die miljoenen anderen aan één voorbeeld? Hij vroeg zich af of Mendoza zich in zijn nieuwe huis niet zou voelen als de paus van Belgrano, die 's nachts wakkerlag bij de gedachte aan de duizenden arme stinkerds rondom hem bij wie het de hele tijd door inregende? Of zouden pausen daarvan niet wakkerliggen?

'Hé, Bartolini, kom jij een handje helpen?' zei Pedro Lombo. Hij gooide stenen op, die drie meter hoger behendig werden opgevangen door Günter Selig. De turco Djâhid, de Boliviaan Rodriguez Cuellar en de Guatemalaan Raul Palma waren bezig de voorgevel te voegen en Zorrilla liep met het bouwplan in de hand rond als een scheidsrechter met zijn vlaggetje. Een paar jongetjes sleepten water voor de specie aan in benzineblikken, die bijna zo groot waren als zijzelf. Ze moesten daarvoor tien minuten ver lopen, tot aan de rand van de nederzetting.

'Ik heb wel wat anders te doen' zei Rocco in antwoord op Lombo's vraag. Niemand vroeg wat hij dan zoal te doen had en ze schenen het ook allemaal te druk te hebben om te zien dat hij een hoed ophad; er werd tenminste geen enkele opmerking over gemaakt. Hij ging een beetje teleurgesteld bij de voegers staan, die in een politieke discussie verwikkeld waren. Ze hadden het over Peron en over de verwachte opening naar links en over het manifest 'La

hora del pueblo', dat al zoveel stof had doen opwaaien.
Toen er een pauze in het gesprek viel, zei hij, om maar
iets te zeggen: 'jullie bent aardig opgeschoten sinds zondag.'
'Waarom stuur jij dat lekker stuk niet hierheen om ons te
helpen, Bartolini?' vroeg Cuellar met een schuin lachje.
'Wat voor lekker stuk bedoel jij?'
'Nou, die meid die bij je inwoont, dat pronkstuk.'
'Ja, la princesa' zei Palma. 'Als we wat tijd overhebben,
zullen we hàar voeg ook eens opstoppen.'
De turco zei niets, hij werkte zwijgend voort. Zelfs onder
de bezitlozen was er nu eenmaal ook een bovenlaag en een
onderlaag, en tot de laatste behoorden ontegensprekelijk de
indios en de turcos. Ze hadden alleen het recht te bestàan,
en zelfs dat recht was niet duidelijk omschreven.
Als ik boos word, dacht Rocco, zullen ze nog harder lachen, en daarom zei hij: 'Kun jij het niet met la Natalia
doen?'
'Madre de Dios' zei Palma, 'als we la Natalia moeten voe-
gen, hebben we een volle bak mortel nodig.'
Cuellar lachte als een buikspreker, zonder zijn lippen te be-
wegen. Rocco lachte met hem mee, en op dat moment riep
Selig vanaf zijn steiger: 'Zorrilla, wat doen we? We heb-
ben geen stenen meer.'
'Qué mala suerte' zei Zorrilla. 'Tja, wat doen we, jongens?
Dan zullen we er voorlopig wel mee moeten stoppen.'
'Ik weet nog wel een vrachtje afbraakstenen liggen' zei
Rocco. 'Ze moeten alleen afgebikt worden.'
Meteen begonnen ze allemaal opgewonden tegen hem te
schreeuwen, behalve Djâhid, die rustig doorging met voe-
gen.
'En dat zeg jij nu pas?'
'Zijn het er veel?'
'Voor de dag ermee. Waar liggen ze?'
'Stel je voor, hij weet dat we desnoods de Casa Rosada

zouden afbreken om aan stenen te raken, en nou zegt hij doodgemoedereerd...'

'Je houdt ons toch niet voor de gek, Bartolini?'

'Momentito, momentito' zei Rocco en stak met een bezwerend gebaar zijn armen op. 'Als jullie door elkaar gaan schreeuwen...' Selig was van zijn steiger afgesprongen en ze stonden nu allen om hem heen; ook de turco had zijn voegijzer neergelegd. 'Als je wilt, zal ik er zelf om gaan. Maar dan heb ik een handkar nodig...'

'Pedro heeft een handkar,' zei Zorrilla.

'Ja zeker' zei Lombo.

'We zullen met je meegaan.'

'Dat hoeft niet. Ik kan het wel alleen af. Bezorg mij die kar, en ik help jullie aan stenen' zei Rocco. Hij voelde zich opeens heel belangrijk, en dat was geen onprettig gevoel. Het was in ieder geval een heel wat prettiger gevoel dan de 'nevralgias'. Het kon een toeval zijn, maar het laatste kwartier had hij niet meer gedacht aan de pijn tussen zijn ogen, en zolang hij er niet aan dacht, werd hij ze niet gewaar.

Een paar minuten later duwde hij de handkar van Lombo moeizaam voor zich uit, in de richting van de noordelijke uitgang. Het speet hem al dat hij had voorgesteld om die stenen zelf te gaan halen: het waren er vast meer dan veertig, als het er geen vijftig waren, en vijftig bakstenen vertegenwoordigden een krankzinnig gewicht, vooral als je ze in een waggelende kar door die vervloekte modder moest aanslepen. Gelukkig had het al enkele dagen niet meer geregend, zodat de wegen over 't algemeen wat minder blubberig waren.

Langs allerlei omwegen bereikte hij de schutting met het opschrift NADA SIN PERON in forse, gekalkte letters. Eigenlijk stond er alleen nog maar NA SI PER en een deel van de letter O op, want er waren op verschillende plaatsen planken en zelfs volledige panelen uit weggebro-

88

ken.

Hij liet de kar bij de schutting achter en sprong over de sloot, die vol met slijkerig bruin water stond. Aan de rand van de maleza bleef hij staan en keek om zich heen. De wind woei in lange golven van de rivier aan en voerde het hinnikende geluid van paarden aan. De stenen lagen een paar honderd meter verder, op een open plek in het kreupelhout, vlak bij de grens van het terrein dat aan de vleesconservenfabriek toebehoorde. Hij vroeg zich af hoe hij erbij zou kunnen komen. Het zou een hele toer worden: hij had niet op die sloot gerekend.

Terwijl hij daar stond, zag hij een man met een donkere pull door het kreupelhout lopen. Hij liep een weinig voorovergebogen, alsof hij iets zocht, maar toen hij het lagere struikgewas bereikt had, zag Rocco dat er een jongetje bij hem was. Van op die afstand kon hij het niet zo goed zien, maar hij had de indruk dat het jongetje een schoenpoetsersbak droeg. Hij kreeg het er warm van, het bloed steeg naar zijn hoofd. Er waren misschien wel honderd of meer jonge schoenpoetsers in het dorp, maar zijn vaderinstinkt zei hem dat dat jongetje Massimo was en dat de vent, die hem meelokte in het dichtere struikgewas, dat liederlijke zwijn van een Gomez was.

Een kwaadaardig gegrom steeg uit zijn keel op. Hij vloekte en hij bad, in het Spaans en in het Italiaans, en rende met zijn plompe, uitstaande voeten als een aangeschoten haas de maleza in. Onderweg verloor hij zijn hoed, maar dat kon hem op dat moment weinig schelen: hij liep door. Buiten adem bereikte hij het kreupelhout. Ik vermoord hem, dacht hij, ik wring hem de nek om. Hijgend, vol blinde woede en angst, volgde hij het slingerende pad door het doornbos en stond pas stil, zodra hij Gomez en het jongetje weer in het oog kreeg. Toevallig stond hij vlak bij de open plek, waar de hoop stenen lag. Waarom hij dat deed wist hij niet, maar hij bukte zich, pakte een van de stenen op en sloop

achter Gomez aan, die nu de hand van het jongetje vasthield en met de andere hand de zweren in zijn nek liep te
krabben.
'Jij bent nu een flinke jongen, ik weet heel goed dat ik op
jouw leeftijd...' hoorde hij die beroerling zeggen, maar de
wind veegde de rest van zijn woorden weg.
Ze kwamen in het hoge heesterhout en toen Rocco per ongeluk op een dorre, afgebroken tak trapte, keek Gomez geschrokken om. Hij liet de hand van het jongetje los en
staarde Rocco met een verwilderde blik aan. Het jongetje
draaide zich op zijn beurt om en Rocco zag tot zijn opluchting dat het Massimo niét was: het was Pablito, het zoontje
van Mendoza. Zijn woede zakte; hij was zo verrast, dat hij
niet goed wist wat hij moest zeggen of doen. Hij zag dat
Gomez wantrouwig naar de steen keek, die hij in zijn hand
hield, en hij deed uitdagend een paar stappen in zijn richting en zei: 'Cochón, als jij onze... onze chicos niet met...
met rust laat...' Hij begon te stotteren en tegelijk kwam de
pijn heviger dan ooit tevoren tussen zijn ogen opzetten.
'Bemoei je met je eigen zaken, macaroni' zei Gomez smalend. 'Bespioneer liever je eigen wijf, dan zul je tenminste
weten waar dat broed van jou vandaan komt.'
Het jongetje verschool zich angstig achter de rug van Gomez en Gomez zei met een gluiperig lachje tegen hem: 'Je
hoeft niet bang te zijn voor die schijtlaars met z'n grote
bek. Als ik wil maak ik stamppot van hem.'
Samen met de pijn voelde Rocco ook zijn woede weer opkomen. 'Jij smerige hond! Jij hoerenzoon!' huilde hij en
haalde met een vlugge beweging uit. Gomez bukte zich en
Rocco zag vol verbijstering hoe de steen met een ontzetten-
de kracht de kinnebak van het jongetje trof. Het jongetje
smakte met gespreide armen en zonder een kreet achterover, als een pop die weggeslingerd werd. Uit zijn gereed-
schapsbak, die met een klap voor Gomez' voeten terechtkwam, rolden enkele blikjes schoensmeer tevoorschijn.

De dag na de huiszoeking kreeg Gustavo met de post twee brieven: een van de Speciale Afdeling Diego Perro van de Policia Federal, en een van de bisschop. In de brief van de politie, die ondertekend was door luitenant Albarillo, werd hij verzocht zich dringend aan te melden op het hoofdbureau. Een reden werd daarbij niet opgegeven. De brief van het diocees bevatte een gelijkaardig verzoek: op vrijdag de veertiende, om halfvier, werd hij ontboden bij de bisschop. Gustavo voelde zich teleurgesteld omdat er nog steeds geen brief uit Vlaanderen bij de post was. Om de twee maanden schreef hij uitvoerig naar huis en tot hier toe had hij zonder mankeren binnen de maand een antwoord gekregen, maar nu had hij al meer dan drie maanden niets meer van ze gehoord. Zijn laatste twee brieven waren onbeantwoord gebleven. Hij maakte zich ongerust, en terwijl hij zich stond om te kleden liet hij zich tot allerlei dwaze veronderstellingen verleiden. Misschien was zijn moeder ernstig ziek en zag zijn zuster er tegen op om hem dat te schrijven. Of misschien was er iets nog veel ergers gebeurd, was het huis in de lucht gevlogen. Had zijn zuster hem in haar laatste brief niet geschreven, dat ze pas waren aangesloten op de aardgasleiding en dat ze daar wel een beetje bang voor was, omdat je tegenwoordig bij de overschakeling van stadsgas op aardgas vaak van lekken hoorde die een ontploffing veroorzaakten? Nee nee, dat was niet zo belachelijk, het was heel goed denkbaar. Onlangs nog had hij in 'La Prensa' een foto gezien van een flatgebouw in Argentueil, in de buurt van Parijs, dat door een gasexplosie verwoest was.

'Ik ga naar de avenida Pueyrredon, ik moet me bij de politie aanmelden' zei hij tegen Blanca Molina, die emmers water van de patio aansleepte. 'Als ik om acht uur vanavond nog niet terug ben, zou u dan de zusters willen waarschuwen?'

'Hemeltjelief, padre, u denkt toch zeker niet dat ze u zullen gevangen houden?' zei de werkster met grote, verschrikte ogen en zette haar emmers neer.

'Je weet nooit' zei hij somber. 'Vroeg of laat zal het wel aanbranden. Ik neem aan dat mijn dossier minstens even bezwarend is als dat van je man, en hoe lang zit die al niet in de gevangenis? Zeven maanden?'

'Ja, zeven maanden en zestien dagen' zuchtte ze. 'Hoewel – hij is een kommunist, en hij komt daar ook voor uit, en u bent tenslotte een priester.'

'Dat maakt geen verschil meer' zei Gustavo, 'als je weet dat er bijna evenveel priesters als kommunisten gevangen zitten.' Hij dacht aan de leus die in Rodolfo's 'iglo' tegen de muur hing en hij vroeg zich af of hij straks, tijdens de confrontatie met de gevreesde luitenant Albarillo, voldoende moed zou hebben om zich 'een waardig dienaar van de onderdrukte volken' te tonen. Zou hij zijn mond durven opendoen? Misschien zou hij daartoe niet eens de kans krijgen. Hij wist heel goed dat hij zich daaromtrent niet al te veel illusies hoefde te maken: er werden in heel Zuid-Amerika dagelijks priesters uitgewezen, opgesloten of doodgemarteld, en hij kon zich geen enkele reden voorstellen waarom hèm een dergelijke beproeving bespaard zou blijven, zeker niet als hij doorging met het verspreiden van zogezegde 'subversieve' artikelen, het lezen van illegale bladen en het verlenen van clandestiene hulp aan slachtoffers van het regime. Het stelde hem evenwel tot op zekere hoogte gerust, dat ze hem niet 's nachts kwamen weghalen of aan de bushalte stonden op te wachten: ze riepen hem schriftelijk op het matje en dat kon alleen betekenen, dat ze voorlopig nog niet van plan waren om definitief met hem af te rekenen.

'Ik hoop maar dat u geen last met ze krijgt vanwege dat meisje, dat ik naar u heb gestuurd' zei Blanca Molina.

'Och' zei hij, 'ze hebben keus genoeg, als het erop aankomt een motief te vinden om mij onschadelijk te maken. Trouwens, als er geen motieven voorhanden zijn, zullen ze er wel een ensceneren. Op dat gebied zijn ze heel vindingrijk.' Hij glimlachte droefgeestig, stak zijn hand in de zak van wat ooit een donker, deftig clergypak was geweest en diepte er verwonderd een geknakte, afbladerende sigaar uit op. Die moest daar al lang in zitten. Hij herinnerde zich vaag dat hij ze ongeveer een jaar geleden, bij het begin van de zomer, van een Belgisch journalist had gekregen. 'Dat meisje, die Gilda Ortiz' vroeg hij, terwijl hij de sigaar tussen zijn vingers verkruimelde, 'is die al lang bevriend met je zoon?'

'Waarom denkt u dat ze bevriend is met Manuel? Heeft ze u dat verteld?'

'Nou ja, bevriend... ze zei dat ze hem heel goed kende.'

'Dat zou best kunnen, die estudiantes kennen elkaar als potje en pannetje' zei Blanca en zette haar voet op een dikke, blauwe kever die over de patio liep.

'Hij heeft toch zeker wel eens over haar gesproken, of niet?' wilde Gustavo weten. Hij begon nieuwsgierig te worden. Wat dom van hem, dat hij niet nader was ingegaan op de 'referenties' van dat meisje, toen zij in de verduisterde spreekkamer van de Hermanitas tegenover hem had gezeten.

'Manuel? Over dat meisje? Nee, nooit, padre.'

'Dat is vreemd. Ze scheen me nochtans te willen doen geloven dat het Manuel was, die haar op het idee had gebracht om mijn hulp in te roepen, via zijn moeder.'

'Dan heeft ze u voorgelogen. Tegen mij zei ze, dat ze gestuurd was door Olivarez, een compañero van mijn man.'

'O, waarschijnlijk heb ik haar verkeerd begrepen' mompelde hij en voelde zich erg onzeker worden. Er klopte iets niet. Zou zijn geheugen hem in de steek laten? Eén ding stond vast: Gilda Marta Ortiz had met geen woord van

Olivarez gerept, daar was hij absoluut zeker van.

In een gedrukte stemming liep hij een poosje later door de trieste, klamme, herfstige straten van Flores, langs de kale voortuintjes waar kleine vulkaantjes van bijeengeharkte vochtige bladeren tussen de citroen- en sinaasappelbomen smeulden, langs de lage, grauw gepleisterde, bunkerachtige huizen waar enkele geslachten van Portugese specerijen-handelaren uit de vorige eeuw een humus van vergane welstand hadden achtergelaten. Een sterk gevoel van li-chamelijke onveiligheid vergezelde hem, wierp een scha-duw van angst voor hem uit.

Hij passeerde het pas opgeschilderde restaurant 'La Tabli-ta', en toen kwam hem opeens weer die afschuwelijke af-faire Benotte voor de geest, waaraan 'La Razón' voor enkele maanden ruchtbaarheid had gegeven en die een enorme opschudding had veroorzaakt. Pascal Benotte, een miskend tangozanger en vader van vijf kinderen, was al geruime tijd werkeloos toen hij Scigliano ontmoette, een van die holsterhelden van de federale politie. Net als al die geüniformeerde gorilla's met hun leren polsriemen en hun zilveren halskettinkje was Scigliano een 'duro', een taaie desem, maar de dag waarop Benotte hem ontmoette was hij blijkbaar goed geluimd. Ik heb gehoord dat de pa-tron van La Tablita een tangozanger zoekt, zei hij, als je wil zal ik je bij hem aanbevelen. Daar had Benotte wel oren naar en diezelfde avond reed Scigliano hem, in het gezelschap van twee andere handhavers van de openbare orde, persoonlijk in een politieauto naar Flores. In de buurt van een gedeeltelijk gesloopt huizenblok in het jodenkwar-tier hielden de weldoeners van Pascal Benotte halt, trapten hun beschermeling uit de auto en doorzeefden hem met een mitrailleursalvo. In hun rapporten, die door 'La Razón' werden gepubliceerd, stelden zij de werkeloze tangozanger voor als een gevaarlijk misdadiger die, betrapt op diefstal met inbraak, heftig weerstand had geboden. Toen de waarheid aan het licht kwam, zei een van hen, Ressia heette hij of zoiets: 'het is de enige kans die je hier hebt om promotie te maken: een misdadiger uitvinden en hem onschadelijk maken.'

God geve dat ik niet een van die misdadigers ben die in hun schrikwekkende verbeelding sluimeren, dacht Gustavo vol ontzetting terwijl hij het metrostation Pueyrredon verliet en zich een weg baande door een troep kakelende schoolkinderen in witte kieltjes. Hij probeerde het gruwelijke verhaal uit zijn hoofd te zetten en aan iets anders te denken, iets liefelijks en opbeurends, maar weldra kwam hij tot de vreselijke ontdekking dat zijn herinnering alleen maar vervuld was met ontmoedigende ervaringen en naargeestige gebeurtenissen, dat hij op geen enkel ogenblik de gelegenheid had gekregen om de Heer in blijmoedigheid te dienen. Het was of zijn ziel haar stijgkracht had verloren, of zij als een roetige walm was neergeslagen in het armageddon van de villas miserias. Die vaststelling benauwde hem zozeer, dat het zweet hem uitbrak en hij gedurende enkele minuten, overweldigd door een duizeling van angst en wanhoop, op de stoep voor het hoofdbureau van de Brigade moest blijven staan. Toen verzamelde hij al zijn moed en ging naar binnen.

In de gang liepen gelaarsde mannen met verveelde gezichten en zwarte bakkebaarden rond; ze hadden een groen overhemd zonder distinctieven aan en lieten hun lange armen op een vreemde, aapachtige manier langs hun lichaam bengelen, alsof ze hun leven lang zware koffers hadden gesjouwd. Sommigen droegen over hun hemd de bruinleren, gekruiste bandoleras, die aan de singels onder een doorgezakte fauteuil deden denken. Een van die besingelde kerels bracht hem, zonder naar zijn naam of het doel van zijn bezoek te informeren, naar het bureau van de jefe. Tot zijn verwondering werd hij vrijwel onmiddellijk bij luitenant Albarillo toegelaten; het leek haast of de teniente ongeduldig op zijn komst had zitten wachten.

'Ga zitten, padre' zei Albarillo op vlakke toon. Hij had een onuitstaanbare neusstem.

Eerst zag Gustavo alleen de slanke, gevoelige, bijna vrouwelijke handen van de luitenant, die als goed onderhouden en zelden gebruikte gereedschappen op de sousmain lagen, op het rose vloeiblad dat er uit zag als een firmament van kleine en ietwat grotere inktspatjes. Daarna viel, precies zoals hij verwacht had, zijn oog op een stapel dossiers in vuilblauwe mappen; er lag een verzilverd hoefijzer als presse-papier bovenop. Vervolgens ontdekte hij, aan de andere kant van de bespikkelde sousmain, iets wat hij helemààl niet verwacht had hier te zullen zien en dat zijn nieuwsgierige verbazing en tegelijk zijn argwaan opwekte: een met zwart fluweel bekleed juweliersplateau, waarop minstens een stuk of honderd verschillende manchetknopen uitgestald waren. Heel even kwam de gedachte bij hem op, dat deze zonderlinge etalage misschien iets te maken had met de onopgeloste juwelenroof in de Diagonal del Norte, maar bij nadere beschouwing leek hem dat nogal onwaarschijnlijk: de meeste manchetknopen zagen er niet zo kostbaar uit, integendeel, het waren bijna stuk voor stuk kramerij-artikelen van het goedkope soort, en bovendien hield de Brigade zich uitsluitend met politieke misdrijven bezig, in het bijzonder met wat zij 'subversieve activiteiten' noemden; overvallen, inbraken en diefstallen vielen niet onder hun bevoegdheid, tenzij ze door politiek verdachte vreemdelingen gepleegd werden.

'Wel, wat vind u ervan, padre? Mooie verzameling, niet?' Gustavo sloeg zijn ogen op en keek de man, die tegenover hem zat, voor het eerst in het gezicht. Albarillo betekende, letterlijk vertaald, 'abrikoos', en dat zou wel grappig zijn geweest als het gezicht, dat bij die naam hoorde, er ook had uit gezien als een abrikoos. Maar de natuur was niet zo gul met dergelijke spelingen, want het gezicht van de luitenant leek met zijn bleke, dunne lippen, zijn blauwe dooraderde slapen en zijn hoog voorhoofd op het gezicht van duizenden andere porteños. Het gezicht van de gevreesde luitenant Albarillo van de brigade Diego Perro had blijkbaar helemaal niets schrikwekkends: het was een dor, gesloten, onopvallend gezicht, waar zelfs geen plichtsbesef van af te lezen was.

Gustavo zweeg en Albarillo stak zijn hand uit naar het plateau, liet zijn vingers over de collectie manchetknopen zweven. 'Het is een van mijn hobbies: manchetknopen verzamelen. Kijk eens hier, wat een prachtig exemplaar, met het wapen van de provincie Rio Negro erop', zei hij en toonde Gustavo een ivorieten knoop. Toen hij dat gebaar maakte, schoof de manchet van zijn groene hemd wat verder onder de mouw van zijn uniformjas uit, en Gustavo keek niet naar de ivorieten knoop met het wapen van Rio Negro erop, maar naar de geëmailleerde knoop in de manchet van de luitenant. Het was net een schijfje rabarber, er zaten vertikale groene en rode veegjes op. 'Een boeiende bezigheid, vooral als je jezelf de beperking kunt opleggen ze niet te kopen. Dat is geen aardigheid, dat spreekt vanzelf, je kunt een massa van die spullen kopen in de ramos generales. Nee, ik geef er de voorkeur aan ze te krijgen of te vinden. Soms krijg ik ze wel eens cadeau van gedetineerden, uit dankbaarheid. Dat gelooft u natuurlijk niet, maar ik ben als een vader voor ze. Of er vallen mij min of meer van rechtswege enkele exemplaren toe uit hun nagelaten bezittingen, als een bescheiden compensatie voor de kosteloze gastvrijheid die ze hier genoten hebben. Dat zijn natuurlijk aardige souvenirs' ging Albarillo cynisch voort. 'U hebt zelf ook originele manchetknopen aan. Die heb ik nog nooit gezien. Zijn dat gemelos flamencos?'

'U bent misschien wel een verwoed verzamelaar, maar een kenner bent u blijkbaar niet' merkte Gustavo stekelig op. 'Dit zijn namelijk heel gewone, ik zou bijna durven zeggen

ordinaire Argentijnse manchetknopen. Die heb ik van mijn vorige huishoudster gekregen, toen ze bij me wegging.'
'O juist. Die Indiaanse, bedoelt u, die begin februari naar haar familie in Tucuman is teruggekeerd?'
'Inderdaad. U bent goed geïnformeerd' zei Gustavo. Hij schrok wel een beetje, toen hij hoorde hoé goed de teniente geïnformeerd was.
'Och, laten we het professionele belangstelling noemen' zei Albarillo met die vervelende, nasale stem van hem. 'En u? Verzamelt u zelf niets?'
Wat een idioot gesprek is dit, dacht Gustavo. Het werkte op zijn zenuwen en daarom zei hij, vol zachte ironie, het enige wapen dat hij in staat was te hanteren: 'Ja. Aflaten.' De jefe zag hem onbewogen aan, nam de handschoen op en koos hetzelfde wapen: 'O, bent u katholiek?... Ja, natuurlijk, neem me niet kwalijk. Het is waar ook: u bent priester. Dat blijkt niet zo duidelijk uit uw dossier, en ik heb nu eenmaal vooral met dossiers te maken. Uw dossier, moet u weten, bevat zo wat alle elementen die men normaal terugvindt in de dossiers van kommunistische agitators. Ik moet zeggen dat ik dat niet zo leuk vind, het geeft me een onbehaaglijk gevoel, want ik ben zelf ook katholiek en dergelijke vaststellingen ondermijnen mijn vertrouwen in de lagere geestelijkheid.' Hij pakte het zilveren hoefijzer op, trok uit de stapel blauwe mappen een dossier naar zich toe en sloeg het open. 'Het zal u wel bekend zijn, dat dit een van mijn andere stokpaardjes is: gegevens verzamelen omtrent personen die ik interessant vind. En op dat gebied ben ik géén amateur, dat kan ik u verzekeren.'
'Noemt u een schrijfmachine ook een gegeven?' liet Gustavo zich geprikkeld ontvallen, want op een apart tafeltje bij het raam, schuin achter de luitenant, had hij de oude Remington met het groen bijgeschilderde klavier zien staan die hij van Martin Rubio geleend had en die ze gisteren tijdens de huiszoeking hadden meegenomen.

Albarillo volgde zijn blik. 'Ik heb ontdekt, padre' zei hij, 'dat een schrijfmachine zelfs in de handen van een sacerdote een instrument van de duivel kan zijn. Wat doe je in zo'n geval? De priester beschermen door het werktuig te verwijderen.'

'Zo naïef kunt u niet zijn' zei Gustavo. 'Trouwens, mag ik u doen opmerken, luitenant, dat die schrijfmachine niet mijn persoonlijk bezit is? Ik heb ze van iemand geleend.'

'Ja, de duivel heeft altijd zijn medeplichtigen' zei Albarillo lakoniek en ging in het dossier zitten bladeren. Het viel Gustavo op dat er kleine, groene vlekjes op zijn vingertoppen zaten. Hij had veel zin om te zeggen: mag ik u daarenboven doen opmerken, dat er verf van mijn duivenhok aan uw vingers zit? Maar hij wist niet hoe ver hij kon gaan zonder de luitenant op stang te jagen, en hij besloot dus maar zijn mond te houden. Al wat hij zei kon tenslotte tegen hemzelf gebruikt worden, ook de onschuldigste opmerking. Er was niet zoveel verschil tussen de dialectiek van de 'dicta-dura' en wat Rodolfo 'de dialectiek van de biechtstoel' noemde.

'Maakt u zich maar geen zorgen over die schrijfmachine: daar is alleen conservatoir beslag op gelegd' zei Albarillo vervolgens. Hij bladerde de stukken van het dossier om en Gustavo zag in de map enkele exemplaren van 'Nuestra Lucha' en van 'Revolución y Cristianismo' zitten. 'We zijn nu eenmaal verplicht af en toe impopulaire maatregelen te nemen – al noemt u dat dan anders. Terreur noemt u dat, geloof ik. Is het niet?'

Gustavo zat zich koortsachtig af te vragen waar en in welke context hij het woord 'terreur' kon gebruikt hebben, maar hij kon het zich niet herinneren. Het was een van die knipperlichtwoorden die zowel in de linkse als rechtse pamfletliteratuur voortdurend aan- en uitgingen en waarmee gemakshalve het machtsmisbruik van de 'andere partij' werd aangeduid. Je nam die woorden vaak onbewust over, ook als je er alleen maar een onduldbare toestand wilde mee omschrijven.

'Terreur? Hoe zo? Ik kan me niet herinneren dat ik dat woord ooit gebruikt heb' zei hij voorzichtig.

'Werkelijk niet?' zei Albarillo. Hij staarde op een papier, dat deel uitmaakte van het dossier en dat er als een kantje van een brief uitzag. 'Dan moet u maar eens luisteren naar wat uw liefhebbende moeder u op acht april jongstleden schreef. In het Vlaams wel te verstaan, dat ik helaas niet machtig ben. Ik ben dan ook zo vrij geweest mij een Spaanse vertaling ervan te laten bezorgen.' Hij citeerde een passage uit een brief van Gustavo's moeder, die ze blijkbaar onderschept hadden, want geen enkele van de aangehaalde zinnen kwam Gustavo bekend voor: 'Ik ben er zeker van, lieve jongen, dat je het ginder veel moeilijker hebt dan je ons durft te bekennen. Als jij van terreur spreekt, dan zal het wel een hel zijn, want ik ken je goed genoeg om te weten dat je het allemaal wat rooskleuriger voorstelt om ons niet nodeloos ongerust te maken. Moet je werkelijk ginder blijven, in dat vreselijke land, enzovoorts' zei Albarillo en bleef de brief met een hoek vasthouden tussen duim en wijsvinger, alsof het de een of andere schunnigheid was die hij beroepshalve moest manipuleren. Eindelijk legde hij hem voor zich neer, keek Gustavo vragend aan: 'En, padre?' In afwachting van Gustavo's antwoord sloeg hij met de vingers van zijn rechteɪhand een geluidloze roffel op de kneukels van zijn linkerhand. 'Dat is niet netjes, wel? We mogen ons allicht gelukkig prijzen dat u geen buitenlands correspondent bent: God weet welke gruwelverhalen u in uw argeloos padvindersidealisme de wereld zou insturen! U vergeet bovendien dat dit vreselijke land, waar de politie volgens uw beweringen – onder andere in Nuestra Lucha – een meedogenloze terreur uitoefent, u al negen jaar gastvrijheid verleent. Dankbaarheid schijnt niet een van uw meest opvallende eigenschappen te zijn.'

Gustavo slikte en zei, terwijl hij zijn blik gericht hield op de verzameling manchetknopen: 'U kunt mij misschien van ondankbaarheid beschuldigen, maar niet van het verspreiden van leugens. Hoe kan men een land, waar de politie zich het recht toeëigent om het briefgeheim te schenden, anders noemen dan vreselijk?' Hij fixeerde een paar vergulde knopen met een wafelmotief. 'De feiten liegen er niet om. Of noemt u de affaire Benotte soms een verzinsel? Of word ik verondersteld geen geloof te hechten aan wat mijn geloofwaardige, integere medebroeder Paolo me vanuit de gevangenis schrijft? Liegt hij dan, wanneer hij zegt dat hij niets dan zoute vis te eten krijgt en geen druppel water om zijn dorst te lessen, dat hij vaak de hele nacht met zijn blote knieën op een houten rol moet zitten en dat hij geen emmer of wat dan ook heeft om er zijn gevoeg in te doen? U kunt dit alles toch niet zo maar wegblazen als kwaadwillige verzinsels.'

De luitenant leunde behaaglijk achterover en luisterde met een gevaarlijke, geduldige welwillendheid. 'Ik weet precies wat er in dat briefje staat, dat padre Paolo u heeft doen toekomen, u hoeft mij dat niet te zeggen' zei hij, toen Gustavo uitgesproken was. 'Eigenlijk ben ik maar wat blij, dat we daar de hand konden op leggen, want het toont maar weer eens aan wat een geëxalteerde verbeelding jullie armenpriesters hebben. Om jullie bestaan te rechtvaardigen maken jullie van het onrecht een soort van cultus, dat zijn hoogtepunt vindt in een retorisch, delirerend proza, een wonderlijk mengsel van Europese nachtmerries en Zuidamerikaanse dagdromen, geïnspireerd door het proletarisch evangelie van Marx en Lenin en door het evangelisch proletarisme van Torres y sus discipulos. Als ik die gestencilde blaadjes van jullie lees moet ik altijd aan jullie denken als aan de hogepriester van de zwarte voeten, die zich verbeelden heilige lepralijders te zijn. Een melaatse geest hebben jullie in ieder geval wel.' Op zijn tot nog toe onbewogen gezicht verscheen opeens een uitdrukking van diepe weerzin, alsof hij per ongeluk op een verborgen knopje had gedrukt dat zijn masker deed afvallen. 'Ik zal u eens wat zeggen, padre: ik hoop dat u niet zo onnozel bent te denken, dat wij ons gecompromitteerd voelen door die dwaze beschuldigingen van padre Paolo. Om u de waarheid te zeggen: wij hebben uw bisschop een fotokopie van dat briefje gestuurd. Zo weinig hebben wij te vrezen. U kunt het hem vrijdag zelf vragen, als u me niet gelooft.' Gustavo keek verrast op: 'Hoe weet u dat ik vrijdag...?' 'Wij weten meer dan u vermoedt' zei Albarillo op insinuerende, bijna dreigende toon. 'Het is overigens geen geheim, dat er een uitstekende vorm van samenwerking bestaat tussen het episcopaat en de politie in dit land.' In dit vreselijke land inderdaad, dacht Gustavo, waar de kardinaal en de bisschoppen hun handen in onschuld wasten en hun priesters uitleverden aan de beul, en alsof Albarillo zijn gedachten geraden had, voegde hij er aan toe: 'Is er dan niemand die jullie ervan kan overtuigen, dat de Argentijnse hogere geestelijkheid zich van jullie anarchistische denkbeelden en subversieve activiteiten distantieert? Dat revolutionaire slagzinnen en gebeden evenmin samengaan als kruitdamp en wierook?'

'Het Nieuwe Testament is niets anders dan een verzameling revolutionaire slagzinnen.'

'Ja ja, het rode boekje van Jezus' smaalde Albarillo. 'Jullie maken er een rotzooi van, van de bijbel.' Hij haakte zijn duimen achter zijn bandoleras en sloeg opeens een heel andere toon aan: 'Dat volstaat wel, als gedachtenwisseling. Basta! U kunt mij verdere toelichtingen bij uw persoonlijke opvattingen omtrent de maatschappelijke en godsdienstige problemen besparen: die zijn me voldoende bekend, aangezien ik regelmatig Nuestra Lucha lees. Wat mij op dit moment vooral interesseert, is hoe u in het bezit bent gekomen van dat briefje, die boodschap van padre Paolo? Wie heeft u dat bezorgd?'

Weer staarde Gustavo naar de verzameling manchetknopen op het zwarte plateau en hij dacht aan de verhalen die hij gelezen en gehoord had over officieren in de Duitse uitroeiingskampen, die horloges, ringen en allerlei andere voorwerpen verzamelden die hadden toebehoord aan vergaste joden en politieke gevangenen. Hij huiverde, wendde zijn blik af van het plateau en probeerde het antwoord op de vraag, die hem gesteld werd, uit te stellen door aan de bisschop te denken, die oud en vermoeid en conservatief was en die de 'pastores extranjeros' verloochende. Ja, hij zelf was een geboren Argentijn, een oom van een van de 'gorilla's' van de Primera Junta, en de vreemde padres staken als doornen in zijn vlees. De universaliteit van de Kerk was in Argentinië blijkbaar versmald tot het nationalistisch bewustzijn van de hogere clerus.

'Hebt u mijn vraag niet begrepen?' De stem van de jefe had een norse klank gekregen. 'Ik vroeg u hoe u aan dat briefje bent gekomen?'

'Ik heb het in mijn brievenbus gevonden' loog Gustavo. Hij voelde zich rood worden en wist niet goed waarheen hij moest kijken. Hij was vastbesloten Violette Lafaut voor verdere en waarschijnlijk ondraaglijker vernederingen te behoeden en hij vertrouwde erop, dat deze leugen uit naastenliefde hem niet al te zwaar zou worden aangerekend. Ten slotte bleef zijn blik rusten op Albarillo's sousmain, op de rose hemel vol zwarte, gedoofde sterren. De sterren van de duizenden slachtoffers van de Brigade van Jaap de Hond, dacht hij.

'Zo zo, in uw brievenbus' zei Albarillo schamper. 'Wat staat er precies in dat rode boekje van Jezus: gaat dan heen en onderwijst alle volken met leugens? Aprieta, padre! Foei. Daarstraks zei u nog dat ik u wel van ondankbaarheid kon beschuldigen, maar niet van leugens. En nu zit u daar schaamteloos te liegen.'

'Waarom denkt u dat ik lieg?'

'Omdat ik in mijn lange carrière als politieofficier een speciaal zintuig heb ontwikkeld, dat heel wat feillozer functioneert dan een leugendetector.' Hij wachtte even, als wilde hij Gustavo de gelegenheid geven om zijn leugen te herroepen, en zei toen: 'En omdat ik er vrijwel zeker van ben, dat señorita Lafaut u dat briefje heeft gebracht.'

De zwarte sterrenzwermen kwamen in beweging en Gustavo indentificeerde zich met een tamelijk grote, grillig gevormde staartster in het midden van de rose hemel. Zijn ster scheen uit te zetten, langzaam dichterbij te komen; hij tuurde ernaar en het was of hij door een donker gat de eeuwigheid inkeek, een ontzaglijke, angstwekkend lege ruimte, waar Hij had horen te zitten, de bronader van alle goed en alle waarheden, in een gouden glorie, omringd door sneeuwwitte wolken van engelen.

'Gaat u me laten folteren?' vroeg hij, maar zijn spot schampte af op zijn eigen angst. Het klonk veel banger, argwanender dan hij het zelf bedoeld had.

'U hebt zich te intens in de middeleeuwse kerkgeschiedenis verdiept, padre' zei Albarillo. 'Maar u hebt me nog steeds geen antwoord gegeven op mijn vraag. Was het señorita Lafaut?'

'Het zat in mijn brievenbus toen ik thuiskwam' hield Gustavo vol en opeens voelde hij zich heel rustig worden. Alle spanning week uit hem, waarschijnlijk omdat hij nu niet meer terug kon: hij had de beslissende stap gezet om moedig te zijn, en die stap hielp hem over zijn angst en onzekerheid heen.

'Wanneer was dat?'

'Laat eens kijken – gisteren. Néé, eergisteren.'

'En hoe laat kwam u toen thuis?'

'Dat weet ik niet meer zo precies. Ik geloof tussen zes en zeven.'

'Tussen zes en zeven. En toen zat dat briefje al in uw bus?'

'Ja.'

'Juist.' De teniente pakte een van de sigaretten die als tandenstokers in een spanen kokertje zaten. 'Zou u dat durven zweren op het hoofd van de Heilige Maagd?' Hij stak zijn sigaret aan en spuwde de rook tussen zijn dunne, bloedeloze lippen tegen het plafond uit.

Gustavo antwoordde niet en keek langs hem heen door het raam naar buiten. Achter het raam strekte zich een schilderachtig binnenplein met een oude, arduinstenen drenkbak uit; het plein was aan één zijde afgesloten door een palissade van hoge, aangepunte palen. Een man in een blauwe overall liep met een opgerolde waterslang over zijn schouder langs de palissade. Hij liep daar, als een figurant in een operette, met bestudeerde onverschilligheid langs het onwezenlijk romantische decor van gebrand paalwerk.

'Het zat dus niét in uw bus, en bijgevolg hebt u tegen me gelogen' besloot Albarillo. 'Mooi zo. Nu weet ik tenminste dat u een reden hebt om te liegen.' Hij blies de as van zijn sigaret af, wierp een vluchtige blik op het dossier en zei: 'Daar komen we ook wel achter, achter die reden. Onze molens malen, net als die van God, langzaam maar zeker.' Daarop deed hij het dossier dicht. 'U kunt gaan, padre.'

'Bedoelt u... dat ik vrij ben?'

'Ja, natuurlijk. Ik heb wel al voldoende redenen om u te laten arresteren: een leugenachtige verklaring onder andere, en beledigingen van het regime. Maar ik ben een eerzuchtig man, moet u weten, en ik houd niet van half werk. Ik zal niet rusten voordat ik àlle elementen van uw dossier bij elkaar heb. A proposito: u weet toch dat uw verblijfsvergunning over twee maanden verloopt en dat u minstens één maand van tevoren een aanvraag om verlenging moet indienen?'

'Ja, dat weet ik' zei Gustavo en stond aarzelend op. 'U bedoelt...'

'Ik bedoel niets. Ik wou u daar maar even attent op maken'

zei de luitenant en wuifde de rook voor zijn gezicht weg. Achter hem, op het plein, liep de man met de waterslang opnieuw voorbij, in de tegenovergestelde richting. Het was net of sommige mensen altijd maar heen en weer liepen, zonder ooit hun doel te bereiken.

Gustavo was er na dit gesprek volkomen zeker van, dat luitenant Albarillo niet tot die categorie van mensen behoorde.

Terwijl hij de kaarsen doofde, dacht Rodolfo aan het zoete, gele eierbrood dat zijn vader altijd bakte op Sacramentsdag en dat hij om de een of andere reden kluizenaarsbrood noemde. Het scheen al héél lang geleden; ze woonden in de buurt van de Via Toledo, een van de armste wijken van Napels, en hij herinnerde zich dat hij eens de eindeloze trappen tussen de krotten was opgeklommen om twee volle, zware manden met kluizenaarsbroden te bestellen bij de zusters in San Martino. De zusters hadden hem lauwe limonade te drinken gegeven en een oude vrouw in een blauwe pelerine en met grijze stoppels op haar kin, die bij de Clarissen op bezoek was, had hem medelijdend over de wang geaaid en gezegd: 'Is dat de jonge Ricciardelli? Poverino. Arm jochie.' Hij wist toen nog niet dat zijn moeder ongeneeslijk ziek was; vijf weken later zou zij na een vreselijke doodsstrijd van acht uren sterven, op een buiige woensdagnamiddag in juni, terwijl de Vesuvius in de verte dreigend rommelde: uit haar dode mond gulpte, als lava uit de krater van de vulkaan, een rose massa schuim te voorschijn.

Bij de gedachte daaraan knielde hij voor het altaar neer, op de ruwe rode planken vloer van quebrachohout; hij bad een tientje voor de zielerust van zijn moeder, en de hele tijd bleef hij achter zijn gesloten oogleden de bloederige, giftige

slijmzwam zien die de tengere vrouw met haar kurken ge--
zicht en de blauwe kringen onder de ogen zeventien jaar
geleden had uitgebraakt. 'Glorie zij de Vader en de Zoon en
de Heilige Geest' zei hij en toen hij zijn ogen weer open-
deed en zich stram oprichtte, duizelig van slaap en ver-
moeidheid, brak de bleke Argentijnse winterzon heel even
door: een flauwe lichtbalk drong door het koorvenster de
capilla binnen en helderde de kleuren in de altaardwaal
op, het gouden en groene stiksel dat zich tot een boom van
Jesse vertakte om het paarse medaillon met de geborduur-
de beeltenis van Onze Lieve Vrouw van Lujan, de pa-
troonheilige van Argentinië, aan wie de kerkbarak gewijd
was. Rodolfo keek naar het licht, dat zich weifelend in het
koor verspreidde, maar er was geen gisting en geen blijdschap in hem bij het aanschouwen van dit voortdurende
scheppingswonder, het Licht, de schaduw van God, dit
universele teken van de genade, de verlossing, de loute-
ring, de waarheid en de openbaring. Het licht hinderde
hem en de schrille kleuren vermoeiden hem. Hij verlangde
naar wat slaap, naar de donkere geborgenheid, naar enkele
uren van weldadige afwezigheid in deze rusteloze wereld,
naar een tijdelijke verdoving van de vreemde drift die je
altijd weer verplichtte tot denken en doen, tot zien en begrijpen, tot luisteren en praten, tot bidden en hopen en
hoop geven, tot onvoorwaardelijke deelneming aan het
lijden van Christus en de mensen. Paulus had de priesters
'de gevangenen van Christus' genoemd – maar waren zij
niet veeleer de gijzelaars van Christus en de gevangenen
van de lijdende, zondige mensheid?
Hij keerde zich om, onderdrukte een geeuw en liep langzaam tussen de banken door naar de biechtstoel. Liefst was
hij in zijn eigen kamertje wat op zijn bed gaan liggen,
maar dat kon nu niet, want tot elf uur gaf Violette Lafaut
les in de iglo, vlak ernaast. Hij ging dan maar in de biechtstoel zitten; daar kon hij meestal op dit uur, na het uitgaan

van de mis, ongestoord een dutje doen. Net zomin als je de kerk een echte kerk en de school een echte school kon noemen, zag de biechtstoel er als een echte biechtstoel uit: hij had meer weg van een douchecel, of van een draagstoel zonder draagbomen. Tussen de twee gebeitste, houten zijwanden was aan een roestige, ijzeren stang een ondoorzichtig, plastieken gordijn opgehangen, waarmee het zithokje van voren kon worden afgesloten. Omdat het erg moeilijk was om aan het geschikte hout te geraken, was het confessionale aan de bovenzijde open gebleven, en ook de schuifjes voor de spreekroosters ontbraken, maar daar had ten slotte geen mens zeer van. Het was treurig, maar je moest hier nu eenmaal alles improviseren. Af en toe had Rodolfo zelfs het gevoel, dat hij ook God moest improviseren. Hij moest Hem met de botte schaar van zijn verbeelding uit de vale, alledaagse werkelijkheid van de villa Belgrano knippen, zoals hij de pateen, bij gebrek aan een gouden schoteltje, uit het kartonnen deksel van een schoenendoos moest knippen en vergulden. Alleen de zonden, die in dit primitieve biechthokje vergeven werden, waren niet geïmproviseerd.

Hij schoof het pruimkleurig gele, verschoten gordijn dicht en ging op de met een versleten tapijt beklede, lege sinaasappelkist zitten die als zitbank voor de biechtvader dienst deed. Op de kist lag een exemplaar van het directorium van het voorbije jaar. Paolo had het daar neergelegd de dag voor zijn arrestatie, en sindsdien was het daar blijven liggen. Niemand anders maakte er gebruik van, en ook Paolo gebruikte het alleen maar als een soort van praktisch memorieboekje, om er zijn geheugenspijkertjes in te leggen: strookjes papier waarop hij in telegramstijl allerlei dingen noteerde die hij niet mocht vergeten.

Rodolfo sloeg het directorium op een willekeurige bladzijde open en las de aantekeningen die Paolo in zijn peuterig handschrift had gemaakt op de dag van de Epifanie. Hij was zo moe, dat het nauwelijks tot hem doordrong wat er op het 'spijkertje' stond: 'Milia Patini: met haar man spreken'- en daaronder: 'Arevalo: reticentie?', 'Anna Santucci: kerkhof'. Hij bladerde voort. Op een ander papiertje, dat tussen de bladen van de feestdag van de kruisverheffing lag, stond: 'Cuellar: niet geabsolveerd, eerst verzoening', 'C.Bianchi: aanbeveling tekenschool', 'Aumüller: verblijfsvergunning'. Toen hij nog een paar bladen omsloeg, dwarrelde een van de spijkertjes op de grond. Hij raapte het op. Er stonden twee merkwaardige aantekeningen op: 'Ramona V.: Laatste Oordeel, hagedissen' en 'Yacallpa: waarschuwen!'. Terwijl hij het papiertje achteraan in het boek schoof, vroeg hij zich af wie Ramona V. was. Hij had nog nooit van haar gehoord, waarschijnlijk was het iemand die niet in de villa woonde. Had Paolo haar hagedissen beloofd? Maar wat had, in Godsnaam, het Laatste Oordeel daarmee te maken? Het leek wel een kabbalistische formule. Volgens sommigen zou Paolo via een Argentijnse verbindingsman in contact staan met een van de leiders van de Tupamaros in Montevideo. Als je dat niet al te letterlijk opvatte, kon die verbindingsman ook een verbindingsvrouw zijn, en dan zou het ogenschijnlijk onschuldige, kabbalistische geheugenspijkertje wel eens een bezwarend of toch minstens gevaarlijk dokument kunnen worden, zo het ooit in verkeerde handen viel. Voor de uitgekookte troep van Jaap de Hond zou het ongetwijfeld een koud kunstje zijn om de codewoorden 'hagedissen' en 'Laatste Oordeel' te vertalen, en het zou nog veel eenvoudiger voor ze zijn om onder de enkele honderden volwassen Ramona's, die in de hoofdstad verbleven, de enkele tientallen op te sporen wier familienaam met een V. begon en deze te laten schaduwen. Tenzij natuurlijk ook Ramona V. een codenaam was.

Misschien is het veiliger dit papiertje te doen verdwijnen, dacht Rodolfo. Na enige aarzeling besloot hij het toch maar in het boek te laten zitten. Als die aantekening inderdaad zo bezwarend was als hij dacht, zou Paolo vast niet zo stom zijn om ze tussen de bladen van het directorium op te bergen en dat directorium dan ook nog te laten rondslingeren. Gerustgesteld door die conclusie, klapte hij het boek dicht, en legde het naast zich neer. Vermoeid leunde hij achterover en sloot zijn ogen. Met zijn achterhoofd en zijn schouders steunde hij tegen de harde, houten wand; het was geen gemakkelijke, ontspannen houding, en hoewel hij probeerde nergens aan te denken en daar een tijdlang ook in slaagde, kon hij de slaap niet vatten. Uit de mist aan de grens van zijn bewustzijn doemden telkens weer, zonder enige onderlinge associatie, woorden en beelden en geluiden op, als fragmenten van een vervaagde voorstelling, als brokstukken van een ongeboren gedachte. Het was of hij in een toestand tussen dronkenschap en onpasselijkheid verkeerde.

Weldra ging hij, zonder het te willen, op de geluiden zitten letten die uit de iglo doordrongen tot in de capilla. De kinderen schenen bijzonder rustig te zijn, hij hoorde alleen de kukelende stem van Violette die hem aan het gekraai van een vurige haan deed denken; af en toe sloeg haar stem zelfs even over. Ze scheen iets voor te lezen of voor te dragen, maar hij kon niet altijd verstaan wat ze zei, omdat ze vaak in dat gebrekkige Spaans van haar de klemtoon verkeerd legde. Toen kwam een hele reeks woorden, een soort van litanie waarin telkens, klepelend als een klok, het woord 'paz' terugkeerde: '... Vrede voor de bakker en de zijnen, vrede voor de bloem, en vrede voor het koren dat morgen wordt geboren' meende hij te verstaan. Die zinnen kwamen hem bekend voor, en opeens wist hij wat het was: 'Het ontwaken van de houthakker' van de Chileense dichter Pablo Neruda. Het was een heel mooi gedicht, hij hield er zelf ook heel veel van, maar hij vond het nogal dwaas van haar dat ze die jongens en meisjes tussen zeven en veertien jaar, van wie de meesten niet eens konden lezen

en schrijven, leerde dromen in verheven hexameters, spondeeën of wat voor dichterlijke voeten dan ook. De Derde Wereld had geen behoefte aan weerloze, gefrustreerde dichters en dromers, maar aan ingenieurs, dokters en agronomen. Poëzie was nu eenmaal, helaas, geen efficiënt wapen in de strijd tegen het analfabetisme, de onwetendheid, de uitbuiting en de verdrukking; ze was hoogstens een balsem op de stinkende wonden van de mezquinos en parados, een zijden franje aan een dunne, versleten lappendeken. De poëtische vervoering was in feite een luxe voor de verzadigde consument van de geïndustrialiseerde landen. Als de vreedzame revolutie ooit zou zegevieren in dit deel van de wereld, dacht hij, zou niet de canto van de ontwakende houthakker daartoe bijdragen, maar het zelfbewustzijn en het vertrouwen in de toekomst van de gediplomeerde werktuigkundige ingenieur die voor de houthakker een boomzaagmachine ontwierp waarmee deze vijftigmaal meer bomen in vijftigmaal minder tijd kon vellen en zagen. Hij was zich heel goed ervan bewust dat dit een van de grondgedachten van de kommunistische wereldbeschouwing was – maar waarom zou een gedachte die de mogelijkheid inhield om het lot van miljoenen mensen te verbeteren, als verwerpelijk moeten gebrandmerkt worden? Trouwens, waren niet alle wereldbeschouwingen, ook de christelijke en de kommunistische, te herleiden tot nauw aan elkaar verwante typologieën?
'Ik zeg adieu en keer weer huiswaarts, naar mijn dromen. Ik keer terug naar Patagonië, waar de wind de fincas striemt en waar de oceaan besuikerd is met ijs... ook als ik duizendmaal zou sterven, zou het telkens dàar zijn, in mijn kleine koude land dat ik tot in zijn wortels liefheb...'
Luisterend naar het humanistische levenslied van de Chileense marxist, naar dit warme hijgen van rusteloze woorden waarin Violette's ziel haar eigen heimwee naar Frankrijk mee uitzong, dommelde Rodolfo langzaam in. Hij

droomde dat hij op de trappen van de Santa Chiara in de zon zat, temidden van een steeds aangroeiende menigte lazzaroni, die uit de omringende straatjes kwamen aanzakken met in elke hand een fiaschetto, een bematte buikfles met chianti. Gezeten op de treden aan de voet van de kerk, dronken ze zwijgend van de wijn. Het leek wel een samenkomst van alle Napolitaanse bedelaars. Beneden liep een jonge, gebochelde souvenirventster, die een bril met blauwe glazen droeg, langs de stenen balustrade heen en weer. Maar zij verkocht niets, er waren geen toeristen, en het was of er nooit toeristen geweest waren, of de lazzaroni en het gebochelde meisje en de barokke, vergulde engelen van de Santa Chiara en de geveegde hemel daarboven alleen maar deel uitmaakten van het decor voor een opera seria die nooit zou worden opgevoerd. De bedelaars lagen lui achterover in de zon en zetten nu en dan de mandeflessen aan hun mond, maar zij werden niet dronken. Op zeker ogenblik richtte een van hen, een zwaarlijvige strandslaper met een rode bismarckbaard, zich in zijn volle lengte op en riep naar het meisje achter de balustrade: 'Hé, Ramona, een mirakel, je bult is weg!' Het meisje schrok en bevoelde over haar schouder heen haar hoge, mismaakte rug. Daarop werd zij door zo'n verdrietige woede aangegrepen, dat zij met een wild gebaar haar draagbak met leporelli en snuisterijen van lava, koraal en schildpad de straat op smeet. Als op een afgesproken teken begonnen de lazzaroni te joelen en te schreeuwen, maar onmiddellijk daarna stierf het hoongelach op hun lippen; het werd onwezenlijk stil en iedereen, ook Rodolfo en het meisje, keek vol verbazing naar de ansichtjes, de kammetjes, de poppetjes, de schildpadden poederdoosjes, de koralen armbanden en de miniatuurvulkaantjes die, ontheven aan de wetten van de zwaartekracht, op enkele meter boven de straat bleven zweven. Het meisje nam haar blauwe bril af en zonk op haar knieën neer, en de bedelaars volgden de een na de ander haar voorbeeld, behalve de strandslaper met de rode baard: hij bleef rechtop staan, starend naar het wonderlijke schouwspel, greep toen in kinderlijke verrukking een van de lege fiaschetti bij de hals en wierp hem met een forse zwaai omhoog. De fles klom steil de geveegde hemel in, kantelde, kwam snel weer naar beneden en spatte in scherven uiteen op de treden, op enkele passen van Rodolfo.

Verdwaasd trok hij zijn ogen-open. Hij keek tegen het gele, plastieken gordijn aan en zodra het tot hem doordrong dat hij gedroomd had, wist hij ook dat hij vlak na het geluid van het brekend glas, dat hem had wakker gemaakt, een ander gerucht had opgevangen dat niét meer bij zijn droom hoorde. Het was of er iemand de kerk was binnengekomen. Hij was er zeker van, dat hij het gehoord had op het moment dat hij ontwaakte. Hij had het in Belgrano gehoord, en niet in Napels, en waarschijnlijk had hij, als de droompsychologen het bij het rechte eind hadden, ook de klap van de vallende en uiteenspattende fles in Belgrano gehoord. Het zou hem niet verwonderen als dit geluid door de dichtslaande kerkdeur was veroorzaakt.

Hij schoof het gordijn een eindje opzij en keek slaperig langs de verlaten banken de capilla in. Er was niemand te zien, en het enige geluid dat op dat moment te horen was kwam uit de 'escuela'.

'Niet allemaal tegelijk' verhief Violette haar stem, 'jij, Enrico: waarom zou hij speciaal de bakker en het koren vrede toewensen? Wat bedoelt hij daarmee?'

Zuchtend liet hij zich weer achterover vallen. Omdat het brood het symbool is van de menselijke geluksstaat op aarde, dacht hij glimlachend. Hoe kon dat jongetje daar in 's hemelsnaam een bevredigend antwoord op geven? Ze greep wel wat te hoog, vond hij. Ik ben het brood des levens, wie tot Mij komt zal geen honger lijden, dacht hij nog, Johannes zes vijfendertig, en toen viel hij opnieuw in slaap. Ditmaal droomde hij dat hij door een laan met bloeiende lapacholbomen liep, die afhelde naar een vallei. In de vallei lag een verlaten indianendorp; er was in ieder geval niet de minste beweging te bespeuren in de buurt van de lemen hutten. Ook in de laan, die besneeuwd was met rose bloesems, was het ongewoon stil: hij kwam geen mens tegen. Terwijl hij verder naar beneden liep bleven de bloesems, hoewel er geen windzuchtje woei, van de bomen afdwarrelen, voor zijn voeten en in zijn haar en zo ver als hij zien kon, de hele lange laan door. Hij liep over een rose bloementapijt, dat aldoor dikker werd, en hij had bijna hetzelfde gevoel dat hij als knaap had, toen hij door de bevlagde en met bloemen bestrooide straten liep waar de processie doorheen moest komen, langs de wachtende menigte en de tabernakels en de Mariabeelden achter een gouden gloed van brandende kaarsen. Maar in zijn droom was het heel anders: er was geen processie in aantocht, er stonden geen mensen langs de weg en er waren ook geen tabernakels met heiligenbeelden en brandende kaarsen opgericht. Het was overal bevreemdend stil. Aan het eind van de laan, waar de bomen ophielden en de weg versmalde, was een houten brug, en achter die brug bevond zich een somber, houten gebouw, dat er met zijn getraliede vensters en de vlaggestok zonder vlag boven de deur als een gevangenis uit zag. Toen hij dichterbij kwam, werd het hem zo langzamerhand duidelijk dat ook dit gebouw verlaten was: de deur stond wijd open en hij zag of hoorde niemand. Nieuwsgierig en onbevreesd ging hij naar binnen. In de lege voorkamer was een grote vleermuis, een vampier, met gespreide vlerken tegen de wand gespijkerd en uit de reten tussen de zolderbalken hingen lange, zwarte stofdraden als lianen omlaag. Over de krakende houten vloer liep hij naar een van de twee schemerige achterkamers die, zoals hij al vermoed had, gevangeniscellen bleken te zijn of tenminste als zodanig dienst hadden gedaan. De brits was van de

muur afgeschoven en stond in het midden van de cel, en het wekte geen enkele aandoening bij hem op, geen angst en geen verbazing en geen medelijden, toen hij tot de ontdekking kwam dat een gebocheld meisje met een donkere bril op haar neus lag opgebaard op de rustbank. Zij lag daar, verstomd en versteend, als een van die gebeeldhouwde heiligen op middeleeuwse tomben; haar voeten waren tot halverwege haar benen bedolven onder een wolk van bruin verwelkende lapacho-bloesems. Hij boog zich over haar heen en legde zijn hand op haar koude voorhoofd. Haar brilleglazen, zag hij, waren blauw en haar dunne, rechte mond stond een beetje open, als de gleuf van een offerblok. Barmhartige God, wees haar ziel genadig, dacht hij, fluisterde hij, en op hetzelfde ogenblik ging een vreselijke gedachte door hem heen. Waarom wist hij niet, maar hij was ervan overtuigd dat dit een hinderlaag was, dat men hem in de val gelokt had. Hij deinsde achteruit, de blik op het dode meisje gericht, en nog voordat hij de deur bereikt had sprong zij plots in een warreling van opstuivende bloesems van de brits af en gilde 'grijpt hem, laat hem niet ontsnappen!', en hij stond als aan de grond genageld, wilde afwerend zijn handen uitstrekken, maar kon zijn armen niet opheffen en onmiddellijk daarop werd hij wakker en hoorde hij buiten, in de nabijheid van de kerk, een vrouw met schelle stem roepen: 'Oh madre! Dónde?'
Zijn lippen waren droog en zijn nek voelde pijnlijk stijf aan. Jezus, dacht hij, wat een nare droom. Op de een of andere manier moest dat bocheltje, dat tot tweemaal toe in zijn dromen verschenen was, toch iets te betekenen hebben. Hij herinnerde zich niet haar ooit in levenden lijve gezien te hebben; ze leek in ieder geval niet op iemand die hij kende, ook niet als hij haar blauwe bril en haar bochel, die deel schenen uit te maken van een vermomming, probeerde weg te denken. Wel bestond er waarschijnlijk een verband tussen de eerste en de tweede droom, tussen haar levende

verschijning in Napels en haar dode aanwezigheid in dat raadselachtige, uitgestorven Zuidamerikaanse dorp. Het leek hem niet uitgesloten, dat zij gewoon maar een projectie was van zijn onderdrukt verlangen naar een duidelijke manifestatie van de bovennatuurlijke krachten, naar een ondubbelzinnige openbaring van Gods aanwezigheid in de wereld ter rechtvaardiging van zijn steeds vaker wankelend geloof en zijn door gewetensvragen omsingelde roeping. Het kon immers geen toeval zijn, dat het meisje die mysterieuze goddelijke aanwezigheid tweemaal zichtbaar had gemaakt, eerst in het mirakuleuze visioen van de zwevende souvenirs, en vervolgens in haar eigen mirakuleuze opstanding.

Hij hoorde nu buiten niet één, maar verschillende vrouwen opgewonden door elkaar schreeuwen. Er scheen wat gaande te zijn daarbuiten, maar hij schonk er nauwelijks enige aandacht aan: er was voortdurend wat aan de hand in dit helse, babelse dorp; er was altijd iemand die gedonder had met iemand anders, en soms groeiden die veten en onenigheden uit tot regelrechte stammenoorlogen. De enige woorden die hij duidelijk kon opvangen waren: 'quién le ha encontrado?'; hij herkende de snibbige, kijfachtige stem van Milia Patini, met wier man Paolo op de dag van de Epifanie een gesprek onder vier ogen had willen hebben. Na een poosje scheen het rumoer wat af te nemen: de stemmen verwijderden zich.

Rodolfo keek op zijn horloge en was verrast toen hij zag, dat het al tien voor elf was. Hij had een behoorlijk deel van de voormiddag verslapen. Hij stond op en verliet haastig de biechtstoel.

De school was zelfs al uit, waarschijnlijk stond ook nog zijn horloge stil.

Violette zat in de iglo in haar dooie eentje gedroogde bladeren van planten en bomen uit te zoeken en die te bevestigen in een botanisch album, dat ze met haar eigen geld bekostigd had. Ze plakte een strookje kleefband over de steel van ieder blad en schreef daar dan zowel de populaire als wetenschappelijke naam van de plant of boom onder. Rodolfo sloeg haar verwonderd en een beetje medelijdend gade. Het trof hem ook nu weer dat ze zich blijkbaar gedreven voelde om het onuitputtelijke geduld en de onbaatzuchtige toewijding, waarover ze beschikte, te besteden aan vrij nutteloze dingen die ze ook in Europa had kunnen doen. Hij vond haar alles bij elkaar lief, kwetsbaar en hopeloos romantisch. Haar pedagogische bagage puilde uit van poëzie en liefde voor de natuur, en Godzijdank ook van moederlijke liefde voor die schoffies, die ze met een boterspaan en met een pekellepel probeerde duidelijk te maken waarom Neruda de bakker en het ongeboren koren vrede toewenste, en waarom de Westerse plataan drielobbige en de Oosterse plataan vijflobbige bladeren droeg.

'Dat houthakkerslied van Neruda, dat is een heel mooi gedicht. Ik houd er zelf ook erg veel van' zei hij tegen haar, want hij had niet de moed om haar tot zijn nuchtere boomzaagmachine-theorie te bekeren, en hij wist dat hij daarin ook nooit zou slagen.

'O, hebt u meegeluisterd?' zei ze en straalde van blijdschap, omdat hij meegeluisterd had.

Hoewel hij zich een beetje triest voelde worden, terwijl hij naar haar fröbelgefrutsel keek, zei hij: 'Met het ruisen van de Middellandse zee in mijn ziel. Ik hoop nu maar dat u zelf niet ook op de gedachte zult komen om adieu te zeggen en huiswaarts te keren, naar uw dromen.'

Ze bloosde en schikte een blad van de borrachioboom in het album. 'In het begin, de eerste weken, heb ik me wel dikwijls tegen die gedachte moeten verzetten, in momenten van moedeloosheid' bekende ze, 'maar nu ben ik daar wel ongeveer overheen.'

'Dat kan ik me voorstellen. Dat hebben we ten slotte allemaal doorgemaakt,' zei hij, terwijl hij zich van zijn albe ontdeed. Hij probeerde zich haar met een bochel en een blauwe bril voor te stellen, maar het resultaat was gewoon lachwekkend. Eigenlijk had hij met haar over zijn beide dromen willen praten, maar hij was bang dat ze uitsluitend belangstelling zou hebben voor de bloeiende lapacholbomen. 'Ik heb in ieder geval de indruk, dat u die schoffies stevig in de hand hebt. Bij mij zijn ze nooit zo stil' complimenteerde hij haar. Hij wou toch echt wel iets vriendelijks, iets aanmoedigends tegen haar zeggen zonder te hoeven huichelen.

'O, maar het zijn helemaal geen schoffies, padre' protesteerde ze. 'Ze kunnen zo lief zijn, daar hebt u geen idee van. Afgezien van enkele jongetjes die tamelijk onhandelbaar zijn, maar ja, dat zijn dan misschien de sterke karakters van morgen, de doordouwers, de heersersnaturen, wie weet. Kijkt u eens wat een mooi blad' zei ze terloops en toonde hem een evengevind, prachtig generfd jacarandablad. 'Er waren nochtans veel afwezigen vandaag.'

'O ja?' zei hij. 'Is Pablito Mendoza al terug uit het ziekenhuis?'

'Nee. Het schijnt dat z'n kakebeen gebroken is. Pauvre p'tit. Hoe kun je zoiets doen? Wie gooit er nu een steen in het gezicht van zo'n bloedje? Bartolini beweert dat hij Gomez wou raken, maar dat vind ik nu bepaald geen excuus. Zoiets doe je niet onder volwassen mensen: mekaar stenigen, net als de kinderen van de stam van Levi.' Ze schreef met een stompje potlood de naam onder het jacarandablad, heel netjes en zorgvuldig, in kalligrafisch schrift. 'Dat doet me er aan denken, dat ik ook zijn zoontje vandaag niet gezien heb.'

'Wiens zoontje?' vroeg hij verstrooid. Hij stond aan het bocheltje te denken; hij herinnerde zich opeens, dat de strandslaper op de trappen van de Santa Chiara haar Ramona had genoemd.

'Van Bartolini, Massimo. De laatste tijd kwam hij nochtans

regelmatig naar de voormiddaglessen. Een verstandig jongetje.' Ze hief het hoofd op: 'Wat is dat toch voor lawaai daarbuiten?'

'Och, weer het een of ander heibeltje' zei hij en luisterde op zijn beurt naar de opgewonden stemmen, die nu van de kant van de Avenida del Este schenen te komen. Hij hoorde ook een harde, blaffende mannenstem iets roepen. Het klonk alles zo onwezenlijk, net als de stemmen in zijn droom, de stem van de rosse lazzarone en die van het meisje, toen ze in dat geheimzinnige houten huis voorbij de brug opeens levend was geworden en gillend van haar brits was afgesprongen.

Violette legde het schaartje neer, waarmee ze de strookjes plakband van de cellofanen rol afknipte. 'Padre' zei ze aarzelend, 'weet u waar ik al een paar dagen zit over te piekeren?'

Rodolfo zag haar nieuwsgierig aan. Ze maakte niet de indruk dat ze over iets zat te piekeren.

'Ik heb horen zeggen – nou ja, padre Gustavo heeft het me zelf verteld, dat ze er bij de Brigade zijn achter gekomen wie hem dat briefje van padre Paolo gebracht heeft. Ze schijnen te weten dat ik er iets mee te maken heb. Dat vind ik bijzonder vervelend, niet zozeer voor mezelf, nee, maar – ik ben bang dat ze nu ook zullen te weten komen wie mijn verbindingsman is. Ik maak me daar voortdurend zorgen over. J'en suis vraiment troublée. Als ik zou zeggen wie het is, u zou...'

'U hoeft mij niet te zeggen wie het is' onderbrak hij haar, 'het lijkt me zelfs beter dat u het me niet zegt, dan kan ik tenminste mijn mond niet voorbijpraten. Maar ik vind wel dat u hem dringend moet waarschuwen, Violette.' Hij had haar spontaan bij de voornaam genoemd en zij keek hem dankbaar, haast opgelucht, aan met haar mooie, warme, paarszwarte 'morocho'-ogen.

'Ja, dat heb ik ook al gedacht' mompelde ze. 'Ik ben blij

dat ik er eindelijk eens met iemand kan over praten, je bent hier meestal op zo'n ellendige manier overgeleverd aan je eigen problemen.' Ze zweeg en deed voorzichtig het botanische album dicht. 'Als ik u in vertrouwen zou mogen nemen... Beschouwt u het maar als een biecht, dan bent u niet verplicht er één woord van los te laten. U kunt zich altijd verschuilen achter het biechtgeheim.'

'Ik geloof niet dat het overbrengen van boodschappen, zelfs clandestiene, op de biechtspiegel voorkomt. Het is moraaltheologisch gezien geen zonde' glimlachte hij en ging erbij zitten.

'Boodschappen overbrengen niet, nee, maar met een onderluitenant van de brigade Diego Perro naar bed gaan wél, veronderstel ik' zei ze.

Hij staarde haar ongelovig aan: 'Je bedoelt... u bedoelt toch niet... dat uw verbindingsman...?'

Beschaamd keek ze van hem weg. Met nerveuze gebaren veegde ze de overgebleven, gespreide bladeren op een hoopje bij elkaar. 'Ja' slikte ze, 'hij heeft dat briefje voor me uit de gevangenis gesmokkeld. Cambras heet hij, subteniente Cambras.'

'Ik hoef niet te weten hoe hij heet. U moet leren voorzichtiger zijn' zei Rodolfo, die maar moeilijk over zijn verbazing heenkwam. 'Als ik u goed begrijp, bent u met hem... gaan slapen in ruil voor dergelijke wederdiensten?'

'U stelt het nogal simpel, padre. God, het is veel ingewikkelder dan dàt. Je ne suis pas une putain, dat zult u toch zeker wel geloven. Ik heb hem toevallig ontmoet, een week of wat geleden, en ik vond hem al direct aardig. Hij was zo galant, zo innemend, en hij maakte een eerlijke indruk op me. U kunt dat misschien niet begrijpen – nou, ik ook niet, in het begin, ik zei tegen mezelf: je bent gek, met een officier van de Brigade, een van die beulsknechten, die sadisten...' Haar vingers speelden met een zilvergrijs lancetvormig blaadje, en toen slikte ze weer en zei: 'Ik had het gevoel dat ik bezig was me hopeloos te compromitteren, en tegelijk maakte ik mezelf wijs dat dit een enige gelegenheid was om misschien iets te doen voor al die ongelukkigen, tous ces misérables, hier in de bija, en in de gevangenis. Maar naderhand, toen ik hem wat beter leerde kennen, werd ik verliefd op hem en toen, que Dieu me le pardonne, ben ik voor de verleiding bezweken. Ik weet dat ik redenen heb om me diep te schamen, en ik weet ook dat u me een verdorven schepsel zult vinden, maar u kunt zich niet voorstellen, padre, wat dit voor mij betekent: un homme, un peu d'amour, un peu de tendresse, un peu de chaleur humaine. Ik ben al een heel eind de veertig voorbij, en ik was nog nooit intiem met een man geweest. U hebt het recht mij te verachten, maar ik hoop dat u mij niet zult veroordelen.'

'Ik veracht u niet en ik veroordeel u niet' zei hij, 'ik...'

'O nee, u hebt medelijden met mij, en dat is nog veel erger' zei ze tamelijk heftig.

'Alstublieft, zegt u dat toch niet. U hebt zoals ieder menselijk wezen recht op wat geluk, wat vriendschap, wat liefde. *Ik* zou redenen hebben om me diep te schamen, als ik u dat recht zou durven te ontzeggen.' Hij onderdrukte een opwelling om zijn hand op de hare te leggen, en juist omdat hij dit niet kon doen, omdat hun verhouding hem niet toeliet dit eenvoudige troostende gebaar te maken, kwam hij voor de zoveelste maal tot de ontmoedigende vaststelling, hoe machteloos je als priester stond tegenover het ingewikkelde kluwen van zwakke, menselijke gevoelens en drijfveren. Je kon alleen maar begrijpen en vergeven.

'Dieu merci, vous êtes un bon prêtre' fluisterde Violette en keek de hele tijd naar het zilveren blad tussen haar vingers.

'U zult nu waarschijnlijk wel begrijpen wat voor gevolgen het voor hem kan hebben, wanneer ze te weten komen dat hij de ontbrekende schakel was in de ketting tussen padre Paolo en padre Gustavo?'

'Dan zou het er inderdaad beroerd voor hem uit zien' zei hij. 'Al geloof ik niet dat ze veel verder zouden gaan dan de degradatie. Veel méér kunnen ze tegen hem niet doen zonder een publiek schandaal te riskeren. Zoiets zou onvermijdelijk de politie in diskrediet brengen, en na de affaire Benotte...'

Hij kreeg niet de gelegenheid om zijn zin af te maken. Er kwam iemand haastig de capilla ingelopen en een ongeduldige stem riep: 'Padre!'

'Ik geloof dat ze me alweer nodig hebben' zei hij tegen Violette. 'Misschien kunnen we dit gesprek vanmiddag voortzetten, zo u er tenminste behoefte aan hebt. Waar kan ik u vinden?'

'Tot vier uur ben ik in de infirmerie' zei ze en ze had dat nog maar net gezegd, of de deur werd opengeworpen en ze keken in het ontzwachtelde mummiegezicht van Manolo Saltabanco, de goochelaar en kwakzalver van Belgrano, die stroopjes en kruidenthee van een verdachte samenstelling verkocht aan de rijkelui van Acassuso, Martinez en San Isidro.

'Padre, por favor...'

Het gezicht van Manolo stond ernstig en hij vergat zelfs de onderdanige katterug te maken waarmee hij meestal 'los padres santos' begroette.

'Buen' dias, Manolo. Wat is er aan de hand?' vroeg Rodolfo.

'Dat kan ik niet zeggen in het bijzijn van de señorita' zei Manolo met een vlugge zijdelingse blik op Violette. 'Waarom niet?'

'Het is afschuwelijk, padre. Het is beter dat de señorita daarvan geen getuige is. Ik ben geen palurdo, het zou heel pijnlijk voor haar zijn.' Hij sprak zeer snel; hij goochelde even handig met woorden als met speelkaarten en pingpongballetjes. 'Perdone usted, señorita.' Hij maakte een verontschuldigde buiging in de richting van de señorita, die hem met een blik vol bange voorgevoelens aankeek. 'Wat bedoelt hij?' stamelde ze.

'Ik weet het niet' zei Rodolfo en stond verontrust op.

'Komt u alstublieft mee' drong Manolo aan.

Rodolfo volgde de Braziliaan, die zich in een vreemd en benauwend zwijgen hulde, door de kerk naar buiten. Tot zijn verbazing zag hij, dat het halve dorp voor de kerk was samengeschoold. De villeros zagen er bijzonder opgewonden uit en sommigen namen een dreigende houding aan, maar Rodolfo voelde onmiddellijk dat hun vijandige stemming niet tegen hem gericht was. Iemand zei 'als ik die kerel te pakken krijg, snijd ik zijn kloten af', en iemand anders, een vrouw met een blatende stem, zei 'laat de padre door'.

'Wat gebeurt hier?' wilde Rodolfo weten, maar Manolo begon zich een weg te banen door de menigte en gaf de padre door een beweging met zijn hoofd te kennen, dat hij hem moest volgen. De omstanders weken uiteen en toen zag Rodolfo, dat ze zich verzameld hadden om een handkar die in het midden van de weg stond.

Naast de kar stond Lorenza Bartolini, ondersteund door twee andere, veel tengerder vrouwen, die moeite schenen te hebben om haar overeind te houden; ze hing slap en met geknakt hoofd tussen hen in, alsof ze stomdronken was. Ook nu weer zei iemand, zodra Rodolfo de kar naderde: 'laat de padre door'. Het was Pedro Lombo die dat zei: hij stond aan de andere kant van de kar, met een grimmig gezicht en een wraakzuchtige blik. Maar niemand versperde Rodolfo de weg, hij kon ongehinderd dichterbij komen. De zon was allang weer verdwenen en er viel nu een zachte, kille regen, die het ruige paardedek op de kar met fijne, parelende druppels bedekte. Lombo sloeg zonder een woord te zeggen het dek een eindje terug en ontblootte het grauwe, in doodsangst verstarde gezicht van een zwartharig jongetje van een jaar of tien. Rodolfo kreeg een schok.

Het duurde even vooraleer het tot hem doordrong wie dat jongetje was: Massimo Bartolini, het zoontje van de cantineros. Het was inderdaad afschuwelijk wat hij te zien kreeg: de donkere, gezwollen tong van de arme, kleine stakker zat als een dikke plak lever tussen zijn tanden geklemd en zijn hals was geschramd en vertoonde, aan weerszijden van de adamsappel, enkele opvallende blauwe vlekken; een van zijn magere handen stak in een verkrampt, afwerend gebaar als een vogelpootje boven het dek uit. Rodolfo moest opeens weer aan het bocheltje in zijn droom denken: die had daar bijna net zo gelegen, op die harde brits in het huis voorbij de brug, levenloos uitgestrekt op haar mismaakte rug, en hij vroeg zich een ogenblik af of hij niet alweer stond te dromen; het zou hem niet hebben verwonderd, als het dode Italiaanse jongetje van de kar was opgesprongen en geschreeuwd had: 'grijpt hem, laat hem niet ontsnappen!'

Het was onwezenlijk stil om hem heen, niemand zei een woord, precies zoals in zijn dromen. Alleen het onderdrukte, schokkende snikken van Lorenza Bartolini, dat op het onregelmatig puffende geluid van een motorboot leek, verbrak de stilte. Hij kon geen woord uitbrengen; vol ontzetting keek hij naar de gezichten die hij om zich heen ontwaarde: bleke, ontdane, grimmige, sombere en wraakzuchtige gezichten. Eindelijk zei een van de vrouwen, die Lorenza ondersteunden: 'Geef hem alstublieft uw zegen, padre.' Onwillekeurig hief hij zijn hand op, maakte het kruisteken over de roerloze gestalte onder het dek en zei met een grove, grommende stem, die hij niet als de zijne herkende: 'In nomine Dei et Filii et Sancti Spiritus, amen.' De regen zeeg over het koude, vertrokken gezicht van Massimo neer, glinsterde in zijn haar en zijn wenkbrauwen, en Rodolfo staarde verwezen naar de vlekken in de hals van het jongetje, die duidelijk sporen van wurging waren, en trok toen langzaam het paardedek weer omhoog.

'Felipe heeft hem gevonden, in de maleza' zei Manolo.
'Cual Felipe?' vroeg Rodolfo.
'Felipe Paz' zei de goochelaar en keek naar het vriendje van Natalia Polo, die onverschillig met de handen in zijn broekzakken stond toe te kijken en ter bevestiging van Manolo's verklaring alleen even met zijn ogen knipte.
'Poblecito!' kermde een Columbiaanse met een spraakgebrek en hief angstig de ogen ten hemel, alsof zij verwachtte ieder ogenblik God te zullen zien verschijnen met het vlammende zwaard der gerechtigheid.
Massimo's moeder begon luid en onbeheerst te huilen en Rodolfo ging naar haar toe en legde zwijgend, hulpeloos zijn hand op haar schouder. Heilige Moeder van Jezus, bad hij, laat ook dit jongetje opstaan, zoals het meisje in mijn droom. Het was een krankzinnig gebed, hij besefte duidelijker dan ooit dat de Kerk niet langer een kerk van mirakelen was, dat zij ook in haar zending als middelares gefaald had.
Hij keek naar de gezichten van de mannen en vrouwen, die naast en achter Lorenza stonden, en toen hij nergens de cantinero bemerkte, vroeg hij: 'Waar is Rocco? Waar is je man?'
Lorenza antwoordde niet. Ze hield alleen op met huilen en schudde wanhopig het hoofd, als had het verdriet haar stom gemaakt.
'Hij is vanmorgen met Milena naar La Boca gegaan, om er wat geld te lenen van een vriend' zei Gilda Marta Ortiz, die met haar jong, hemels gezichtje als een schutsengel achter Lorenza opdoemde.
'Je zou die arme vrouw beter wegbrengen naar huis' zei hij tegen het meisje en terzelfder tijd raakte iemand zijn arm aan. Een sterke hand greep hem fors, dwingend bij de elleboog en een harde, blaffende stem zei: 'Padre, we moeten die kerel te pakken krijgen. Hij is een gevaar voor onze kinderen.' Hij draaide zich om en keek in het gebruinde en

gegroefde, agressieve gezicht van Faya 'el Torero'. Hij herkende de stem, die van de kant van de Avenida del Este geroepen had terwijl hij met Violette in de iglo had zitten praten.

'Weet jij soms wie het is?' vroeg hij.

'Ja, natuurlijk: Gomez. Wie anders? Iedereen weet dat toch' blafte Faya.

'Waarom denk je dat? Zijn er getuigen, of bepaalde aanwijzingen?'

'Alsof we die nodig hebben' zei Faya verachtelijk. Hij sprak luid en heftig, zodat de omstanders konden horen wat hij zei. 'U weet zelf ook wel wat Pablito Mendoza overkomen is. Rocco heeft dat zwijn op heterdaad betrapt, of wist u dat niet?'

'Alsof het de eerste maal is, dat hij jongetjes meelokt naar de maleza' gromde Pedro Lombo. Ook de anderen vielen Faya bij, woedend, scheldend op Gomez. Iedereen raakte in beroering, het geschreeuw hield aan en Rodolfo had moeite om zich verstaanbaar te maken. 'Waarom zou hij zoiets doen? Daar is geen enkele reden toe!' riep hij over de hoofden van de omstanders heen.

'Hij is een sadist!' schreeuwde een 'ruso' met een lappenmuts op en een jonge Chuncho-indiaanse met een schilferige pellagrahuid gilde hysterisch: 'U hebt geen kinderen, padre.'

'Als hij onschuldig is, waarom verbergt hij zich dan? Waarom laat hij zich niet zien?' zei een stem uit de menigte achter Rodolfo's rug.

'Ja, waarom verbergt hij zich?' klonk het van overal.

'Al kruipt hij in het gat van de duivel, we zullen hem verdomd weten te vinden' dreigde 'el Torero'.

Rodolfo probeerde vruchteloos de opgehitste gemoederen tot bedaren te brengen: niemand luisterde nog naar hem. Ergens achteraan, achter een stelletje druk snaterende gallegos, zag hij Violette staan: hij poogde haar aandacht te trekken, maar ze keek niet naar hem, ze stond met ogen vol afschuw naar het gesprek van de Spanjaarden te luisteren. De menigte begon zich ondertussen min of meer te verspreiden, maar de meesten gingen nog niet weg: er ontstonden kleine groepjes, waarbinnen de gebeurtenis herkauwd werd met heftige gebaren die vaak aan dolkstoten deden denken. Pedro Lombo en enkele Argentijnse campesinos met plakkerig haar manoeuvreerden met de handkar; ze duwden ze traag voort in de richting van de infirmerie en enkele tientallen villeros liepen met ze mee.

Op het moment dat Rodolfo zich een weg baande naar Violette toe, kwam uit de Calle Caracas de Guatemalaan Raul Palma met zwaaiende armen aanlopen. Rodolfo kon niet verstaan wat hij riep, maar al direct ging het gerucht van mond tot mond, dat iemand Gomez een uur of wat geleden in de richting van de kerk had zien lopen. Hij stond versteld en vooraleer hij iets had kunnen zeggen of doen, kwam de menigte als een kruiende rivier in beweging, aangevoerd door een briesende Faya: 'A la capilla! Hij heeft zich in de kerk verstopt, onder de rokken van de priesters!' 'Terug, imbeciles!' schreeuwde Rodolfo. 'Jullie bent gek geworden. Er is niemand in de kerk, ik kom er net vandaan... Ik zweer jullie...' Hij zweeg. Ze schonken zelfs geen aandacht aan hem en zijn woorden gingen verloren in het tumult. Er ontstond een plotse oploop voor de kerk: meer dan honderd gringos, gallegos, criollos en turcos drongen dreigend, scheldend en tierend nabij de ingang van het houten gebouw op. 'Gomez, kom er maar uit! Je zit als een rat in de val!' brulde Faya, die helemaal vooraan stond, samen met Palma en Domenico Santucci en de ruso met zijn lappenmuts.

Opeens werd Rodolfo door schrik bevangen; het was of iemand in zijn maag stompte. Hij herinnerde zich het geluid van een dichtklappende deur, dat hem in de biechtstoel uit zijn eerste slaap had doen opschrikken, en onmiddellijk daarop dacht hij aan die keer, toen hij Gomez voor de politie onder het altaar verborgen had. Gomez kende de weg naar de veiligste schuilplaats in de villa.

Ik moet ze tegenhouden, dacht hij en haastte zich naar voren. Het begon harder te regenen en er stegen zure, wolkige dampen uit de grond op, die uit de flodderige broekspijpen van de mannen en de lange, wijde poncho's van de vrouwen schenen te komen. Hij drong de griezelig opgewonden mannen en vrouwen ongeduldig opzij en ontdekte in het gedrang het bange gezicht van Violette. Hij bevond zich op slechts enkele passen van haar. 'Godzijdank, dààr ben je' zei hij en pakte haar bij de arm. 'We moeten verhinderen, dat ze de kerk binnendringen. Kun jij ze niet tot andere gedachten brengen?' Zonder haar antwoord af te wachten of nog verder op haar te letten, werkte hij zich met zijn schouders en zijn ellebogen tot vlakbij de kerk, maar voordat hij Faya en de overige onruststokers bereikt had, ging de kerkdeur op een kier open. Julio Gomez stak voorzichtig zijn hoofd naar buiten en schrok toen hij de grote, grimmige, op wraak beluste menigte zag die zich voor de 'barak van Christus' op de weg verzameld had. Er viel een korte stilte; iedereen keek verrast en vol verbazing naar de ingang, alsof ze er tot op dat moment nog maar half van overtuigd geweest waren dat de moordenaar van Massimo Bartolini zijn toevlucht in de kerk gezocht had. Het gezicht van Gomez was in het donkere portaal onder de luifel slechts vaag te onderscheiden en bovendien vormde de regen, die van de houten luifel afstroomde, een soort van bewegend kralengordijn voor de ingang.

De eerste die de stilte verbrak, was Gomez zelf.

'Lafaards!' schreeuwde hij met zijn schorre, bezopen stem. 'Jakhalzen! Schijnheilige honden! Kom me maar halen, als je durft, in de Casa de Dios. Ik ben benieuwd of jullie het lef hebt om God en de heiligen, die weten dat ik onschuldig ben, in de ogen te zien. Als jullie bereid bent om Gods

gramschap te trotseren, kom me dan maar halen.' Hij zweeg en er steeg een zwak gemompel uit de menigte op. 'Ik weet waarvan jullie me verdenken, maar Nuestra Señora weet dat ik onschuldig ben. Ik heb het niet gedaan!' 'Dat is een godslastering!' riep Santucci.
'Hoe weet hij dan waarvan we hem verdenken, als hij het niet gedaan heeft?' hoonde Milia Patini, die achter de man met de lappenmuts stond.
'Asesino! Blasfemo!' werd er van verschillende kanten geroepen en een slecht gemikte steen, die iemand uit de modder had opgeraapt, miste zijn doel: hij bonsde op de luifel en rolde omlaag, voor de voeten van Palma. Een tweede, grotere en met meer kracht geworpen steen dreunde even later tegen de kerkdeur, een seconde nadat Gomez ze had dichtgegooid.
'Hombres!' Rodolfo was op het plankier onder de luifel gesprongen en verzocht met opgeheven armen om stilte. De regen droop uit zijn haar en zijn wenkbrauwen en sijpelde langs zijn nek onder zijn boord, en hij voelde zich uitermate belachelijk en theatraal zoals hij daar stond, bijna als een levende karikatuur van de versuikerde, heilige en toch zo aardse priesterfiguren die in de vooroorlogse sociale films opgeld deden. De hele, onwaarschijnlijke situatie waarin hij zich bevond bevatte trouwens alle elementen, met inbegrip van de 'volkswoede', die het succes van dergelijke films hadden verzekerd. Zelfs de woorden, die over zijn lippen kwamen, waren dezelfde als die door dat soort van heilige, heldhaftige priesters gebruikt werden op de maatschappelijke barrikaden: 'Hombres! Geweld lost niets op. Laat u niet meeslepen door zulke bedrieglijke hartstochten als woede en wraakzucht. Geef hem een eerlijke kans: hij zegt dat hij onschuldig is. Welnu, laat mij met hem gaan praten...'
De 'volkswoede' onderbrak hem met kreten als 'wat valt er nog te bepraten?' en 'Barrabas: no! Gomez: si!'

Hij keek besluiteloos om zich heen, naar de vastberaden, uitdagende gezichten, waarvan hij na een tijdje alleen nog de kwakende, gillende, schreeuwende, blaffende, brullende monden zag – de monden die hij zo vaak fluisterend had zien bewegen achter de rooster in de biechtstoel, de harde en weke, zedige en zinnelijke, jonge en oude monden van de beschaamde, rouwmoedige en berouw veinzende zondaars die hem hun kleine diefstallen, hun leugens, hun overspel, hun hoogmoed, hun afgunst en begeerten beleden hadden. Dit honderdkoppige monster met zijn honderd loeiende, vervaarlijke muilen: was dit zijn schapestal?

Aarzelend bukte hij zich en raapte, een vage ingeving volgend, de steen op die voor de kerkdeur lag. De kreten stierven de een na de ander weg en maakten plaats voor een duister hijgen vol heimelijke opwinding: de hete ademhaling van het monster. De boze, uitdagende, bloeddorstige gezichten veranderden in nieuwsgierige, verwonderde, ongelovige gezichten, alsof ze verwachtten dat hij de steen zou teruggooien. 'Wie van jullie zonder zonden is, die werpe de derde steen' wou hij zeggen, maar om de een of andere reden kwam hij er niet toe die woorden uit te spreken. Ze zouden nog belachelijker hebben geklonken dan al wat hij tot hier toe gezegd had.

Hij liet de steen vallen, keerde zich om en ging haastig de kerk in. Hij had er geen flauw idee van hoe hij Gomez, ook als die onschuldig zou blijken te zijn, veilig naar buiten zou kunnen loodsen, maar hij vertrouwde erop dat hij een gelukkiger ingeving zou krijgen dan deze die hem naar de steen had doen grijpen.

Tussen de dubbele rij bidbanken stond hij stil en zei zacht: 'Gomez.' De regen maakte een eentonig, roffelend geluid op het dak van de kerk. Toen hij geen antwoord kreeg, fluisterde hij: 'Ik ben het, padre Rodolfo.' Hij dacht dat hij het gordijn van de biechtstoel zag bewegen en schoof langzaam tussen de banken door naar de zijmuur: 'Gomez, je moet naar me luisteren. Je moet me vertrouwen. Ik weet waar je bent. Ik wil je...' Het gerinkel van brekend glas maakte hem aan het schrikken. Het bloed steeg naar zijn hoofd en zijn eerste gedachte was: die razende honden, ze gooien de ruiten in. Maar toen zag hij Gomez achter het altaar staan: in zijn rechterhand hield hij een kandelaar die hij van de kaarsenbank had gegrepen. Door de kapotte ruit van het koorvenster boven zijn hoofd zweefde de regen traag, uitwaaierend naar binnen.

'Wat doe je, miserable? Je bent krankzinnig!' schreeuwde Rodolfo en keek roerloos toe hoe Gomez, nadat hij de kandelaar had weggeworpen, zich aan de benedenrand van het venster ophees en zich door de kapotte ruit naar buiten werkte.

Hij heeft geen enkele kans, ze zullen hem als wolven verscheuren, dacht hij en bleef machteloos en verbijsterd staan waar hij stond, luisterend naar het gehuil van de wolven daarbuiten, naar de kreten die aan de achterzijde van de kerk opstegen: 'grijp hem, laat hem niet ontsnappen!' Die woorden bleven in zijn geheugen bengelen, als de lijken van gehangenen in de wind. Het waren dezelfde woorden als die hij gehoord had uit de mond van het gebochelde meisje in zijn droom. Precies dezelfde woorden. Een vreemd gevoel van tijdeloosheid stroomde zijn ziel binnen, zoals de regen door de gebroken vensterruit de kerk binnenstroomde. Het was hem op dat moment volstrekt onmogelijk om heden en verleden, droom en werkelijkheid uit elkaar te houden.

Wie ben ik in dit vreemde landschap van mensen en dingen? vroeg hij zich huiverend af.

'Wij hebben u een parochie met intensieve werkingsmogelijkheden in een van de beter gesitueerde barrios toevertrouwd, in de overtuiging dat u die mogelijkheden op de juiste manier zou weten te gebruiken, maar wij moeten eerlijk zeggen dat wij in die verwachting enigszins teleurgesteld zijn' zei de bisschop met een zwakke stem vol wisselende toonhoogten. Hij zag er oud en afgetakeld uit. Het gerucht ging dat hij aan maagkanker leed en niet lang meer te leven had. 'Wij bedoelen daarmee niet dat u uw parochie verwaarloost, dat zou een onrechtvaardig verwijt zijn: het is ons bekend dat u uw pastorale plichten en verantwoordelijkheden nakomt. Maar dat is nu eenmaal onvoldoende, mijn zoon. De algemene geloofsverzwakking en de vele andere gevaren, die het gezag van de Kerk bedreigen, leggen onze priesters steeds zwaardere lasten op, vooral in de Derde Wereld. Wij hebben het recht een grotere persoonlijke inspanning van u te eisen. Más esmero, sí. Begrijpt u ons niet verkeerd: wij twijfelen niet aan uw toewijding en loyaliteit.' Hij likte zijn lippen, die een opvallend rose, onmannelijke kleur hadden, alsof ze aangezet waren met rouge. 'Het mishaagt ons alleen maar' ging hij voort 'dat u uw zielszorg op eigen initiatief hebt uitgebreid tot een werkterrein, dat u niet werd toegewezen en dat zo langzamerhand een groot deel van uw tijd en energie opslorpt, ten koste van uw parochieel werk.' Een voor een rolde hij zijn plechtige zinnen uit als ceremoniële lopers, waarover hij langzaam en waardig voortschreed.

Met een gekwetste blik keek Gustavo de bisschop aan, die tegenover hem zat in een gebeeldhouwde armstoel waarvan de rug bekleed was met tapisserie. Het bovenlijf van de prelaat zakte in de loop van het gesprek telkens weer schuin weg, nu eens naar links en dan weer naar rechts; het was of het, net als zijn verkalkte geest, vruchteloos naar een steunpunt zocht.

'Monseigneur' zei Gustavo tamelijk heftig, 'u kunt zich niet voorstellen hoe groot de materiële en morele ellende in de villas miserias is, als u niet minstens een paar dagen in een van die gemeenschappen hebt doorgebracht. De zielszorg en de maatschappelijke begeleiding, zoals men dat tegenwoordig noemt, zijn nergens zo'n dwingende noodzaak als in de ciudad oculta, in Luro, Lugano, Soldati, Devoto en al die andere afschuwelijke schuthokken waarbinnen het verdwaalde en opgejaagde menselijk vee verzameld wordt. U hebt er geen idee van, Monseigneur, wat een betreurenswaardige toestanden daar heersen. Als priester kan en mag men zijn ogen daarvoor niet sluiten.'

Zijn Hoogwaardige Excellentie zakte vermoeid naar rechts weg, zodat enkele van de bedelaars zichtbaar werden die op het wandtapijt tegen de muur achter zijn rug de armen uitstrekten naar de heilige Thomas van Villanova. 'Het probleem is ons bekend' zei hij hooghartig. 'Wij hebben voor enkele jaren incognito de villa Lugano bezocht en wij hebben ook met bijzonder veel aandacht de rapporten van monseigneur Fernandez y Cuervo over de armoede en het analfabetisme in het bisdom bestudeerd. Bovendien hebben wij herhaaldelijk contacten gehad en besprekingen gevoerd met de burgerlijke overheid in verband met deze zere plekken in de Argentijnse samenleving. U vergeet echter, padre, dat die gemeenschappen door de regering als illegale nederzettingen worden beschouwd en dat wij dus onmogelijk priesters daarheen kunnen sturen met een officiële missie zonder in conflict te komen met het politiek gezag. Als wij daar kerken gaan bouwen en onze toestemming verlenen om er de eredienst te beoefenen, bekrachtigen en rechtvaardigen wij immers de jure et de facto het bestaan van deze- nou ja, wat u noemt schuthokken van verdwaald menselijk vee. Wij zijn eerder geneigd ze te bestempelen als gevaarlijke broeinesten van kommunisme, misdaad en ontucht. Wij zijn dan ook van oordeel dat het standpunt van de regering, die een eind wil stellen aan die ergerlijke toestanden door de bevolkingen van die geïsoleerde gemeenschappen te integreren in de normale Argentijnse samen-

leving, volkomen in overeenstemming is met de humane rechtsbeginselen van een beschaafde, ontwikkelde natie en dat het op grond van deze overweging onze plicht is, de regeringspolitiek ter zake te steunen.' Tijdens die lange uiteenzetting was het lichaam van de bisschop geleidelijk weer naar links geschoven, zodat het omstraalde hoofd van de heilige Thomas op het tapijt, dat duidelijk aan Murillo herinnerde, opnieuw zichtbaar werd en de geknielde bedelaars achter de paarse toga verdwenen. 'Trouwens' zei hij en tikte met zijn zegelring op een bundeltje papieren dat voor hem op de tafel lag, 'uw pleidooi voor onze permanente aanwezigheid in de villas miserias wordt ontzenuwd door de nuchtere cijfers. Uit deze statistiek, die ons door de politie bezorgd werd, blijkt duidelijk dat de misdadigheid de laatste twee jaar in de krottenwijken met vijftien procent is toegenomen. In Belgrano ligt dit cijfer zelfs iets hoger: zeventien procent. De ciudad oculta blijkt een vruchtbare gistingsbodem te zijn voor prostitutie, verkrachting, homofilie, pederastie en geweldpleging, en een beruchte schuilplaats voor dieven, helers, oplichters, deserteurs en politieke delinquenten. U weet wat daar gisteren gebeurd is: een lustmoord en een wraakmoord. Twee afschuwelijke misdrijven, die het gevolg zijn van een verontrustende zedelijke ontaarding, van een geestesgesteldheid waarin men de verdervende macht en de drijverijen van de Boze herkent. Misschien mogen wij uit die cijfers en uit de jongste gebeurtenissen besluiten dat het zaad, dat u en uw broeders in Christus hebben uitgezaaid in Belgrano, niet is opgeschoten omdat het in een dorre grond is gevallen.'
Gustavo keek over de schouder van de bisschop naar het prachtige, gedreven en met halfedelstenen bezette zilveren processiekruis dat onder het wandtapijt op een varqueño stond, een antieke Spaanse ladenkast op schragen, en opeens schoot hem weer de cynische opmerking te binnen, die luitenant Albarillo tegen hem had gemaakt: o, bent u ka-

tholiek? De bisschop was blijkbaar ook katholiek, of toch minstens een liefhebber van religieuze kunst.

'Als de statistieken en rapporten van de politie zo onbetrouwbaar zijn als haar methoden, Monseigneur, dan kunnen wij daar bitter weinig uit besluiten' zei hij.

'Gelooft u ons, wij zijn beter geplaatst dan u om dat te beoordelen' wees de bisschop hem met een nors trekje om zijn rose kissproofmond terecht. 'Al die verhalen over hersenspoelingen en mishandelingen zijn ontsproten aan de verbeelding van mensen, die het regime vijandig gezind zijn. Wij betreuren het overigens dat bedienaren van het altaar zoals padre Paolo, die zich openlijk een revolutionair priester noemt en zich aan ons gezag onttrokken heeft, mede aanleiding zijn tot het verspreiden van zulke dwaze geruchten. Wij betreuren het al evenzeer dat loyale priesters zoals u, die het zout der aarde zijn, zich laten verleiden tot stilzwijgende medeplichtigheid aan het verspreiden van die kwaadwillige verzinsels...'

'Monseigneur, ik zou tientallen geloofwaardige getuigen...'

'Onderbreekt u ons alstublieft niet, padre. U schijnt niet te beseffen dat die zogeheten revolutionaire priesters met hun zogeheten progressieve denkbeelden de autoriteit van de Argentijnse kerk ondermijnen en bijgevolg haar positie in de veranderende maatschappelijke structuren nog meer verzwakken. Onze verantwoordelijkheden in dat opzicht zijn bijzonder groot en wij kunnen alleen rekenen op de onvoorwaardelijke gehoorzaamheid en de nederige wil tot samenwerking van allen, die aan onze zorgen zijn toevertrouwd.' Hij zat nu ongeveer rechtop in het midden van zijn stoel, vouwde de handen samen onder zijn pectorale en vervolgde, na een lichte aarzeling: 'Ook u bent aan onze zorgen toevertrouwd en wij weten dat u, ondanks vergeeflijke dwalingen en creatuurlijke zwakheden waaraan niemand van ons vreemd is, als weinig anderen oprecht streeft naar die obediëntie en in alle omstandigheden vervuld bent van die nederige wil tot samenwerking. Wij zijn zelfs geneigd u te beschouwen als een van die zeldzame werkers in de wijngaard des Heren, voor wie het decorum clericale geen ijdel begrip is. Daarom valt het ons ook zeer zwaar u vandaag de beslissing te moeten mededelen, die wij onlangs naar plicht en geweten hebben genomen.' Zij keken elkaar gedurende enkele seconden in de ogen, en de bisschop was de eerste die zijn blik neersloeg. Gustavo wist niet wat hem te wachten stond, maar hij was er zeker van dat de bisschop zijn beslissing niet genomen had als geestelijke herder maar als de oom van de gewezen minister van justitie. Zijn blik loog niet: de herder schaamde zich over de beslissing van de oom van de minister. 'Om u de waarheid te zeggen: wij hebben onze beslissing niet zelfstandig genomen, maar op aandrang van kolonel Perro, die ons vorige week een bezoek heeft gebracht. De kolonel en wij hebben een lange, niet altijd zeer hartelijke gedachtenwisseling gehad over de aanwezigheid van de buitenlandse priesters in de villas. Vooral Belgrano is hem een doorn in het oog, om redenen die u nu wel voldoende bekend zijn. Om kort te gaan: de kolonel heeft ons nadrukkelijk verzocht, de overplaatsing naar een ander bisdom te overwegen van één van beide pastores die extra ordinem werkzaam zijn in de villa Belgrano. U weet wie daarmee bedoeld worden: padre Ricciardelli en u zelf, mijn zoon. In feite heeft hij ons voor een netelig alternatief gesteld: als we niet bereid waren op zijn verzoek in te gaan, zou hij bij de regering op uw beider uitwijzing aandringen. U begrijpt dat wij hoe langer hoe minder gesteld zijn op een staatsinmenging in onze aangelegenheden, met andere woorden dat wij de voorkeur geven aan een minder geruchtmakende, interne oplossing van deze zorgwekkende conflictsituatie.'

Bij die laatste woorden was de stem van de bisschop verzwakt tot een schor gefluister; hij zag er doodmoe en wanhopig uit, als iemand die door genadeloze vijanden vervolgd werd en op het punt stond de strijd op te geven.

'Ja, dat begrijp ik' zei Gustavo werktuiglijk. Het was warm en rustig in de audiëntiekamer, hij kon zich de tijd niet meer herinneren dat hij nog zo zacht en comfortabel had gezeten en een gevoel van bijna tevreden gelatenheid kwam over hem. Binnen de muren van dit veilige, geluiddichte, centraal verwarmde en smaakvol ingerichte vertrek konden geen vreselijke dingen gezegd worden, geen dramatische beslissingen genomen worden. Zelfs de zilveren Christus aan het processiekruis riep nauwelijks enige gedachte aan lijden en dood op: het was een kostbaar juweel dat op een kostbare antieke kast te pronk stond. 'Ik meen ook te begrijpen, Monseigneur, dat u ondertussen reeds uw keus bepaald hebt tussen padre Rodolfo en mij.'

'Inderdaad, moge God ons de juiste beslissing hebben ingegeven' zuchtte de bisschop en zonk langzaam naar rechts in zijn stoel. 'Wij hebben het advies ingewonnen van de examinator synodalis en zijn na rijp beraad tot de conclusie gekomen, dat wij u deze beproeving moeten opleggen. Beschouwt u dat niet als een disciplinaire maatregel, maar als een beschikking van Gods ondoorgrondelijke wil. Hoe vaak blijken overigens de beproevingen, die Hij ons oplegt, geen uitzonderlijke middelen te zijn om Zijn genade te verdienen?' Hij keek Gustavo aan met de droefgeestige glimlach waarmee oude mannen naar veel jongere mannen kijken, die nog alle kansen hebben om iets van hun leven te maken, en toen zei hij: 'Wij zijn diep bedroefd, zoals Aäron, die zijn twee zonen verloren had. Evenals hij moesten wij de loten over twee bokken werpen: een bok als zondoffer voor de Heer en een bok voor Azazel. Herinnert u zich de grote verzoendag in de Leviticus, padre?'

Gustavo staarde strak voor zich uit, langs de bisschop heen, maar hij zag alleen de kleuren van het wandtapijt, de grote groene en bruine vlekken en een wemeling van kleinere, dieprode vlekken, die de kleur hadden van sang-de-boeuf op oud Chinees porselein. 'Jawel, Monseigneur' slikte hij. 'U hebt mij gekozen als de bok voor Azazel, de weggaande bok die de woestijn wordt ingejaagd, beladen met de zonden en ongerechtigheden van de stam.' Er zat een knellende band om zijn keel. Aan die band zou hij worden weggeleid, als een offerbok voor de boze geest Azazel.

'Zo is het. Het is de wil van God, mijn zoon.'

'Spreekt God dan door de mond van kolonel Perro, Monseigneur?' Zijn stem klonk bitter, bijna honend.

'Wij zijn allen op de een of andere manier instrumenten van God, padre.'

Of van de duivel, dacht Gustavo. Hij kon zich kolonel Perro en luitenant Albarillo moeilijk voorstellen als instrumenten van God. Of zou het de wil van God zijn, dat Paolo niets anders dan gezouten vis at en geen druppel water te drinken kreeg, en dat de gevangenen van de Brigade hun leven gaven om de verzameling manchetknopen van Albarillo te verrijken? Dat waren géén kwaadwillige verzinsels: hij had het briefje van Paolo gelezen, het was wel degelijk zijn handschrift, en hij had de manchetknopen gezien. Eigenlijk, als hij eerlijk wou zijn, voelde hij zich min of meer opgelucht bij het vooruitzicht, dat hij door zijn overplaatsing de gelegenheid zou krijgen om deze sfeer van onveiligheid en terreur te ontvluchten. Misschien was het uiteindelijk toch wel de bedoeling van God, dat hij niet in de handen van sadisten als Albarillo zou vallen.

'Monseigneur' zei hij, na een kort wederzijds stilzwijgen, 'mag ik vragen of deze maatregel gelijkstaat met een excardinatie?'

De bisschop schoof zijn handen onder zijn singel en zei dubbelzinnig: 'Wat wij onder excardinatie verstaan is niets anders dan een formeel ontslag uit diocesaan verband, en dit onslag wordt in de regel gevolgd door een incardinatie in een ander bisdom.'

'Hebt u in dat verband al bepaalde plannen? Hebt u al besloten waarheen u mij zult zenden?'

'Een definitief besluit hebben wij nog niet genomen, maar wij overwegen de mogelijkheid u een standplaats in Chocón Cerros Colorados toe te wijzen, in Patagonië' antwoordde de prelaat. 'Sinds de werken aan de stuwdam een aanvang hebben genomen, heeft El Chocón zich belangrijk uitgebreid, in zoverre zelfs dat het aardig op weg is om een van de voornaamste vestigingen in Noord-Patagonië te worden. De evangelisatie houdt helaas nog geen gelijke tred met deze evolutie: er bestaat een nijpend gebrek aan zielzorgers. Om die reden is El Chocón dan ook een zeer vruchtbaar, zo goed als braakliggend werkterrein, waarheen wij alleen dynamische, beginselvaste en standvastige priesters met een ruime pastorale ervaring kunnen sturen...'

Gustavo kon zijn oren niet geloven: Patagonië, het barre gure Zuiden met zijn woeste bergmassieven, zijn uitgestrekte ijsmeren, zijn eindeloze steppen, zijn schrikwekkende verlatenheid en onherbergzaamheid. Een overplaatsing naar Patagonië had voor de Argentijn ongeveer dezelfde betekenis als een verbanning naar Siberië voor de Europeaan. Maar hij, Gustavo, was geen criollo: hij was een padre flamenco, een 'pastor extranjero', een peukjesraper van God die zich met gevaarlijke 'instigadores comunistas' ophield, en als zodanig voorbestemd om, beladen met de vergissingen en ongerechtigheden van het Argentijnse episcopaat, de Patagonische woestijn te worden ingejaagd.

'El Chocón. Dit is inderdaad de woestijn, een heel geschikte plaats voor een zondebok' was alles wat hij kon uitbrengen. Voor een dynamische, beginselvaste en standvastige zondebok, voegde hij er vol verbittering in gedachten aan toe.

'Wij begrijpen u' zei de bisschop en er was geen enkel woord dat Gustavo op dat moment zozeer haatte als dat ene, telkens weerkerende woord vol onbegrip: begrijpen.

'Wij begrijpen vooral hoe u daar emotioneel tegenover staat, en opdat u niet de indruk zou krijgen dat wij u naar Patmos verbannen, hebben wij aan een alternatief gedacht dat u waarschijnlijk geestdriftiger zal stemmen. Wij zijn eventueel bereid onder het een of ander voorwendsel, om gezondheidsredenen bijvoorbeeld, uw repatriëring aan te bevelen, ad tempus uiteraard, voor twee of drie jaar. Wij zijn van oordeel dat het mogelijk moet zijn een regeling van die aard te treffen met het Belgische episcopaat.'

Gustavo was stomverbaasd. Hij bleef naar het magere, afgeleefde gezicht van de bisschop staren, naar het seniele masker dat vol kleine sluwe rimpeltjes zat om de ogen en de rose, bijna vrouwelijke mond. Hij was zo verbaasd, dat hij alleen maar vreselijk dom kon zitten glimlachen. Het was een nerveuze, onbehaaglijke, ongelovige glimlach, die duidelijk zijn gedachten verried: je kon het inderdaad moeilijk een alternatief noemen, als je de keus had tussen Patagonië en Vlaanderen, tussen de ballingschap in de cerros en de terugkeer naar huis, naar het kleine, vredige, groene land van belofte, naar de herfstige pijnbossen vol zoete harsgeuren, de zonnige zandheuvels vol paarse hei, de rustieke knuppelbruggen, de schilderachtige knotwilgen langs de molenbeek en de roerloze hengelaars aan de oever van het kanaal; het was alsof je zou moeten kiezen tussen de eerste scheppingsdag en de gezegende, geheiligde zevende dag.

'Ilustrisimo Señor, ik...'

De bisschop hief zijn hand op: 'U hoeft niet meteen een besluit te nemen. Wij geven u graag nog wat bedenktijd, desnoods twee weken. Maar niet langer, want kolonel Perro is geen geduldig man.' Hij drukte op de tafelschel, hees zich moeizaam aan de armleuningen van zijn stoel op en kwam om de tafel heen naar Gustavo toe, die op zijn beurt was opgestaan. 'Wij zullen voor u bidden, opdat de Espiritu Santo u tot de juiste beslissing moge inspireren. Ga in vrede, mijn zoon.'

Gustavo boog zich voorover om zijn ring te kussen en op dat ogenblik deed padre Alonso Jiménez de Figueras, de kanselier, de deur van de audiëntiekamer open om de bezoeker uit te laten. Met trage, voorzichtige passen verliet hij het vertrek. Zijn zondagse schoenen, die hij maar zelden aantrok, knelden als nijptangen om zijn voeten en sneden onder het gaan in zijn hoge wreven. Bij de deur, die met donker leer was bekleed en beslagen met een kader van grote smeedijzeren nagels, stond hij stil. Hij had de bisschop nog iets willen vragen, maar padre Alonso drong hem haastig naar buiten, de kanselarij in. 'U kunt niet langer blijven, de bisschop verwacht ieder ogenblik de secretaris-generaal van de Movimiento Justicialista Nacional' fluisterde de secretaris.

'O, ik keek alleen maar naar de deurnagels,' zei Gustavo. 'Weet u waaraan ze mij doen denken?'

De kanselier keek hem schaapachtig aan, met een lome, verwonderde blik. Padre Alonso Jiménez de Figueras was een zoetsappige sijsjeslijmer met schuwe ogen en stijf gelakt, zwart haar. Gustavo had eens gelezen dat de Argentijnen jaarlijks iets minder dan tweeduizend ton haarlak gebruikten, en het zou hem niet hebben verwonderd als padre Alonso een halve ton daarvan voor zijn rekening nam. 'Waaraan dan wel?' vroeg de kanselier.

'Aan de kruisnagels van Christus' zei Gustavo. 'Is u dat nooit opgevallen?'

'Inderdaad, u hebt gelijk' beaamde de kanselier met een verstrooide glimlach. Hij scheen noch voor de deurnagels noch voor de kruisnagels enige interesse te hebben. Ongeduldig sloeg hij het audiëntieboek open en reikte Gustavo een geketende pen aan: 'Wilt u alstublieft het register even aftekenen? De bisschop staat erop, dat dit telkens gebeurt.' Terwijl Gustavo zijn handtekening in het audiëntieregister zette, legde de secretaris vertrouwelijk de hand op zijn rug en zei:'Als u zou besluiten naar El Chocón te gaan, zou u dan misschien een pakje voor mijn broer willen meenemen? Die is opzichter bij de werken aan de stuwdam.'

'Ja, natuurlijk' zei Gustavo en pas toen hij weer op straat stond, drong het tot hem door dat de secretaris blijkbaar goed was ingelicht over de koehandel tussen de bisschop en kolonel Perro – een koehandel waarvan hij, Gustavo, het royale slachtoffer was.

Terwijl hij langzaam en een beetje strompelig vanwege zijn knellende schoenen de straat uitkloste, vroeg hij zich af tot welke wederdienst of tegenprestatie Don Diego zich, zoals gebruikelijk bij dit soort van koehandeltjes, tegenover de bisschop zou hebben verbonden. Hij begon zo langzamerhand te beseffen dat de Kerk, deze uitverkoren Bruid van Christus, op een steeds schaamtelozer manier overspel pleegde met de wereldlijke gorilla's. Het had er alleszins de schijn van dat allen, die in de Argentijnse kerk omhangen waren met het purper en het paars, zich op enkele uitzonderingen na beijverden om de weg te effenen voor een van de verderfelijkste vormen van cesaropapie: een alliantie met de duivel, die van de 'Populorum Progressio' een 'Populorum Oppressio' maakte en van de revolutionaire priesters bokjes voor Azazel.

Om de hoek van de eerstvolgende zijstraat was een espressobar, waar hij bij een vorig bezoek aan de bisschop – hij was toen een halfuur te vroeg – een koffie had gedronken. Hij sloeg de hoek om, want hij moest zo nodig en hij wou ook graag zijn schoenen even uitdoen. Hij liep over het alternatief van de bisschop te denken en vroeg zich juist af, waarom niet een voorafgaande visitatie door het diocees was bevolen, toen hij achter zich de vlugge stappen hoorde van een vrouw die hem snel inhaalde. Bij het woord 'padre' had hij zich, bewogen door een onverklaarbaar voorgevoel, al half omgekeerd.

'Gilda!' zei hij verrast. 'Hoe kom jij hier?'

'Ik stond u op te wachten' zei Gilda Marta Ortiz. 'Ik wist van padre Rodolfo dat u bij de bisschop was. Ik moet u dringend spreken.'

'Wat onvoorzichtig van je' zei hij. 'Waarom ben je niet naar de Calle Junta gegaan? Je had dàràr op me kunnen wachten. Het lijkt wel of je helemaal niets meer te vrezen hebt.'

'Ik dacht–' begon ze tamelijk luid, maar liet toen opeens haar stem dalen, hoewel er op dat moment niemand in de buurt was, 'ik dacht nu juist dat het nogal stom zou zijn, als ik naar de Calle Junta ging. Ik hield er rekening mee, dat uw huis misschien in de gaten gehouden wordt of dat uw gangen worden nagegaan. Aan de andere kant zou het me sterk verbazen, als iemand op het idee zou komen me hier te zoeken.'

'Nou ja, dat is misschien nogal slim bekeken.'

Hij keek een beetje bang om zich heen en greep haar bij de arm: 'Kom, hier kunnen we vast niet blijven staan.'

Hij nam haar mee naar de espressobar en bestelde twee koffies. Op een tamelijk jonge vrouw met zilveren oorringen en een gezette gringo na, die elkaar verliefd zaten aan te staren boven een café con crema, waren zij de enige verbruikers.

'Neem me niet kwalijk, ik moet eerst even naar achter' zei hij tegen het meisje. Hij verwijderde zich haastig. Door de dunne wand van hardboard in het urinoir hoorde hij twee mannen praten over een verboden film met 'lekkere blote wijven' die 'verdomd veel stoom op hadden'. Toen hij in de bar terugkeerde, was het verliefde stel verdwenen. Ze hadden waarschijnlijk ook aardig wat stoom op, want hun koffies waren nauwelijks aangeroerd.

Gilda zat nerveus in haar kopje te roeren en een sigaret te roken. Ze zag er, zonder make-up en met haar vuile vingernagels, danig verslonsd uit. Haar elegante, genopte doorknoopjurk zat vol vlekken en hing als een voddige, gekreukte zak om haar lichaam. Ze rook ook niet meer zo zalig naar vers gebakken brood; ze stonk, zoals iedereen die in de ciudad oculta thuishoorde, naar zurig zweet en modder en roet. Alles bij elkaar zag ze er in ieder geval nog wel aantrekkelijk genoeg uit om het 'machismo' van de viriele Argentijnen zwaar op de proef te stellen.

'Wel?' zei hij, terwijl hij onder de tafel zijn schoenen uitwurmde met zijn voeten. 'Wat scheelt eraan?'

Ze bleef aldoor in haar koffie zitten roeren, alsof haar leven ervan afhing. 'Ik moét er met iemand over praten' zei ze ten slotte, 'en ik geloof dat u de enige bent tegen wie ik het kan zeggen. Wilt u ook een sigaret hebben?' Ze hield hem haar pakje voor.

'Nee, ik rook niet' zei hij.

'Wat een vreselijke situatie. U zult me misschien niet geloven, maar–' Ze haalde het lepeltje uit haar koffie en zag hem met haar verleidelijke, warme, weemoedige ogen doordringend aan. 'Iedereen denkt dat het Gomez was die zich aan het zoontje van Bartolini, aan Massimo, vergrepen heeft. Maar dat is een afschuwelijke vergissing. Het was Gomez niet.' Ze sloeg haar ogen neer, drukte haar sigaret uit en zei: 'Het was Arevalo.'

Hij was bezig suiker in zijn koffie te strooien en liet bijna het vaasje uit zijn hand vallen.

'In 's hemels naam, hoe kom je daarbij?'

'Ik heb het gezien. Ik was er toevallig getuige van, heel toevallig. Ik was – ik hoop dat u niet boos op me wordt, maar ik was met een man in de maleza. Met een getrouwde man. Met Antonio Pascoli, als u 't wil weten.' Ze hield de ogen neergeslagen en begon, nu het deksel eenmaal was afgelicht, heel snel te praten. 'We lagen in de bosjes te vrijen, op nog geen vijftig meter daarvandaan. We hoorden het jongetje huilen en om zijn moeder roepen, en toen hoorden we helemaal niets meer. We konden niet gaan kijken wat er aan de hand was, want we wilden niet samen

gezien worden, Antonio en ik. Zijn vrouw is vreselijk jaloers. En bovendien – in de toestand waarin wij ons bevonden, con su permiso, we waren juist heel erg opgewonden, seksueel opgewonden bedoel ik, en we dachten: nou
ja, daar is helemaal niets aan de hand, een gewone ruzie
onder die schoffies... En toen zagen we een paar minuten
later die kerel weglopen, die Arevalo. Ik had al dadelijk
het gevoel dat er iets heel ergs gebeurd was, maar wat konden we doen? We moesten zwijgen. We konden niet naar
de politie gaan, ik zeker niet, en ook Antonio niet, want
zonder mijn getuigenis was ook zijn alibi onhoudbaar. Arevalo zou natuurlijk loochenen, en wat kon Antonio bewijzen? Niets. Nada. Trouwens, hij was bang dat de politie
hem het vuur aan de schenen zou leggen en dat er een aantal andere, onschuldiger dingen aan het licht zouden
komen – ach, u weet wel, iedereen doet wel eens iets
verkeerds zonder daarom een booswicht te zijn...'
Ze zweeg, verlegen en een beetje verbaasd over haar eigen
moed, en greep toen opnieuw naar haar pakje sigaretten.
Gustavo zat haar geschokt aan te staren en liet zijn koffie
koud worden. Hij wist niet wat hem met de grootste ontzetting vervulde, haar beschuldiging aan het adres van Juan
Carlos Arevalo of de vrijmoedigheid waarmee ze hem haar
eigen liederlijk gedrag bekende.
'U zult zeker wel begrijpen, padre, dat u daar met niemand
anders kunt over praten' zei ze op bange, smekende toon.
'Als u mij niet in ernstige moeilijkheden wil brengen, dan
moet u ook de politie erbuiten houden. Als ze eenmaal vragen beginnen te stellen...'
'Je maakt het zowel jezelf als mij erg moeilijk' zei hij, zodra hij enigszins van zijn verbazing bekomen was. 'Als je
er zelf niet zo verfomfaaid uit kwam, zou ik denken dat je
het hele verhaal verzonnen had.'
'Diantre, waarom zou ik zoiets verzinnen?' jammerde ze.
'Daar heeft geen mens iets aan, ik zelf allerminst. Als u

eens wist hoe schuldig ik mij voel tegenover Rocco en zijn vrouw, alleen al bij de gedachte dat ik misschien iets had kunnen doen om het te verhinderen. Maar we waren juist... Antonio en ik...' Haar onderlip begon te beven. 'Het was juist zo fijn tussen ons. We waren net aan het moment toe...'

'Bespaar me alsjeblieft de bijzonderheden van je seksuele uitspattingen' zei hij ontstemd.

'Neem me niet kwalijk, padre. Het was niet mijn bedoeling uw gevoelens te kwetsen. Ik wou alleen maar zeggen...'

'Om het even' zei hij. 'Wat doen jouw of mijn gevoelens ertoe? Daarmee kunnen we het onrecht niet meer herstellen. Als ik er aan denk hoe ze Gomez hebben afgeslacht, als een weerloos rund. De stakkerd. Hij heeft tot het allerlaatste moment volgehouden dat hij onschuldig was, maar ze geloofden hem niet. Wie eens steelt is altijd een dief.' Hij nam een paar slokjes van zijn koffie. 'Ik zie echt niet goed in wat we zouden kunnen doen zonder jou of die vriend van je in ernstige moeilijkheden te brengen. Ik zou natuurlijk altijd wel kunnen proberen Arevalo onder druk te zetten, maar ik vrees dat we daarmee niet veel zullen bereiken.' Ze luisterde niet naar wat hij zei: met een angstige blik keek ze langs hem heen naar de deur in zijn rug, die open- en dichtging, en hij zag haar van kleur veranderen. Instinctief draaide hij zijn hoofd om en keek op zijn beurt naar de man die zo pas was binnengekomen: hij droeg de uniform van de federale politie en schoof de Italiaanse barhouder een papier over het buffet toe.

Gustavo keek onmiddellijk weer voor zich uit en hoorde de barhouder op gemelijke toon zeggen: 'daar bemoei ik me niet mee, hij is ten slotte meerderjarig.' Hij scharrelde met zijn voeten onder de tafel rond, op zoek naar zijn schoenen, en toen hij per ongeluk Gilda's voet aanraakte, zag ze hem geschrokken aan; ze dacht waarschijnlijk dat hij haar heimelijk voor iets wilde waarschuwen. Hij glimlachte verontschuldigend en fluisterde: 'Ik had mijn schoenen uitgedaan. Ze knellen een beetje.'

'Zal mij een zorg wezen, dat moet hij zelf maar ondertekenen' mopperde de barhouder en na nog wat heen-en-weergepraat droop de agent af.

Gustavo en het meisje keken elkaar opgelucht aan. Zij morste as van haar sigaret in haar koffie zonder er iets van te merken.

'Geef mij ook maar een sigaret' zei hij tegen haar. Hij had zin om iets te doen dat tegen zijn gewoonten indruiste, om het decorum clericale te verbrijzelen dat als de dunne wand van hardboard in het urinoir tussen hem en de wereld van de mannelijke vrijheden stond, tussen zijn geestelijke staat en het duistere geheim van de lichamelijke liefde.

Ze schoof hem het pakje over de tafel toe, maar het was leeg.

'Hebt u er enig idee van hoe laat het is, padre?'

Hij keek naar de poema die hem met onwaarschijnlijk groene ogen vanop het lege pakje aanstaarde. 'Media noche' zei hij en kneep de poema tussen zijn vingers samen tot een knisterend balletje papier.

Luitenant Albarillo zwenkte het schemerig groene kerkplein van San Isidro op en reed langzaam, in de eerste versnelling, om de kerk heen de heuvel op. Hij genoot telkens weer van dit duizelingwekkende klimmen, van het zwoegen van de motor en van de blauwe asfaltweg die boven de motorkap als een loopplank traag uit de hemel neerzonk. Het gaf hem een bijna roekeloos gevoel van zelfvertrouwen; het sterkte hem in de overtuiging, dat hij alles en iedereen in de hand had: zichzelf in de eerste plaats, zijn meerderen, zijn ondergeschikten, zijn arrestanten, zijn vrienden, zijn vijanden, zijn auto, zijn hond en zijn dienstmeisje.

Hij draaide het portierraampje omlaag en keek naar de groene afgrond die naast hem in de diepte verdween: het

park met zijn verzorgde gazons en zijn weelderige bougain-
villea's, dat zich achter de kerk uitstrekte en in terrassen
afdaalde naar de rivier als een brede, groene trap. Het gras
en de aanplantingen bleven ook in de winter verwonderlijk
groen. Hij hield van dit rustige, luxueuze kwartier met zijn
witte, rijke 'casas solares' uit de tijd van de Spaanse over-
heersing, zijn geurige exotische tuinen, de oude gebarsten
ombù en de paraisosbomen op het plein, de hellende lanen
die in het najaar bezaaid waren met sinaasappelen. Hij
had er behoefte aan in deze twee verschillende werelden te
leven, die elkaar tegenspraken en ophieven: de wereld
van de misdaad, de politiedossiers, de verhoren, de angst,
de lafheid, het zweet en het bloed, die hij overdag beheerste, en deze vredige, verscholen wereld op de groene hoog-
ten van San Isidro. In feite waren die twee tegengestelde
werelden een weerspiegeling van de twee emotionele polen
die zijn persoonlijkheidsstructuur bepaalden: zijn honger
naar macht en gezag en zijn behoefte aan persoonlijke veiligheid buiten de maatschappelijke orde. Het verwonderde
hem dikwijls dat hij zich niet gelukkiger voelde: ten slotte
waren de mogelijkheden tot bevrediging van die twee es-
sentiële behoeften in ruime mate voorhanden en maakte hij
er ook in ruime mate gebruik van.
Toen hij het belvédère-terras boven op de heuvel bereikte,
zag hij dat het hek, dat toegang gaf tot de voortuin, open-
stond en dat de hond aan de ketting lag. Op de parkeer-
strook onder de wijdvertakte borrachio stond een blauwe
Peugeot met gele mistlampen en halfopen schuifdak. Hij
glimlachte: die verdomde kleine hoer, ze liet er geen gras
over groeien. Hij liet zijn auto staan in de halvemaanvor-
mige uitbouw van het terras, tegenover het huis, en nam er
zijn portefeuille uit. De hond had hem al herkend: hij zette
zijn oren overeind en keek kwispelstaartend in zijn richting.
Hij ging echter niet onmiddellijk naar de overkant. Het
was zacht weer, de wind was gedraaid, en hij keerde zijn

warm gezicht naar de bries toe die van de rivier opwaaide. Hij zette zijn gelaarsde voet op de lage, stenen borstwering en keek omlaag, de met citrusbomen en agaven begroeide glooiing af. Onder de bomen liep een steil, ingegraven pad tussen twee betonnen muurtjes als een kronkelende loopgraaf naar beneden, tot vlak bij de Rio de la Plata, die, verwijdend tot een grijs wazig verschiet, de wateren van de Parana, de Paraguay en de Uruguay tussen de Argentijnse en de Uruguyaanse oever naar de oceaan stuwde.

Terwijl hij daar stond, dacht hij met grote zelfvoldoening aan de geluidsband in zijn portefeuille. De kolonel zou vreemd opkijken, als hij dat materiaal in handen kreeg. Hij hield trouwens nog een andere verrassing voor hem in petto. Het was eigenlijk wel jammer, dat Don Diego zo'n kapitaal element zou moeten doorspelen naar commissaris Valera, die officieel belast was met het onderzoek in de dubbele moordzaak Bartolini-Gomez. Tenzij Valera bereid zou worden gevonden om het dossier over te dragen aan de Brigade. Het was eerder ongebruikelijk, maar wat zou Valera daartegen kunnen inbrengen als ze hem te verstaan gaven, dat Gomez waarschijnlijk deel had uitgemaakt van een subversieve organisatie? Het was een koud kunstje om de nodige bewijzen daarvan te construeren.

Bij tussenpozen drong het gekrijs van de meeuwen boven de rivier tot hem door. Het geluid deed hem denken aan de verstikte jammerkreten van dat jonge blonde wijf, dat ervan verdacht werd een actieve rol te spelen in het gewapende 'Comando de descamisados'; ze hadden haar vanmorgen met het hoofd omlaag aan haar gespreide voeten opgehangen en een scharrebijter in haar broek gezet. Scharrebijters waren even gek op vrouwelijk kliervocht als op larven; het was sergeant Papas die dat ontdekt had.

Zijn gedachten keerden echter onmiddellijk weer terug naar de zaak Bartolini. Hij vroeg zich af of hij zo brutaal zou kunnen zijn om Valera over het hoofd van Perro heen op te bellen. Bij ervaring wist hij, dat de loopbaan van een politieofficier in veel belangrijker mate afhankelijk was van lef dan van flair en geluk.

De hond in de voortuin begon zacht te janken, om de aandacht van zijn meester te trekken. Albarillo keerde zich om en liep langzaam, met zijn benen een weinig uit elkaar, de straat over. Toen hij het hek doorging, wierp hij zoals steeds een geamuseerde blik op het bordje dat aan de spijlen was vastgemaakt: CUIDADO CON EL PERRO; je kon het op twee verschillende manieren lezen: 'pas op voor de hond' of 'pas op voor Perro'.

Hij liet een speciale, gedempte fluittoon horen en de hond hield op met janken, legde de oren in zijn nek en begon met de achterhand te wiegen. Het was een prachtdier, een Hollandse herder met een gezond glanzende, zwarte vacht. De luitenant ging tot bij hem, gaf hem enkele vriendelijke klapjes in de flank: 'Heeft dat krengetje jou weer aan de ketting gelegd, jongen?' Hij praatte zachtjes tegen de hond en keek onderwijl naar de Peugeot, waarmee het bezoek voor Francesca gekomen was. De nummerplaat, zag hij, was uitgereikt in Santa Fé. Ze had waarschijnlijk een zilvervis aan de haak: een gastdocent, een buitenlands correspondent of de een of andere 'latifundista'. Huidenkopers, slachters en paardentemmers reden niet met een Peugeot. Het kon hem in de grond weinig schelen wat voor kerels ze opscharrelde, zolang ze zich aan de afspraak hield.

Hij liep de tuin door, langs de zeldzame planten en struiken waarvan hij de namen niet eens kende, en betrad de zaguán, de blauw betegelde, overdekte toegang tot het huis. In de atrio stond hij stil voor het gipsen madonnabeeld, een Virgen del Rosario, en maakte slordig een kruisteken. Hij was niet wat je zou kunnen noemen een godsdienstig man, maar hij had met de Heilige Maagd, zoals met iedereen die hij niet kon of wilde domineren, een afspraak gemaakt. Hij bood haar zijn mannelijke kuisheid aan in ruil voor tamelijk concrete gunsten. Het was nog nooit bij hem opgekomen dat zijn offer geen enkele waarde had, omdat hij van nature nu eenmaal geen behoefte had aan vrouwen. Soms voelde hij zich aangetrokken tot bepaalde mannen, maar dat was geen uitgesproken seksueel gevoel; het berustte eerder op een intellectuele nood, op een behoefte aan communicatie met iemand die geen bevelen en instructies of geen geestelijke en lichamelijke kwellingen van hem verwachtte.

Aan de voet van de trap deed hij zijn laarzen uit. Zo geruisloos mogelijk ging hij naar boven, met de portefeuille in zijn ene en de laarzen in zijn andere hand. 'Hoe kan ik in godsnaam doen wat u van me verlangt, als u altijd met zoveel lawaai thuiskomt en mijn partner de stuipen op het lijf jaagt?' had het meisje hem eens verweten. Het kleine doortrapte loeder, ze probeerde hem te doen geloven dat ze alleen maar voor call-girl speelde om hem een plezier te doen. Alsof hij niet wist wat een geil stuk ze was, dat zich wat graag door alle mogelijke gelegenheidsvrijers in alle mogelijke houdingen liet opzitten. Ze scheen er niet genoeg van te krijgen. Een paar weken geleden had hij toevallig, of eigenlijk niet zo toevallig, het dagboek ontdekt dat ze er op nahield; hoewel hij als ervaren politieofficier beter dan wie ook zijn weg wist te vinden door het duistere labyrint van de menselijke driften en ondeugden, had het gedetailleerde relaas van sommige van haar schunnige bedverhalen hem met ongelovige verbazing vervuld. Ze was pas zeventien jaar, maar ze had blijkbaar een erotische verbeelding en ervaring die de meeste rijpere, manzieke vrouwen haar zouden hebben benijd. In feite was ze een jonge, geroutineerde hoer en hij, de adjunct van de politiechef Perro, had zich in zekere zin door haar in de rol van haar pooier laten manoeuvreren. Wat een krankzinnige situatie. Hij was alleszins vastbesloten, ook deze situatie niet uit de hand te laten lopen. Als Francesca het te bont maakte, zou hij er wel iets

weten op te vinden; er verdwenen in Argentinië jaarlijks
tientallen jonge dienstmeisjes zonder een spoor achter te
laten. Haar verdwijning zou, procentueel gezien, alleen
maar een heel lichte, nauwelijks merkbare stijging van de
statistiek in de kolom 'desapariciónes' veroorzaken.
Bij de deur van haar kamer bleef hij onwillekeurig staan.
Aanvankelijk hoorde hij helemaal niets, het was bevreemdend stil daarbinnen. Na een poosje ving hij slechts enkele
zwakke geruchten op: het kraken van het bed en een loom,
onderdrukt gefluister. Toen hoorde hij opeens Francesca
heel duidelijk zeggen, met haar brutale, schelle giechel-
stem: 'Mijn baas? Ben je mal? Die is verloofd met de republiek!' De vadsige stem van een man zei iets, dat Albarillo
niet kon verstaan, en daarna werd het opnieuw een tijdlang
stil. Hij hoorde ze woelen in het bed en in de stilte groeide
geleidelijk het hijgen, knorren en steunen aan tot een nieuwe roes van onbeheerst, zinnelijk genot. Het hinderde hem
dat hij onbewogen daarnaar kon staan luisteren en dat hij
zich daarbij niets anders kon voorstellen dan wat hij erover
gehoord en gelezen had: de heftige bewegingen en wellus-
tige houdingen van een man en een vrouw, die elkaars hete
lichamen bevoelden en omstrengelden en ongeduldig tot
bevrediging probeerden te komen.
Wrevelig gestemd sloop hij naar zijn eigen kamer. Hij was
boos op het meisje, dat het blijkbaar nog nodig vond om
hem, haar weldoener, belachelijk te maken tegenover
haar minnaars. Die gemene slet, wat verbeeldde ze zich
wel? Hij had haar opgeraapt uit de goot. Ze was een bas-
tardjong, ze wist niet eens wie haar vader was.
Hij zette zijn laarzen neer, achter de deur, en legde de portefeuille voorzichtig op de hoek van zijn werktafel. Daarna
knoopte hij zijn uniform los en liet zijn broek zakken. Op
de tast, zonder ernaar te kijken, gespte hij het gummi
draagurinaal los en liet het leeglopen in het bidet. De gif-
tig gele urine rook zurig en schuimde bij het uitgieten als

zeepsop. Hij kwam er maar niet toe zich te laten opereren, telkens weer stelde hij het uit. De dokter had hem nochtans verzekerd dat het een eenvoudige, ongevaarlijke operatie was, die hem voor de rest van zijn leven van dat vervloekte urinaal zou verlossen. Hij maakte zichzelf wijs dat hij niet één dag bij de Brigade kon gemist worden, maar in werkelijkheid was bij doodsbang voor een chirurgische ingreep, voor de pijn en de narigheid, voor het denkbeeld weerloos te zijn overgeleverd aan de feilbare inzichten van een ander menselijk wezen, en niet in het minst voor de mogelijkheid van een tijdelijke of blijvende vermindering van zijn prestatievermogen. Hij voelde zich, op dit kleine idiote ongemak na, volkomen fit en hij wilde niet het risico lopen dat de onvoorziene complicaties van een operatie zijn validiteit zouden aantasten. Ook zijn promotiekansen zouden hierdoor ongetwijfeld in het gedrang komen.

Hij liet het urinaal uitdruipen, gespte het weer aan en trok zijn broek op, en terwijl hij deze dagelijkse bezigheid verrichtte met dezelfde afwezige gebaren waarmee men een zinloos geworden ritueel volbrengt, keek hij door het raam de voortuin in. Door het halfopen schuifdak van de Peugeot 404 zag hij op de achterbank een leren etui liggen, een reisnecessaire of een instrumententas. Van de auto keek hij naar de hond, die met zijn snuit tussen de voorpoten lag te soezen en de oren spitste, toen een auto met gierende motor de heuvel kwam oprijden. Het was de grijze Chrysler van Valentino Brignone, de zoon van de goeverneur van de Centrale Bank, die in het naburige Acassuso woonde. Ze hadden elkaar eens ontmoet in 'L'Hirondelle', een nachtclub in Martinez, en Brignone had hem toen uitgenodigd om eens op een avond bij hem thuis te komen kennismaken met 'een paar interessante mensen', maar hij was daar wijselijk niet op ingegaan. Het was in politiekringen vrijwel algemeen bekend, dat de zoon van de goeverneur contacten onderhield met neonazi's in Uruguay en hij voelde er niets voor om verwikkeld te raken in een complot met verstrekkende internationale gevolgen. Al was men in hun afdeling dan ook vrij nauwkeurig op de hoogte van alle bewegingen van Wiesenthals spionnen en van de speciale agenten van de Israëlische geheime dienst in de zuidelijke staten, het gebeurde wel eens dat ze het spoor van die hardnekkige nazijagers bijster raakten. Het leek hem verstandiger de 'interessante' kennissen van Brignone uit de weg te gaan; hij had trouwens zijn handen vol met de kommunistische infiltranten uit Chili, Brazilië, Uruguay en Peru en met de steeds brutalere activiteiten van de stadsguerilleros.

Hij scharrelde nog wat in zijn kamer rond, bleef vol trots en bewondering naar de verzameling manchetknopen in de vitrinekast tussen de vensters staan kijken en ging ten slotte aan zijn schrijftafel zitten. Hij stak een sigaret op, nam de geluidsband uit zijn portefeuille en noteerde met een rode viltpen op het spoel: 'Secreto/Ramona Vicuña Cifuentes'. Terwijl hij daarmee bezig was, hoorde hij de deur van Francesca's kamer opengaan. Er liep iemand bijna geruisloos, waarschijnlijk op blote voeten, over het portaal naar de badkamer. Hij borg de geluidsband in een la van zijn tafel weg, luisterde en wachtte op het geluid van het doorspoelen, op de terugkeer van de voetstappen naar Francesca's kamer. Verdomd, dacht hij, waar wacht ze op om die smeerkanis eruit te trappen? Hij begon ongeduldig te worden. Het maakte hem vaak wanhopig, dat sommige van die kerels het haar zozeer naar de zin maakten dat ze, zoals ze zelf met een verbijsterde schaamteloosheid in haar dagboek schreef, 'tussen twee bedrijven in vol krankzinnige wellust bleef openstaan, als een onverzadigbare zaadzuipende zuigkwal'. Ze was zonder enige twijfel hysterisch, op een heel andere manier maar in even uitzinnige mate als die stomme wijven die zich geroepen voelden om gewapenderhand de revolutie uit te dragen en die vroeg of laat allemaal eindigden in een afzonderingscel, met een bek zonder tanden en een scharrebijter in hun zeiknat kruis.

Het woord 'revolutie' elektriseerde hem. Met een nijdig gebaar drukte hij zijn sigaret uit en greep naar de telefoon. Hij draaide het nummer van de criminele politie, maakte zich bekend en zei op een autoritaire, ongeduldige toon dat hij commissaris Valera wilde spreken. Bijna ogenblikkelijk werd hij doorverbonden.

'Teniente Albarillo, wat verschaft mij het genoegen? Wat kan ik voor u doen?' zei Valera vriendelijk, maar nuchter en bezadigd, zoals heel zijn optreden was, en Albarillo kon horen dat hij zijn pijp tussen de tanden geklemd hield.

'Buenos dias, comisario. Ik ben zo vrij – mag ik vragen of u het onderzoek in de zaak Bartolini al hebt afgesloten?'

'Nog niet, nee. Waarom? Bent u geïnteresseerd in die zaak?'

'Wel, laat ik maar zeggen dat ik geïnteresseerd ben in uw conclusies.'

'Aan conclusies ben ik nog niet toe. Dat zou wel nogal vlug zijn, vind u niet? Het onderzoek is pas eergisteren op gang gekomen. Ik heb een stuk of tien verhoren afgenomen en enkele huiszoekingen laten verrichten, en het enige dat ik tot hier toe kan zeggen, is dat ik geneigd ben een aantal feiten als vaststaand te beschouwen: primo, dat die jongen het slachtoffer is geworden van een seksuele moord – secundo, dat de dader van die seksuele moord Julio Gomez is – tertio, dat Gomez op zijn beurt het slachtoffer is geworden van een wraakmoord, gepleegd door verschillende, niet geïdentificeerde personen. Met dat laatste punt zitten we natuurlijk min of meer in de stront, omdat alle getuigen, zoals wel te verwachten was, op slag stom en blind en doof zijn geworden. Niemand heeft iets gezien. Zelfs die Italiaanse padre beweert, hoewel hier iets niet helemaal schijnt te kloppen, dat hij zich in zijn kerk bevond op het moment dat Gomez op nog geen honderd meter daarvandaan werd afgemaakt.'

'Juist. Dat zijn inderdaad nog geen conclusies. Dat zijn alleen maar feitelijke vaststellingen' zei Albarillo met een sluwe glimlach. 'Ik ben trouwens zo vrij aan de juistheid van minstens één van die vaststellingen te twijfelen.'

'O ja?' zei Valera. Hij scheen niet in het minst verrast te zijn.

'Laat eens horen, u maakt me nieuwsgierig.'

'Ik heb redenen om te veronderstellen, dat Gomez onschuldig was aan de moord op Massimo Bartolini.'

'Dat is een hoogst interessant gezichtspunt, Albarillo. U verdenkt dus iemand anders?'

'Ja.'

'En hebt u daarvan bewijzen?'

'Helaas niet, maar ik geloof in ieder geval wel dat we over bepaalde middelen beschikken om de verdachte tot bekentenissen te dwingen.'

'Indudablemente. Over die bepaalde middelen beschikken we in alle omstandigheden, ook om onschuldigen tot bekentenissen te dwingen' zei Valera lakoniek en Albarillo hoorde hem aan zijn pijp lurken. 'Nou goed, ik begrijp ongeveer waar u heen wil. Alle informatie moet betaald worden. Wat is uw prijs, teniente?'

'Ik vrees, comisario, dat we elkaar niet zo goed begrijpen als u denkt. De moeilijkheid is namelijk, dat zowel het dossier van Gomez als dat van verdachte nummer één onder onze afdeling ressorteren, vanwege hun gevaarlijke politieke denkbeelden en activiteiten, en dat we dus niet doeltreffend kunnen optreden zonder u voor de voeten te lopen. Uw opdracht in de zaak Bartolini verlamt onze initiatieven.'

'Als ik u goed begrijp, zou u de zaak zelf in handen willen nemen?'

'Dat hangt ervan af hoe u er zelf tegenover staat. Het zou alleszins in het belang van de zaak zijn, als we tot een

vorm van samenwerking konden komen, aangezien u over de opdracht beschikt en wij over belangrijke informatie.'
'Ik zou u een subsidiaire opdracht kunnen geven' zei Valera na enkele seconden. Hij had de pijp uit zijn mond genomen. 'Dat lijkt me de loyaalste vorm van samenwerking. U behoudt uw bevoegdheden en verantwoordelijkheden, en wij de onze.'
'Mooi zo. Ik ben er zeker van, dat kolonel Perro uw tegemoetkoming zal waarderen.'
'O, noemt u dat een tegemoetkoming? Ik heb geen keus, u zet me het mes op de keel' zei de commissaris rustig, ironisch.
'Dat is een onvriendelijke manier om een poging tot efficiënte samenwerking te omschrijven,' antwoordde Albarillo. 'Het is doodgewoon een kwestie van –' Hij werd even afgeleid door het starten van een motor in de voortuin. Toen hij zich oprichtte, zag hij de Peugeot achteruit manoeuvreren en langzaam wegrijden.
'–van verstandhouding' hielp Valera.
'Juist, van verstandhouding' zei Albarillo en ging weer zitten. 'U zorgt dan wel voor de vereiste volmacht, comisario?'
'Ik zal me onmiddellijk in verbinding stellen met de officier van justitie.'
'Muchas gracias. A proposito, comisario: hebt u al verlof gegeven tot de inhumatie?'
'Voor Gomez nog niet, nee. Ik wacht nog steeds op het schouwrapport.'
'En het jongetje?'
'De vergunning voor het jongetje werd gisteravond afgeleverd. De begrafenis heeft morgen plaats, zo ik me niet vergis. Een ogenblik.' Hij hield de hoorn van zich af en Albarillo hoorde hem aan iemand vragen wanneer Massimo Bartolini begraven werd. 'Inderdaad, morgen, om tien uur, op Chacarita.'
'Dat komt heel goed uit, muy bién' zei Albarillo. Hij was in

zijn nopjes.

'Ik hoop in ieder geval dat u me op de hoogte zult blijven houden van de resultaten van uw onderzoek.'

'Dat spreekt vanzelf, daar kunt u op rekenen. Nogmaals dank, comisario. Hasta la vista.'

'Hasta la vista, teniente.'

Met een triomfantelijke glimlach bleef Albarillo voor zich uit zitten staren. Het was veel gemakkelijker gegaan dan hij verwacht had, al had hij dan ook alleen maar een pyrrusoverwinning behaald: Valera scheen niet geneigd de zaak uit zijn handen te geven. Maar ten slotte had hij zijn doel bereikt, en daar kwam het hoofdzakelijk op aan: de subsidiaire opdracht stelde hem in de gelegenheid om doortastend op te treden zonder in conflict te komen met de criminele afdeling. Hij hoefde zich alleen nog van de sanctie van Don Diego te verzekeren, maar dat was niet veel meer dan een formaliteit.

Hij hoorde heel vaag, in de verte, de Peugeot de helling naar Acassuso oprijden en het geluid van de motor, dat zich zacht zoemend verwijderde, bracht hem op de een of andere manier de honende woorden van Francesca in herinnering: 'mijn baas? die is verloofd met de republiek!'. Meteen herinnerde hij zich ook de enkele regels die zij in haar dagboek aan hem had gewijd: 'Hij kijkt nooit naar mij als naar een vrouw, maar als naar een bloempot. Hij is de enige man voor wie ik bang ben. Ik voel me niet veilig bij mannen, die geen belangstelling hebben voor mijn lichaam. Als mijn tepels manchetknopen waren, zou het me waarschijnlijk niet de minste moeite kosten om hem te verleiden.' Het schonk hem een gevoel van wrange voldoening, dat ze bang voor hem was. Dat ze aan zijn potentie twijfelde hinderde hem niet, in dat opzicht was hij wellicht geen Argentijn – hij vond het alleszins veel belangrijker, dat hij in staat was haar vrees in te boezemen dan haar te bevredigen.

Op zijn sokken ging hij naar haar kamer. Hij gaf een klopje op de deur en ging onmiddellijk naar binnen. Ze lag, zo goed als helemaal naakt, met opgetrokken knieën en een gelukzalige glimlach op het bed. Haar ogen waren dicht en hij veronderstelde dat ze, dadelijk na het vertrek van haar galán, uitgeput en volkomen verzadigd in slaap was gevallen. Ze had inderhaast haar lila slipje aangeschoten, maar had zich niet eens de moeite gegeven om het helemaal op te trekken: het hing als een afgestroopt worstvel onder haar billen. Haar overige lingerie slingerde overal rond, op het omgewoelde bed, op de grond, op het nachtkastje. De kamer zag eruit als een slagveld en er hing een walgelijke, doordringende lucht van zweet, klieder, parfum en sigaretterook. In de asbak op het nachtkastje stond een tamelijk lange sigarettepeuk als een kleine fallus uitdagend overeind.

Hij keek verstoord op haar naakte, bruine rug. Ze bewoog niet. Ze lag daar in haar broeierig liefdesnest als een wulps prikkelpopje op een reclameplaatje voor heerlijk zachte, springveren matrassen. Onlangs nog had hij in een Amerikaans 'weekly' een bijna identiek plaatje gezien, het leek haast of ze ervoor geposeerd had: *even after meeting the male, as fit as before.* Hij probeerde haar te zien als een vrouw, 'niet als een bloempot'. Toen hij daar niet in slaagde, liep hij langzaam om het voeteneinde heen en boog zich over haar. Haar wimpers trilden, ze trok haar ogen half open, zuchtte en stamelde: 'tengo sueño...' Zijn gezicht was heel dicht bij het hare, bij haar helse, zinnelijke mond waarvan de lippen koortsachtig droog en opgezet waren van het heftige, hartstochtelijke zoenen. In haar dagboek had hij met kille, nieuwsgierige verbazing gelezen waarvoor de mond van een meisje nog meer kon dienen dan om te eten, te drinken, te praten en 'gewoon maar' te zoenen en de gedachte daaraan wekte sombere gevoelens van haat en een vage vernietigingsdrang bij hem op.

'Geef op, geile teef. Straks kun je slapen zolang als je wil'
zei hij vlak bij haar gezicht. Hij rook haar warme, flauwe
adem.

'Ga weg, ik heb slaap' knorde ze en trok heel even haar
ogen helemaal open.

Ze wilde zich omdraaien, op haar andere zij, maar hij
greep haar met een snelle beweging bij haar lange, zwarte
ponyhaar en dwong haar zich naar hem toe te keren: 'Geef
op. Of was het misschien weer zo'n fatsoenlijke vent, dat je
't hem niet hebt durven vragen?'

'Waarom gaat u niet weg? U ziet dat ik nog niet aange-
kleed ben' jammerde ze.

'Jij onbeschaamde hoer, ben jij soms verlegen voor mij?
Stel je niet zo aan. Voor de dag ermee' zei hij dreigend en
trok haar bij de haren naar zich toe.

Ze sloeg met een schijnheilig, zedig gebaar de armen voor
haar stevig ontwikkelde, volwassen, kangoeroebruine borsten.

'Laat me los, u doet me pijn. Señor, por favor...'

Hij liet haar met tegenzin los en, steunend op haar rechter
elleboog, scharrelde ze slaapdronken met de linkerhand
onder het oorkussen.

Met een blik vol teleurstelling keek hij naar het stel goedkope doublé manchetknopen dat ze hem aanreikte.

'Caramba, qué falacia! Heb jij je laten afschepen met dat
ordinaire spul? Had die kale opschepper met zijn Peugeot
jou niets beters aan te bieden dan zo'n goedkoop souvenir?'
zei hij woedend.

'O jawel' zei ze dubbelzinnig en trok haar slipje over haar
billen op. 'Wilt u nu alstublieft weggaan, zodat ik iets kan
aantrekken?'

Hij bleef naast het bed staan, stak met een grijns van min-
achting de manchetknopen in zijn zak en zei smalend: 'Ga
je wassen. Je stinkt als een vismarkt.' Hij kon de verleiding
niet weerstaan om haar te kwellen.

Ze wierp hem een schuine, argwanende blik toe, trok het verfomfaaide laken over zich heen en zei niets.

'Je hebt toch geen geld aangenomen, wel?'

'God beware me, ik ben geen snol' mompelde ze en het klonk bijna komisch uit haar afgelikte mond, in die kamer waar ze in minder dan een halfjaar minstens een paar dozijn minnaars had ontvangen.

'Als je ooit van iemand geld durft aan te nemen...' zei hij en zweeg, want de telefoon ging in zijn kamer, aan het andere eind van het portaal. Met een boze, gekwetste blik liep hij haar kamer uit. De manchetknopen maakten onder het lopen een tikkend geluid in zijn zak. Hij nam de telefoon op en zei bars: 'Diga!'

'Spreek ik met 743–5116?' vroeg de stem van een onbekend man aarzelend in verbraziliaanst Spaans.

'Ja.'

'Puedo hablar con Francesca?'

'Ze heeft haar vrije dag vandaag' zei Albarillo. 'Met wie spreek ik?'

Het bleef even stil aan de andere kant van de lijn en toen werd de verbinding opeens verbroken. Albarillo gooide de hoorn neer, stak een sigaret op, haalde vervolgens de manchetknopen te voorschijn en legde ze voor zich op de tafel. Maar hij had er weinig of geen interesse voor. Hij rookte en dacht aan vrouwen, en aan de krankzinnige dingen waartoe de meeste mannen bereid waren om met een vrouw naar bed te kunnen gaan. Hij zat zich juist af te vragen wat voor een gewaarwording het precies zou zijn als je geslacht groot en hard werd, als je een orgasme kreeg, toen de telefoon opnieuw ging. Het was sergeant Papas. 'Teniente' schreeuwde hij opgewonden, 'die vervloekte rotmeid heeft zich in haar cel opgehangen.'

'Je hoeft niet zo te schreeuwen, ik versta je heus wel' zei Albarillo geprikkeld. 'Over welke rotmeid heb je 't eigenlijk?'

'Die blonde muchacha van het Comando.'

'Wat stom van haar. Kon ze niet wachten tot ik haar zelf liet ophangen? Nu heeft ze een unieke kans gemist om als een heldhaftige guerillera door beulshanden te sterven' zei Albarillo cynisch en maakte een eind aan het gegrinnik van de sergeant door hem toe te snauwen: 'Sufferd, dit is niet het moment om te lachen. Laat haar verdwijnen. Breng haar vannacht buiten de stad, met een visitekaartje van haar eigen mensen om haar hals, en laat het gerucht verspreiden dat ze wegens verraad geëxecuteerd werd door het Comando waartoe ze behoorde. We hoeven de wreedheid niet altijd aan onze kant te hebben. Begrepen?'

'Si, teniente.'

Hij hing op, greep de manchetknopen van de tafel, schudde ze als dobbelstenen in zijn handpalm door elkaar en besefte duidelijker dan ooit, dat Francesca gelijk had: hij was verloofd met de republiek, die ouwe, verlepte, perverse hoer die zelfs niet meer in staat was om liefde te veinzen.

Het bloemenstalletje naast de hoofdingang van Chacarita was nog gesloten. Het stond in de schaduw van de kerkhofmuur en de witte rijplaag op het dak was nog niet gesmolten. Het was net of het een dak van zilverpapier had. Het was een nijpend koude, heldere, zonnige dag en de meeste reizigers, die het metrostation Federico Lacroze verlieten, waren in warme vicuña-ponchos gehuld, zowel de mannen als de vrouwen. Gustavo had slechts een dunne, verschoten overjas aan die hij, net als de ondertussen geconfisqueerde schrijfmachine, van de gepensioneerde onderwijzer Martin Rubio geleend had. Rubio was echter een hoofd groter dan hij en hij zag er in die sjofele kuitendekker allicht ook werkelijk als een peukjesraper uit. De jeugdige schoenpoetsers in de stationshal hadden hem niet eens aangeklampt: ze hielden hem blijkbaar voor een van de hunnen, een 'desamparado', een van diegenen die, naar het woord van Jeremia, 'als uitvaagsel en wegwerpsel gesteld waren in het midden van de volken'. Een blik op zijn gelapte, afgetrapte schoenen, die er uit zagen alsof ze uit een vuilnisbak waren opgeduikeld, kon de limpiabotas alleen in hun overtuiging sterken.

Hij stond op het drukke plein voor het station en keek naar de grote, gegoten bazuinengel, die zich op de monumentale arcade boven de toegang tot het kerkhof verhief als een verhitte oudstrijder van de Strijdende Kerk, die niet wist dat de oorlog al lang was afgelopen. De vergulde vleugels en bazuin van de engel schitterden in de zon. Hij wendde zijn blik van het beeld af en keek naar de oude, gerimpelde Ona-Indiaanse uit Vuurland, wier bagage hij had helpen dragen: ze stond een eind van hem vandaan, tegen de reclameschutting, haalde een tabaksbuidel van onder haar rok tevoorschijn en begon met vlugge, knedende vingers een knarsdikke sigaret te rollen. Ze scheen niet gehaast te zijn en scheen ook nog niet besloten te hebben waar ze heen zou gaan. Hoewel haar vleugels onzichtbaar waren en haar bazuin uit niet veel meer bestond dan een rolletje rijstpapier gevuld met grof gekorven varinastabak, scheen de oude nomade Gustavo een geloofwaardiger zinnebeeld van de menselijke opstanding toe dan de engel op de arcade: haar ziel, verbannen uit het verleden, schiep haar eigen onbegrensde ruimte buiten de tijd, en binnen deze ruimte stierf en herleefde zij dagelijks, zoals sommige tropische wilde bloemen in de selva's die ieder etmaal verwelkten en opnieuw ontloken; het was waarschijnlijk het onverstoorbare ritme van dit proces dat haar de benijdenswaardige genade van het geduld en de innerlijke vrede en het vertrouwen in haar uiteindelijke, onbekende bestemming schonk.

Verontrust door zijn eigen ongeduld en zijn gebrek aan

vertrouwen in de toekomst – uiterlijk over een week verwachtte de bisschop zijn antwoord, maar hij had nog steeds
geen beslissing genomen – stak hij het plein over. Het was
tien vóór tien en de bestelauto van Bartolini's Piëmontese
vriend Carmelo, die voor de gelegenheid als lijkwagen
dienst deed, was nog niet aangekomen. Hij drentelde in de
richting van het bloemenstalletje, keek weifelend om zich
heen. Hij had graag een bosje bloemen gekocht, maar er
was geen mens te zien die hem daaraan zou kunnen helpen.
Een zambo met een gebloemde sjaal om zijn hals leunde
tegen de zijwand van het stalletje en zei met een meewarig
lachje en een blik die in de verte bleef staren: 'no funciona
na'. Het was een klassiek grapje in Buenos Aires: om dezelfde geheimzinnige, onnaspeurlijke redenen waarom één
op twee publieke telefoons doorlopend buiten werking
waren, waren één op drie zaken op alle mogelijke en onmo-
gelijke uren van de dag gesloten. In de volksmond ver-
smolten de gesloten winkels en de defecte telefoons tot één
enkel begrip: 'no funciona'. De twee enige instellingen die
in de Argentijnse hoofdstad blijkbaar perfekt 'functioneer-
den' waren het openbaar slachthuis en de nationale loterij.
Toen Gustavo langs de muur terugkuierde, zag hij aan de
voet van de brede toegangstreden tot de camposanto een
groepje mensen bij elkaar staan, die er daarnet niet gestaan
hadden. Hij herkende onmiddellijk Violette Lafaut; ze had
hem op haar beurt zien aankomen en hij zag, dat ze tegen
de anderen zei: 'daar is padre Gustavo'. De anderen draaiden hun hoofd naar hem om en zijn blik ging snel van gezicht naar gezicht: Zorrilla, Massimo's zusje Milena, Manolo Saltabanco, Domenico en Anna Santucci, Pedro Lombo
en nog een stuk of wat vrouwen die hij minder goed kende.
Onwillekeurig schrok hij toen hij, schuin achter Lombo,
ook Arevalo zag staan. Hij kon zich niet voorstellen dat iemand zo brutaal, zo schaamteloos en zo koelbloedig kon
zijn om de begrafenis van zijn eigen slachtoffer met een

onbewogen gezicht bij te wonen. Aan de andere kant was het, als het waar was wat Gilda hem had verteld, wel nogal slim bekeken vanwege Arevalo: als hij bij iemand onder een vage schijn van verdenking stond, zou deze door zijn aanwezigheid volkomen worden weggenomen.

Gustavo gaf iedereen een hand, ook Arevalo, die de padre met een nors hoofdknikje begroette. Ik moet met hem praten, dacht Gustavo, hem ertoe overhalen om zich vrijwillig bij de politie aan te melden. Hij had er op dat moment helemaal geen idee van hoe hij dat zou moeten aanpakken en in de grond twijfelde hij er ernstig aan, dat hij Arevalo zonder onweerlegbare bewijzen van zijn schuld zelfs maar tot een bekentenis zou kunnen dwingen. Hij wist dat hij zich op dat punt illusies maakte, maar hij vond dat het minstens zijn plicht was Juan Carlos duidelijk te maken, dat hij misschien wel aan de menselijke, doch niet aan de goddelijke gerechtigheid kon ontsnappen.

'We stonden op u te wachten. We dachten al dat u niet meer zou komen opdagen' zei Violette. 'De wagen is door het zijhek binnengereden, il y a quelques minutes. U weet toch dat padre Rodolfo niet kon meekomen? Hij moest een inspecteur van het Ministerie van Volksgezondheid in de bija rondleiden, in verband met het voorgenomen syfilisonderzoek. Het heeft wel enige moeite gekost om op het laatste ogenblik een plaatsvervanger te vinden, maar ten slotte heeft abbé Muret, een Frans priester uit Caballito, zich bereid verklaard om voor hem in te springen, à titre gracieux évidemment.'

'Ik had hem zelf ook kunnen vervangen' zei Gustavo, terwijl ze met hun allen de trap opgingen, onder de arcade door. Het was een eerder povere delegatie van de ciudad oculta, maar de meeste villeros hadden nu eenmaal behoorlijke redenen om zich niet op een openbare plechtigheid te vertonen: als ze niet door de politie of de milicia gezocht werden, hadden ze geen geldige verblijfsvergunning of veelal zelfs helemaal geen persoonsbewijzen.

Langs de brede, geasfalteerde hoofdlaan betraden ze de oude, uitgestrekte, bovengrondse begraafplaats, een doolhof van lanen, straten en zijstraten, waarlangs de miljoenen doden van de hoofdstad een duurzame, eeuwige behuizing hadden gevonden in marmeren mausolea, porfieren graf-tempels met een vergulde koepel, barokke en byzantijnse pantheons en arduinen tomben met geëxalteerde epitafen en serafijnse gedenkplaten. Op het granieten troonmonu-ment van een populaire voetballer liet een gebeeldhouwde, naakte, Griekse jongeling zijn spierbundels bewonderen. Voor het verweerde, enigszins vervallen paviljoen van señor Juan Domingo de Alvear, een hybridisch bouwsel dat het midden hield tussen een gotische kapel en een uit-dragerswinkel in een Amerikaanse achterbuurt, stond een oude zwarte Ford met een opgebonden achterbumper. Je verwachtte eigenlijk min of meer, dat de in 1937 overleden señor de Alvear ieder ogenblik de stoffige, tulen gordijn-tjes, die zijn intimiteit post mortem moesten beschermen tegen indiscrete blikken, zou oplichten om naar buiten te gluren. Het deed alles bij elkaar eerder aan een griezelig theaterdecor denken dan aan een necropool.

Santucci kwam naast Gustavo lopen en raakte zachtjes, haast eerbiedig de hand van de padre flamenco aan. 'Jaja, ze hebben Ignazio vrijgelaten. Ignazio, mijn jongen, mijn enige zoon' fluisterde hij. 'Vanochtend, om zeven uur. En ze hebben geen haar op zijn hoofd gekrenkt. Hoe kan ik u daarvoor danken, padre?'

'Werkelijk? Hebben ze hem eindelijk vrijgelaten? Daar ben ik blij om, voor jou, en voor je vrouw,' zei Gustavo. 'Maar je hoeft *mij* daarvoor niet te danken. Ik heb helaas niets voor hem kunnen doen.'

'U bent toch onlangs bij de bisschop geweest? Men heeft me gezegd dat u een goed woord voor Ignazio hebt gedaan. Voor hèm, en voor Mendoza...'

'Inderdaad, ook Mendoza is vrijgekomen, een paar uren geleden. Ik heb met hem gesproken' zei Zorrilla, die rechts van Gustavo was komen lopen. 'Zijn huis staat toevallig sinds gisteren onder dak. Het was een geweldige verrassing voor hem. Ik heb nog nooit iemand zo gelukkig gezien.'

'Macanudo, dat is goed nieuws. Daar ben ik waarachtig blij om. God geeft altijd wel iets in de plaats van wat hij van ons afneemt' zei Gustavo en keek naar de handen van Arevalo, die vlak voor hem uit liep. Het enige wat hem aan de handen van de gallego opviel, was dat ze rood waren van de kou en dat hij ze onder het lopen stijf naast zijn lichaam gestrekt hield, bijna op de naad van zijn broek, als een militair. Het gaf aan zijn lichaamshouding iets krampachtigs en tegelijk aan zijn manier van lopen iets zweverigs. Je kon uiteindelijk, in tegenstelling tot wat de criminele antropologen beweerden, maar heel weinig afleiden van de handen van de meeste mensen. De zogenaamde 'stigmata' van Lombroso berustten waarschijnlijk op een eenzijdige interpretatie van eenzijdige vaststellingen. Het zou Gustavo niet hebben verwonderd, als er heel wat wurgers met slanke, tere, vrouwelijke handen rondliepen.

'Het spijt me in ieder geval dat ik je moet ontgoochelen' zei hij ten slotte tegen Santucci, 'maar ik heb persoonlijk geen enkele verdienste aan de vrijlating van Ignazio en Mendoza, en de bisschop ook niet. De bisschop en ik hebben over heel andere problemen gesproken.'

Een tijdlang liep hij over die 'heel andere problemen' te piekeren, terwijl Santucci op gedempte toon voorts uiting gaf aan zijn vreugde over de terugkeer van zijn zoon en Zorrilla aankondigde dat de casa de Mendoza volgende zondag door padre Rodolfo zou worden ingewijd.

Aan het eind van de laan zat een bejaarde lijkenruimer te schaften op de rand van een open, leeggepompte grafkelder. Het weggevloeide kelderwater had een gedeelte van de gezonken weg overstroomd. In de cuadra voorbij het knekelhuis zaten twee in het zwart geklede vrouwen met zwarte mantilla's geknield op een marmeren bankje voor een portiekgraf; in de portiek, achter het zwarte tralievenster, stonden twee dikke, flakkerende waskaarsen te walmen aan weerszijden van een hartvormig, plastieken bloemstuk.

De 'cementerio subterráneo', de moderne ondergrondse begraafplaats van Chacarita, was gelegen in het onbebouwde centrale gedeelte van de dodenstad. Er lag een uitgestrekt, verwilderd grasveld omheen. Over het open terrein waaiden af en toe vleugjes van een weeë brandlucht aan, afkomstig van de ijle rookwolk die uit de schoorsteen van het crematorium opsteeg, enkele honderden meter verder.

Toen ze over de graszoom naar de ingang van het souterrain liepen, zag Gustavo dat er in het gele, dorre, berijpte gras sporen van autobanden stonden. Het deed hem denken aan een side-line die hij op weg hierheen had gelezen, in een krant die iemand in de trein had laten liggen. De politie van Wimbledon had een motormeisje, dat ten behoeve van een fotoreportage voor 'Esquire' moedernaakt in het park rondracete, streng bekeurd omdat ze over het gazon reed. Toen hij nog op het seminarie was, konden dergelijke dingen alleen maar in de Verenigde Staten gebeuren; nu gebeurde dat regelmatig overal ter wereld. Het zou wel eens kunnen blijken dat de Amerikaanse futuroloog Herman Kahn zich vergist had, toen hij beweerde: 'Vroeger was het zo, dat als de Verenigde Staten niesden, de rest van de wereld een longontsteking opdeed, en nu zegt de rest van de wereld gewoon: gezondheid!' Naar Gustavo's gevoel zag je precies het omgekeerde gebeuren: de Amerikanen hadden zo langzamerhand een groot deel van de wereld dodelijk besmet met het paranoïde virus, waartegen ze zelf immuun waren geworden. In Argentinië mocht je dat echter niet hardop zeggen; de militaire junta had niet één, maar vijf vingers in de kapitalistische pappot. De kolonels likten hun druipende vingers af, en het volk had alleen de reuk van het koken in zijn neus.

Hij hoorde iemand zachtjes staan huilen en toen hij opkeek, zag hij dat het Lorenza Bartolini was, de moeder van Massimo. Zij stond op enkele passen van het souterrain en staarde met een wanhopige blik naar de ruwe, grenehouten lijkkist, die door de Piëmontees Carmelo en zijn zoon Luigi uit de bestelauto gehesen werd. Rocco stond naast de auto roerloos toe te kijken. Er zat een potsierlijk, viltig, grijsachtig verschoten zwart rouwbandje om zijn uitgerafelde manillahoed en hij scheen zwaar verkouden te zijn: de hele tijd stond hij te hoesten en te snuiven. Zijn ogen hadden een angstaanjagende, bijna krankzinnige uitdrukking, alsof de pijn en de woede en het verdriet achter zijn voorhoofd waren samengeklonterd tot een onzichtbaar, sluimerend geweld. De Franse priester had tegenover de achterzijde van de auto post gevat en droeg een ogenschijnlijk gloednieuwe stool met fondantpaars borduurwerk over zijn soutane. Hij was een rijzige vijftiger met een streng, hovaardig jansenistisch gezicht. Met gekruiste armen, als een worstelaar, sloeg hij het lichten van de kist gade. Gustavo's blik viel op zijn manchetknopen en heel even kwam de bijna kinderachtige gedachte bij hem op, dat die geplatineerde klaverblaadjes luitenant Albarillo beslist de ogen zouden uitsteken.

Toen Milena haar moeder hoorde huilen, begon ze op haar beurt te schreien, zonder tranen, met hoge jankende geluidjes als van een hond. Gustavo ging naast haar staan en legde zijn hand op haar schouder. Hij hoorde achter zich iemand zwaar staan ademen en hij had graag achteromgekeken om te zien of het misschien niet Arevalo was, maar hij verroerde zich niet en tuurde naar de glimmende, zwarte gespschoenen van abbé Muret, waarvan de neuzen enigszins naar boven stonden. De schoenen van de abbé bewogen door het vochtige, ontdooiende gras en op die beweging volgde haast onmiddellijk het zachte geschuifel van enkele tientallen andere voeten. Carmelo en Luigi tilden de kist op en droegen ze de grote, cicadegroene, stenen trap af. Het jongetje woog niet zwaar en kon gemakkelijk door twee volwassen mannen gedragen worden. Beroepsdragers moesten bovendien betaald worden en aangezien de Bartolini's het weinige geld dat ze bezaten hadden moeten besteden aan de doodkist en de administratieve zegelkosten, hadden de Piëmontezen zich vrijwillig aangeboden als lijkbezorgers en dragers. Het was weliswaar in strijd met de wettelijke voorschriften, maar ten opzichte van de doden toonde het ambtelijk apparaat zich heel wat lankmoediger dan ten opzichte van de levenden.

Gustavo ging achter de abbé en de Bartolini's aan de trap af. Het was net of ze in de katakomben afdaalden. Milena had ondertussen opgehouden met huilen. Zij legde haar hand in die van haar moeder, en tijdens de neerdaling 'in profundum terrae' waren geen andere geluiden te horen dan het trage, onafgebroken geschuifel van de voeten op de treden, de onderdrukte snikken van Lorenza en de hol weergalmende hoest van Rocco.

De trap eindigde in het midden van een overdekt, doorlopend wandelterras, dat een rechthoekige open ruimte omsloot, een soort van atrium waaromheen de dodengalerijen gelegen waren. Bij de voorlaatste galerij hielden de dragers stil. Een werkman van het kerkhofpersoneel stond hen met zichtbaar ongeduld op te wachten met een grote, blauwe spuitbus in zijn hand. Schuin achter hem was in de muur van de galerij, die aan een columbarium deed denken, een van de nissen opengemaakt.

De eigenlijke plechtigheid nam niet veel tijd in beslag. De abbé sprak enkele korte gebeden uit, in het Spaans en het Latijn, en zegende vervolgens de kist met veel tè katholieke gebaren. Op zeker ogenblik hoorde Gustavo hem Augustinus citeren: 'Inquietum est cor nostrum, donec requiescat in te, Domine.'

Violette fluisterde Rocco iets in het oor en de cantinero nam haastig zijn hoed af.

'... in omnia saecula saeculorum, amen' zei de abbé en gaf Carmelo een hoofdknikje.

Daarop hesen de Piëmontezen, met de hulp van de werkman, de kist op een soort van opsteekkar die klaarstond onder de grafnis. De werkman vijzelde de kist op, totdat ze zich vlak tegenover het gat in de muur bevond. Met een schurend en snerpend geluid verdween Massimo Bartolini in de diepe, donkere nis.

Abbé Muret ontdeed zich van zijn stool, drukte Rocco en Lorenza de hand, sprak ze enkele vluchtige woorden van troost in en ging er haastig vandoor. Hij was kennelijk het type van de gefrustreerde priester, wiens vleugelslag door het verlies van de Franse missiegebieden in Afrika verlamd was: een 'pied noir' die nogal brutaal ontwaakt was uit zijn droom van een duizendjarig, koloniaal Godsrijk.

'Poverino' fluisterde Santucci padre Gustavo over de schouder toe. 'Weet u, padre, wat de boeren in de Conca d'Oro zeggen? Het leven, zeggen ze, is als een noteboom: de beste noten vallen vanzelf en de slechte moet je eruit slaan.'

Gustavo glimlachte vaag en gluurde onderwijl naar Arevalo, die met neergeslagen ogen, ietwat bleek en ontdaan, op het terras buiten de galerij stond. Bijna iedereen was in de galerij blijven staan, waar de werkman op het platform van de hijskar was geklommen om de deksteen op de nis vast te metselen. Met de spuitbus spoot hij de reten rondom de steen keurig vol met snel verhardende specie. Het was in een ommezien gebeurd. De deksteen van Massimo's graf was verreweg de enige in de hele galerij, waarop de naam, het geboorte- en sterfjaar van de overledene niet waren ingebeiteld. Eén enkele beitelslag kostte ook alweer honderd pesos.

171

Rocco zette met een onhandige beweging zijn manilla weer op, terwijl Lorenza zachtjes stond uit te huilen op de schouder van Anna Santucci. 'Non è vero, non è vero' jammerde ze telkens weer, tussen haar gesmoorde snikken door. Een gevoel van moedeloosheid en grenzeloze verlatenheid overviel Gustavo bij het vooruitzicht, dat hij over enkele weken misschien zelf levend zou worden ingemetseld in een nis die El Chocón heette, op een kerkhof dat als Patagonië bekend was. Het hing van hemzelf af of dit al dan niet zou gebeuren, hij had ten slotte zijn eigen lot in handen, maar hij wist dat hij als priester niet het recht had om de gemakkelijkste oplossing te kiezen. Hij moest zijn geweten gehoorzamen, en niet zijn persoonlijke verlangens. Toen hij zijn ogen opsloeg, zag hij Carmelo op zich afkomen. De Piëmontees met zijn beweeglijke wenkbrauwen en zijn chevalereske snor, die de Kempenaars een vrouwentreiter zouden hebben genoemd, begon zonder enige aanleiding tegen hem te praten. Hij vertelde dat Rocco Bartolini zijn beste vriend was, dat hij de cantinero op de dag dat Massimo werd vermoord nog vijfduizend pesos had geleend, en dat zijn eigen zoon Luigi een heel wat handiger bliksem dan zijn vader was, een jongen die zijn weg wel zou maken als hij eenmaal de hem toegezegde baan had gekregen als cutter in het filmlaboratorium van niemand minder dan Torre Nilson.

Arevalo stond nog steeds op het terras, een beetje slungelig en een beetje bedremmeld, in een onbehaaglijke bijna meelijwekkende afzondering.

'Neem me niet kwalijk, ik zie daar iemand die ik dringend zou willen spreken' zei hij tegen Carmelo toen deze maar bleef doorpraten, en hij ging meteen naar Arevalo toe.

'Juan Carlos, wat scheelt jou? Je ziet er zo bleek uit' zei hij op goed geluk af. 'Heb jij dat jongetje zo goed gekend?' Zijn woorden hadden het effect van een steen die in een stilstaand water plonsde. Arevalo's kwaadaarige blik rimpelde gedurende enkele seconden open tot wijde kringen van verbazing, en nog voordat die kringen helemaal waren uitgedeind zei hij ontwijkend: 'Ik voel me niet lekker.'

'Wat heb je dan?' drong Gustavo aan.

'Ik weet het niet' zei Arevalo weifelend en wendde het hoofd af. De begrafenisgangers begonnen in kleine groepjes de galerij te verlaten en gingen meestal zwijgend, de Italianen echter druk snaterend onder elkaar, langs hen voorbij.

Gustavo zei: 'Ik heb de indruk dat jou iets bezwaart. Waarom praat je er niet met iemand over?'

Een ogenblikje zag de gallego hem wantrouwend aan. Hij slikte en gaf geen antwoord, en Gustavo nam hem vriendschappelijk bij de arm en zei: 'Kom, laten we een eindje samen oplopen.'

Ze liepen zwijgend de trap op, op een tiental passen achter Lombo en Saltabanco aan, en pas toen ze boven kwamen zei Arevalo opeens, tot Gustavo's verrassing: 'Ja, u hebt gelijk, padre. Ik zou er met iemand moeten over praten.'

'Dat lijkt me het verstandigst, Juan Carlos. Ik meen overigens te weten wat jou bezwaart.'

'Dat geloof ik nooit' zei Arevalo met een grimmig lachje vol zelfverachting. 'Als u dàt wist...' Hij zweeg en bleef staan, keek besluiteloos om zich heen.

'Als ik het wist – wat dan?'

'U zou God verfluchen, omdat hij zo'n monster als ik geschapen heeft.'

Het kostte hem zichtbaar moeite, dit te zeggen: zijn kaakspieren trilden en hij wierp voortdurend bange, nerveuze blikken rondom zich, als iemand die vreest in een hinderlaag te zullen worden gelokt.

Het was een verschrikkelijk moment, ook voor Gustavo: deze woorden van Arevalo namen elke twijfel bij hem weg, hij wist dat Gilda niet gelogen had en dat ze zich ook niet vergist had.

173

'Ik geloof niet dat ik dat zou doen, omdat ik nu eenmaal de bedoelingen van God niet ken' zei hij. 'Ik weet wel dat, als God ons de zonde niet had ingeschapen, wij de gelegenheid niet zouden hebben gekregen om Zijn genade te verdienen.' Ik sta te preken, dacht hij, dat is het stomste wat ik kan doen. Hij veranderde onmiddellijk zijn toon, ook omdat hij bang was dat Arevalo hem op het laatste ogenblik zou ontsnappen: 'Juan Carlos, je hoeft niet bang te zijn om het mij te zeggen. Als priester heb ik veel gezien en gehoord, en veel vergeven. Er is vergeving voor elke zonde, geloof mij. Jij wordt verteerd van wroeging over je zonde, ik zie het je aan. Je moet mij vertrouwen, ik wil je helpen de genade te verdienen. Zeg mij wat je bezwaart.' Hij had wat stiller gesproken, want er liepen enkele mensen langs hen heen in de richting van het souterrain.

'Nu niet' zei Arevalo angstig. 'Niet hier.'

'Laten we dan samen naar de Calle Junta gaan, bij me thuis. Daar kunnen we rustig praten,' stelde Gustavo voor. Arevalo schudde het hoofd: 'Nu niet. Ik kan niet. Ik... Vanavond.'

'Waarom vanavond? Waarom nu niet?'

'Geeft u me nog wat tijd, padre. Bis heute abend, por favor. Trouwens, ik moet hier nog een boodschap doen in de buurt, op de Avenida Triumvirato.'

Het was een doorzichtige leugen: hij had natuurlijk helemaal niets te doen in deze buurt. Hij sloeg voor zichzelf op de vlucht, voor zijn eigen woorden, zijn eigen ellende. Hij was bang dat zijn ziel als een grafkelder zou worden opengebroken en dat iedereen op de bodem ervan de afschuwelijke, ongenadige ontbinding zou kunnen zien van het weefsel van leugens en waarheid, moed en lafheid, waaruit het leven van de meeste mensen bestaat.

'Ik vertrouw erop, dat je me vanavond komt opzoeken' riep Gustavo hem na, terwijl de gallego zich schuw en haastig van hem verwijderde in de richting van de oostelijke uitgang. Arevalo antwoordde niet en keek ook niet meer achterom. Hij liep, zweverig, zonder zijn armen te bewegen, als een schim tussen de graven door.

Gustavo begaf zich naar de westelijke uitgang, waarlangs hij samen met de anderen was binnengekomen. Hij voelde zich schuldig, omdat hij hem had laten weggaan, vergiftigd door zijn wroeging en zijn radeloze angst, omdat hij niet onmiddellijk zijn voet tussen de deur had geschoven die Arevalo voor hem op een kier had gezet. Hij had zijn kans verkeken om een ziel voor de eeuwige verdoemenis te redden, om datgene te doen wat in de eerste plaats van een priester verwacht werd: te laven, te begrijpen en te vergeven.

Op een honderdtal meter voor zich uit zag hij Violette Lafaut met enkele andere vrouwen opstappen. Omdat hij alleen wilde zijn om zijn gedachten te verzamelen, bleef hij voor een willekeurig grafmonument staan. De zon wierp een schril licht op de zwartmarmeren mementoplaat met het tranerige opschrift 'Oh Madre!'. Het leven is een noteboom, dacht hij, een boom zwaar van noten met hard, wit, pittig vlees binnen een rottende bolster. Tot een andere gedachte kwam hij niet. Tenzij dat hij op een onvergeeflijke manier verzuimd had Arevalo te ontbolsteren. Dit verzuim was des te onvergeeflijker, omdat hij eraan twijfelde of Juan Carlos hem uit eigen beweging zou komen opzoeken. Als hij vanavond niet kwam opdagen, zou heel dit gesprek vruchteloos zijn geweest.

Hij draalde nog wat en liep toen door. Violette en de Italiaanse vrouwen waren uit het gezicht verdwenen. Toen hij de uitgang bereikte en de treden naar het plein afging, in gedachten verzonken, werd hij aangesproken door iemand met een neusstem, die hem maar al te bekend voorkwam: 'U bent waarschijnlijk de laatste, padre?'

'Ja, ik geloof van wel, teniente' zei Gustavo en keek lichtjes geschrokken over de schouder van luitenant Albarillo naar de politieauto, die op het plein naast de trottoirband stond, niet ver van het bloemenstalletje. Er stond een agent vlak bij de wagen en een tweede liep aan de voet van de trap heen en weer.

'Bent u daar zeker van? Waarom bent u zo laat?' De jefe stond met een knorrig gezicht voor hem, de duim van zijn rechterhand achter de bandoleras gehaakt, terwijl zijn andere hand op zijn pistooltas rustte. Je kon niet eens zeggen dat hij zich een belangrijk air aanmat: hij wàs een belangrijk man, veel belangrijker misschien dan de burgemeester van Buenos Aires.

'U hebt me pas onlangs verhoord' zei Gustavo, weinig op zijn gemak.

'Dit is geen verhoor. Ik zoek iemand' zei Albarillo kortaf.

'Mag ik dan weten wie u zoekt? Misschien kan ik u helpen' zei Gustavo met huichelachtige gedienstigheid en hij moest op zijn tong bijten om daar niet, uit een soort van balorige dwarsheid, aan toe te voegen: toch niet die Franse priester met zijn juwelige manchetknopen?

'Juan Carlos Arevalo, de gewezen portier van Castelar. Een gallego van middelbare leeftijd, met een glazenwassersgezicht' snauwde de luitenant steeds ongeduldiger en keek langs de padre heen naar de uitgang van het kerkhof. 'Ik ben er zeker van dat hij hier was. U moet hem gezien hebben. Waarschijnlijk kent u hem zelfs persoonlijk.'

Gustavo aarzelde. Hij voelde zich helemaal in de war. Wat moest de politie van Arevalo? Had die stommeling ook nog iets anders op zijn kerfstok? Of zou de Brigade er zijn achtergekomen dat hij, en niet Gomez, de moordenaar van Massimo was? Het was volkomen ondenkbaar, aangezien behalve Arevalo en hijzelf slechts twee mensen daarvan op de hoogte waren: Gilda en die vrijer van haar, Antonio Pascoli. God, stel je voor: wie weet of Pascoli niet had doorgeslagen?

'Natuurlijk ken ik hem, teniente. Ik heb daarstraks nog met

hem staan praten. Maar hij is vroeger weggegaan, waarheen weet ik niet' probeerde Gustavo zich te redden, zich verschuilend achter een halve leugen die, als je het van de andere kant bekeek, toch ook een halve waarheid was.

'Dat is onmogelijk, u liegt' zei de luitenant grof. 'Ik sta hier al minstens een halfuur.'

'Er zijn ook nog andere uitgangen' zei Gustavo laconiek, in de overtuiging dat Arevalo ondertussen al wel de Avenida Triumvirato zou bereikt hebben.

Gedurende enkele ogenblikken zag Albarillo hem stomverbaasd aan. Hij vloekte, draaide zich op zijn hakken om en liep met snelle, driftige sprongen de treden af. Bij elke sprong sloeg zijn bungelende pistooltas tegen zijn zij. Hij schreeuwde de agenten die hem vergezelden iets toe en ze verdwenen met hun allen haastig in de auto, die over het plein wegraasde, tegen het drukke verkeer in.

In de trein zat Gustavo allerlei dwaze veronderstellingen te maken en ondanks zijn ongerustheid en zijn sombere voorgevoelens moest hij glimlachen om de manier waarop de luitenant Arevalo beschreven had: 'een gallego met een glazenwassersgezicht'. Hij had er geen flauw vermoeden van hoe iemand met een 'glazenwassersgezicht' er uit zag. Zijn gedachten hielden zich tijdens de hele verdere terugrit koortsachtig bezig met de vreemde gebeurtenissen, die zich in de voormiddag in zo'n vreemde opeenvolging en in zo'n onwerkelijk vreemde samenhang hadden voorgedaan. Het was of hij zo pas uit een bioskoopzaal kwam en zijn verbeelding de filmbeelden niet kon loslaten die hij gezien had: de gapende nis in de dodengalerij, het grote rechthoekige atrium dat als een leeg zwembassin vol groen licht stroomde, de werkman met de blauwe mortelspuit, de abbé met zijn hygiënisch gezicht en zijn schilderachtige gebaren en zijn geplatineerde manchetknopen, het angstige bleke gezicht van Juan Carlos, een meisje dat naakt op een motorfiets over de grasperken reed tussen pompeuze grafstempels, een vergulde bazuinengel die de aftocht blies van een verschalkte politieofficier met een onuitstaanbare neusstem, en een bang verdrietig meisje dat huilde als een jankende hond.

Toen hij thuiskwam, voelde hij zich lichamelijk uitgeput. Hij strekte zich op zijn bed uit en sliep anderhalf uur. Na de siësta ging hij een zieke parochiaan opzoeken en de biecht afnemen in de Hermanitas. Om halfzes was hij weer thuis. Hij voerde zijn duiven, liet ze uitvliegen, zette een potje maté en wachtte op Arevalo. Na het avondeten ging hij met verstrooide aandacht in het boek van zijn landgenoot Engelbeen over Patagonië zitten lezen.

Om kwart over tien kwam er iemand de gang naast het huis in. Hij sloeg het boek dicht en keek vol gespannen verwachting naar de deur. Het was zuster Esperanza. 'Padre, er is een van uw duiven bij ons neergestreken, in de patio. Ik geloof dat ze gekwetst is' zei ze.

'Ja, dat is wel mogelijk. Ik heb ze vandaag niet geteld' zei hij onverschillig. Hij dacht: die gekwetste duif, die niet naar haar hok is teruggekeerd, zou wel eens Juan Carlos Arevalo kunnen zijn. Misschien liet God hem dit door de mond van zuster Esperanza weten.

'Ik ben hier haast twee maanden en ik heb nog niet eens de gelegenheid gekregen om een dagje of wat rustig in de stad rond te kijken' schreef Violette aan haar ouders. 'Ook 's zondags ben ik vaak de hele dag in touw, er is altijd wel iets te belopen of te beredderen. Ik zou nochtans graag eens een uitstapje maken naar de pampa, waar je na een half-uur rijden over de Ruta Panamericana zo middenin zit, of een kijkje gaan nemen in de barrios del Norte, die prachtige villawijken waar de rijkelui en de ambtenaren resideren. Vooral Tigre schijnt een zalig recreatieoord te zijn, waar de bevoorrechten in de zomer gaan golfspelen, zwemmen en zeilen: het Antibes van de Argentijnen, zegt men. Ja, jullie moeten na mijn vorige, vrij sombere brieven wel de indruk hebben gekregen, dat Buenos Aires één grote, stinkende vaalt van ellende, maatschappelijk onrecht en verderf is, maar Godzijdank nee, dat is gelukkig niet waar: voor een bepaalde categorie van mensen, hélas toujours les mêmes, vloeit deze stad over van melk en honing. Ik heb hier ook gelukkige, vriendschappelijke, aardige mensen ontmoet, mensen van wie ik zou kunnen houden zoals ik van jullie houd en van Babette (zie je haar nog wel eens?) en ik zou dan ook de bewering niet durven onderschrijven van een Franse tenor, die een tijdje in het Teatro Colón gegasteerd heeft en die volgens een kennis van me zou gezegd hebben: Buenos Ayres, c'est les militaires au parterre, les péons au balcon, les abrutis au paradis... Het is wel leuk als boutade, maar eenzijdig als oordeel.'

Toen ze herlas wat ze geschreven had, stelde ze verbaasd vast hoezeer ze veranderd was binnen de tijd van enkele weken: het scheelde maar weinig of ze speelde met virtuoze grepen op de snaar van het kapitaal; in ieder geval was ze aardig op weg, althans in haar brieven aan thuis, om de bezittende en bezettende klasse in bescherming te nemen tegen de aanmatigingen van de descamisados. De invloed van Jacinto had blijkbaar verstrekkende gevolgen met betrekking tot haar sociaal en politiek denken. Eigenlijk hoefde ze zich daarover niet te schamen: de ideeën van iemand die eerlijk en intelligent was en die bovendien uitstekend vertrouwd was met de plaatselijke toestanden, konden haar eigen vaak emotionele opvattingen alleen maar in een realistischer perspectief brengen. Ze herinnerde zich dat hij het verschijnsel van de villas miserias en de favelas eens vergeleken had met een heksenkring, met de snelle uitbreiding van een verzameling zwammen ontstaan uit de ondergrondse voortwoekering van mycelium; het mycelium, had hij gezegd, is de maatschappelijke structuur van de meeste Zuidamerikaanse landen, die de uitzaaiing en voortwoekering van de armoede mogelijk maakt. Het beeld had zich in haar geheugen gegrift, omdat het zo raak was, en ook omdat het ontleend was aan een waarnemingswereld die zozeer tot haar gevoel en verbeelding sprak: die van de natuurkunde.

Bén ik ten slotte wel veranderd? vroeg ze zich af. Had ze tijdens de eerste weken van haar verblijf in Buenos Aires niet veeleer een soort van bewustzijns- of gewetenscrisis doorgemaakt, en was ze nu niet bezig geleidelijk weer zichzelf te worden, het bourgeoistype dat ze altijd was geweest, de gesofistikeerde dochter van een tandarts die vastbesloten was de kleine, zindelijke, serene wereld waarin ze vanaf haar geboorte had geleefd te reorganiseren rond haar zelfzuchtige, romantische, niet zelden ingebeelde behoeften – maar dan zó te reorganiseren, dat haar levensritme, haar ingewortelde gewoonten, haar welbehagen erdoor niet werden verstoord? Gisteren nog, op Chacarita, had ze zichzelf betrapt op een duidelijk bewijs van haar verbondenheidsgevoel met die kleine, zindelijke, veilig omperkte, burgerlijke wereld: ze had met iets als heimwee en bewondering naar abbé Muret gekeken, een van de anachronistische exponenten van de traditionele, autoritaire Kerk in wier geloof ze was opgegroeid. Of was het niet zozeer bewondering dan wel een opwelling van chauvinisme geweest?

Ze strekte haar rug en voelde weer heel even de inwendige kneuspijn in haar lenden. Ze keek op haar horloge, het was halftwee, en ze besloot een furandantinetabletje in te nemen. Ze mocht er vier per dag gebruiken. Nadat ze het tabletje had doorgespoeld met een half glas water, begon ze een nieuwe alinea: 'Over mijn gezondheid, chère maman, hoef je je werkelijk geen zorgen te maken. Ik heb af en toe nog wat pijn, vooral als ik vermoeid ben, maar de dokter zegt dat de infectie voor zestig procent overwonnen is en dat ik niet hoef te vrezen voor verwikkelingen of blijvende letsels. Hongerlijden doe ik vast ook niet, waarom zou ik: aan voedsel is hier geen gebrek – Argentinië is, proprement dit, de vleespot van Zuid-Amerika – en vergeleken met de omringende landen is het leven hier betrekkelijk goedkoop. Vorige week nog ben ik met een kennis van me in La Cabaña, een befaamde eetgelegenheid in het Centro, een baby-beef à la manière criollo gaan eten: een festijn. Ik had er alleen spijt van dat ik me, vanwege mijn nieren, de verrukkelijke, gekruide chimichurri-saus moest ontzeggen die daarbij meestal wordt opgediend.'

Ze legde haar pen neer en vroeg zich af of ze, eventueel in onschuldige bewoordingen, over die 'kennis' van haar zou durven schrijven, die Franse tenoren citeerde, haar op een etentje in La Cabaña uitnodigde, haar op vierenveertig jaar ontmaagd en seksueel bevredigd had. Behalve met padre Rodolfo had ze nog met niemand over Jacinto durven praten; ondanks haar oprechte gevoelens van liefde voor hem schaamde ze zich om de een of andere reden over de relatie die ze met hem onderhield. Nou ja, 'de een of andere reden': ze hoefde zichzelf niets wijs te maken, ze wist heel goed waarom ze haar verhouding met onderluitenant Cambras zoveel mogelijk verborgen hield. In Belgrano zou geen mens willen geloven, dat ze verliefd kon worden op een van die gehate gorilla's van de beruchte Brigade Perro; waarschijnlijk zou ze, als haar affaire met Jacinto bekend werd, alleen nog wantrouwen, verachting en vijandige gevoelens ontmoeten. Ze zou worden uitgebraakt als een verraadster, een aanbrengster, een politiehoer, een handlangster van het regime. En dat was een brandmerk dat ze ten slotte niet verdiende, evenmin als Jacinto, die heel teder en diep menselijk kon zijn, verdiende vereenzelvigd te worden met de bloedhonden wier uniform hij droeg.

Ze wou net een nieuwe zin beginnen, de woorden 'Zodra

ik' stonden al op het papier, toen ze stappen op het portaal hoorde. Het waren de fikse stappen van een hakkenloper, en ze zou gezworen hebben dat het Jacinto was, maar dat kon niet, want hij had dienst tot zes uur. De stappen hielden voor haar deur stil en toen ze het karakteristieke klopje hoorde, die vlugge korte roffel met twee knokkels die ze uit honderd andere klopjes zou herkennen, twijfelde ze niet langer. Ze sprong verrast op en ging haastig de deur openmaken.

'Jacinto! Ik dacht dat je dienst had...'

Ze schonk hem een stralende glimlach en wilde hem omhelzen, maar hij drong haar zenuwachtig de kamer in en trapte met zijn voet de deur achter zich dicht. Toen pas kreeg ze de handkoffer van zwart paardehaar in het oog, die hij bij zich had.

'Wat moet je met die...?' In haar bange opwinding kon ze niet op het Spaanse woord voor valies komen.

Zijn gezicht stond ernstig en dat maakte haar nog veel banger. Zonder een woord te zeggen zette hij het valies in het midden van de kamer neer en maakte de riem die eromheen zat los. Hij haalde een donker burgerpak te voorschijn en gooide dat met een brede zwaai op het bed.

'Amor mio, ik ga op reis, de paisano' zei hij toen ze hem met haar grote, angstige ogen vragend bleef aankijken.

'De paisano?' stamelde ze.

'En civil' verduidelijkte hij. 'Nu moet je eens goed naar me luisteren. Ik heb geen moment te verliezen.' Hij greep haar met een zacht, dwingend gebaar bij de schouder. 'Godoy heeft me gewaarschuwd: als ik 'em niet ogenblikkelijk smeer, ben ik er gloeiend bij. Het schijnt dat Albarillo ernstige verdenkingen tegen me koestert. Ik ben er zeker van dat hij me in een valstrik wil lokken, en dat zal heus niet zo moeilijk zijn. Zodra hij er de kans toe ziet, doet hij me de das om. Ik moet maken dat ik wegkom, vooraleer het te laat is. Je kent hem niet: als hij eenmaal zijn tanden in iets heeft gezet, laat hij het niet meer los.'

'Oh mon amour, c'est ma faute. Ik had je daar niet moeten in betrekken. Wat ben ik dom geweest' fluisterde Violette. Ze sloeg de armen om zijn middel en legde haar hoofd aan zijn borst. Ze rook het leer van zijn bandeliers en de muffe stof van zijn uniform, en daardoorheen de warme, zwoele, vertrouwde geur van zijn lichaam, maar het rook alles zo heel anders dan gewoonlijk, ze wist niet waarnaar. Heftig zei ze: 'Ik ga met je mee. Ik laat je niet alleen gaan.'

'Ben je gek? Jij blijft hier' zei hij. 'Ik wil niet dat jij op je beurt gevaar loopt. Toe, wees redelijk, cara mia. Je bent hier veilig. Tegen jou kunnen ze niets inbrengen, ook niet als je zou bekennen dat je die padre dat briefje hebt bezorgd. Dat is geen strafbaar feit. Trouwens-' Hij drukte haar dicht tegen zich aan en streek afwezig met zijn hand over haar haar. 'Trouwens, sinds dat telefoontje van de Franse ambassadeur zijn ze wat schuw van je geworden. De diplomatieke betrekkingen tussen...'

'Dacht je dat me dat allemaal nog iets kon schelen, als jij weg bent?' zei ze vol hopeloze verliefdheid. 'Mon pauvre chéri, laat me met je meegaan. Ik zal minder bang zijn als ik het gevaar met jou kan delen dan als ik hier alleen achterblijf, veilig, maar zonder jou.'

'Lieveling, zet dat in Godsnaam uit je hoofd. Je weet niet wat je zegt' zei hij en liet haar los. 'Het is gewoon krankzinnig. We zouden ook veel vlugger in de gaten lopen, als we er samen vandoor gingen.' Hij keek op zijn horloge en begon zich van zijn schouderriemen te ontdoen. 'Ik moet voortmaken. Ik heb een burgerpak en een valies van een vriend van me geleend, omdat ik niet over huis wou gaan. Het zou me niet verwonderen, als Albarillo een mannetje in de buurt van mijn huis heeft geposteerd.'

Ze hielp hem zijn uniform losknopen, zoals ze zo dikwijls had gedaan, met bevende ongeduldige vingers, in heel wat gelukzaliger omstandigheden. Toen was hij, bij elke knoop die ze losmaakte, dichter bij haar gekomen, maar nu had ze het verlammende gevoel dat elke knoop die ze losmaakte hem steeds verder van haar verwijderde.

'Waar wil je dan heen? Naar Uruguay?' vroeg ze terwijl ze, in een poging om de tranen terug te dringen die in haar ogen opwelden, strak naar een van de bengelende, koperen knopen staarde die nog slechts met enkele draadjes vasthing.

'Verdraaid, nee zeg, ik ben niet op mijn hoofd gevallen. Dat ligt te zéér voor de hand: in minder dan drie uur ben je in Montevideo, dat weten ze bij de Brigade ook wel. De grens wordt er trouwens veel strenger bewaakt dan elders.' Hij liet zich door haar uit zijn uniformjas helpen en ging op de rand van het bed zitten om zijn laarzen uit te trekken. 'Ik heb het vooraf allemaal zorgvuldig bekeken: Chili lijkt me heel wat veiliger, ook politiek gezien, nu Allende al wat vaster in het zadel zit.'

'Maar hoe kom je dan over de Chileense grens?' vroeg ze. 'Je hebt toch papieren nodig.'

'Ik heb van padre Paolo een contactadres in San Juan gekregen, vanwaar ik door leden van de Frente Revolucionario over de grens zal worden geholpen, dwars door de Cordilleras' zei hij.

'San Juan! Lieve hemel, dat is het andere eind van de wereld' zei ze geschrokken. 'Hoe wil je daarheen gaan? Toch niet per trein? Daar doe je minstens twee dagen over, en voor die tijd is je signalement al lang in alle provincies verspreid.'

'Liefje' zei hij, 'maak je maar niet te veel zorgen over mij. Op de een of andere manier haal ik het wel.' Hij had ondertussen het geleende pak aangetrokken en bekeek zichzelf in de spiegel: het was wel wat te nauw voor hem, de jas trok op zijn borst en in zijn oksels. 'Wil jij misschien even mijn uniform en mijn kepi in het valies stoppen? Ik zal je dadelijk zeggen wat ermee moet gebeuren.'

Met trage, werktuiglijke bewegingen deed ze wat hij vroeg: ze vouwde de jas en de pantalon van zijn uniform heel zorgvuldig op en legde ze in de koffer, alsof het er werkelijk nog op aan kwam dat zijn spullen keurig gepakt werden, alsof ze zichzelf wilde doen geloven dat hij alleen maar voor korte tijd op reis ging. Ze kon het niet helpen, het zat nu eenmaal in haar handen; ze was, zoals de meeste vrouwen, bijzonder handig en ervaren in het methodisch pakken van bagage. De kepi en de laarzen legde ze bovenop het uniform en toen bleef ze aarzelend met de gordel en de pistooltas in haar handen staan: 'Neem je je pistool niet mee?'

'Dat zou dwaas zijn' zei hij. 'Als ik in omstandigheden als deze gepakt word met een dienstrevolver op zak, kost me dat minstens tien jaar.' Hij had blijkbaar in alle mogelijkheden voorzien, en dat stelde haar teleur, omdat zij zelf in zekere zin ook deel uitmaakte van de mogelijkheden waarin hij voorzien had. Er was iets in zijn harde, onverbiddelijke logika waartegen ze in opstand kwam: die logika sloot immers vooraf alle gevoelsbesluiten uit, en ze wist dat hun gevoelens de enige medeplichtigen waren waarop ze kon rekenen om hem tot andere gedachten te brengen, om hem tot uitstel of tot een draaglijker oplossing te bewegen. Ook het plotse koortsachtige verlangen van haar lichaam, dat op een laatste hartstochtelijk samenzijn aanspraak maakte, zou ongetwijfeld aan die logika worden opgeofferd.

Ze knielde wezenloos naast de koffer neer, legde ook de gordel en de pistooltas erin en vroeg met een door tranen verstikte stem: 'Wat moet ermee gebeuren?' Ze hoorde hem naar het raam lopen op het moment dat er een auto in de straat kwam aanrijden: een auto die vertraagde en daarna weer snel optrok, voorbijreed. Ze dacht: waarom moest ik juist op hèm verliefd worden – op de schaduw van een totalitair regime? Het regime bepaalde of de zon al dan niet zou schijnen, en daardoor besliste het ook over het lot van de schaduwen, die ze afwierp: het kon ze op ieder ogenblik laten verdwijnen of weer oproepen.

'Wat zei je, lieveling?'

'Ik vroeg wat ermee moet gebeuren, met die koffer' zei ze en richtte zich op.

Hij stond nog steeds bij het raam en keek met onrustige blikken over de straat uit. Hij zag er vreemd uit in dat donkere, veel te nauwe kostuum; ze had hem ten slotte nooit anders dan in zijn uniform gezien. Hij zag er precies zo uit als ze zich de schaduw van een schrikbewind had voorgesteld: somber en op een onpersoonlijke manier vreesaanjagend. Het was wel merkwaardig dat hij er in zijn uniform, dat toch de duidelijk zichtbare veruiterlijking was van de macht en het meedogenloze geweld van dat bewind, nooit zo had uit gezien.

'Die koffer, juist. Dat wou ik je inderdaad nog zeggen.' Hij kwam bij het raam vandaan en zijn stem veranderde in een overmoedig, jongensachtig geluid. Ze kende dat geluid: het betekende dat hij aan zichzelf begon te twijfelen. 'Die zou je, zodra ik de deur uit ben, naar het bagagedepot in Retiro moeten brengen. Weet je waar dat is?'

'Ja.'

'Het reçu kun je maar beter vernietigen. Je verbrandt het of gooit het in het toilet, om het even, als je er maar voor zorgt dat ze het niet in je bezit vinden. Wil je dat voor me doen?'

Ze knikte. Het griefde haar dat hij hun liefde likwideerde alsof het een failliete boedel was. Hij liet haar zelfs geen reçu na, waaruit zou kunnen blijken dat hij werkelijk bestaan had, dat hij geen dagdroom van haar was geweest.

Alsof hij haar gedachten geraden had en ze wilde tegenspreken, zei hij plots, terwijl hij weemoedig in de kamer rondkeek: 'Als ik er aan denk hoeveel gelukkige uren we hier samen hebben doorgebracht...'

186

'Ben je werkelijk gelukkig geweest – bij me?' vroeg ze en stelde met een gevoel van verslagenheid vast, dat ze de verleden tijd had gebruikt, de onherroepelijk voltooid verleden tijd. Het drong langzaam tot haar door dat ze, tegen haar wil en verlangen in, bezig was afscheid van hem te nemen.

'Hoe kun je daaraan twijfelen, chérie?' zei hij en nam haar, na een korte aarzeling, in zijn armen. De aanraking met zijn lichaam deed haar heel even huiveren maar riep, vreemd genoeg, niet de heftige, hartstochtelijke gevoelens op waarin ze samen met hem voor de laatste maal had willen verzinken. Zijn handen gleden met zachte, strelende, ietwat nerveuze bewegingen over haar rug en gedurende enkele seconden dacht ze nergens aan, verlangde ze nergens naar, hoopte ze nergens op: ze voelde alleen zijn warme handen op haar rug en zijn warme adem in haar hals en het trillen in haar eigen knieën. *Ik zeg adieu en keer weer huiswaarts, naar mijn dromen.* Die woorden welden spontaan bij haar op; eerst wist ze niet waar ze vandaan kwamen, maar onmiddellijk daarna begonnen ook de andere verzen van Neruda in haar te galmen: *vrede voor de bakker en de zijnen, vrede voor de bloem, vrede voor het koren dat morgen wordt geboren...* Vrede, dacht ze, vrede voor iedereen, behalve voor hèm en mij.

'Waar denk je aan?' vroeg hij.

'Aan jou' fluisterde ze. 'Je t'aime. Als ik een vogel was, zou ik mijn nest maken in je navel, en dan zou je verplicht zijn me mee te nemen.' Ze glimlachte, tegen haar tranen in. Vrede voor de vogel, dacht ze, die zijn nest maakt in de doornstruiken van de liefde.

Hij drukte haar wat steviger tegen zich aan en zei, terwijl zijn lippen haar oor beroerden: 'Als jij een vogel was, zou ik je verplichten voor me uit te vliegen.'

'Je weet heel goed dat je me daartoe niet zou hoeven te verplichten' zei ze. 'Die hele vervloekte brigade van je en het hele Argentijnse leger zouden me dat niet kunnen beletten.'

'Ja, dat weet ik' zei hij.

Een tijdlang stonden ze zwijgend, roerloos tegen elkaar aangeleund, in het midden van de kamer, alsof ze op een wonder stonden te wachten, op een bazuinstoot die de muren van Albarillo's Jericho zou doen instorten.

'Kun je niet nog een halfuurtje blijven?' smeekte ze.

'Lieveling, waarom maak je het zo moeilijk voor ons beiden?' Hij maakte zich een beetje onhandig uit haar omhelzing los. 'Als ik een kans wil hebben, moet ik nu weggaan. Inmediatamente. Zou je willen dat ik gesnapt wordt?' Weer liep hij naar het venster en keek onrustig de straat af. 'Het zou me niet verwonderen, als ze op dit moment bezig waren mijn flat te doorzoeken.

'Ze weten toch niet dat je hierheen bent gegaan?'

'Ze weten heel wat meer dan je denkt' zei hij. 'Als ze niet weten welke verhouding er tussen ons beiden bestaat, dan weten ze in ieder geval dat jij en ik de schakels zijn tussen Paolo en die padre flamenco. Je hoeft niet geniaal te zijn om daar een en ander uit af te leiden. Waarschijnlijk weten ze ook wel dat ik compromittante stukken uit het dossier van sommige politieke gevangenen heb doen verdwijnen.'

'Waarom hebben ze je dan niet dadelijk gearresteerd?'

'Omdat ze voorlopig niets kunnen bewijzen, liefje. Ik veronderstel dat ze op een gelegenheid wachten om me op heterdaad te betrappen.'

'Ik heb anders de indruk dat ze zich nooit erg druk hebben gemaakt over bewijzen. Je herinnert je toch nog wel wat mij overkomen is?'

'Ja. Ja zeker. Maar, weet je, ze kunnen zich ten opzichte van hun eigen mensen ook niet dezelfde vrijheden veroorloven als ten opzichte van – laat ik maar zeggen: ongewenste vreemdelingen. Aan de top zijn ze doodsbang voor een schandaal.'

Hij staarde naar buiten en zij staarde naar hem en dacht: ik zal hem nooit terugzien, ik heb geen vleugels en zijn navel is niet groot en diep genoeg. Haar hart begon luider te bonzen, want ze wist dat het ogenblik onafwendbaar dichterbij kwam: het ogenblik waarop hij de deur zou opendoen en weggaan en voorgoed uit haar leven verdwijnen.

'Ga nu maar' zei ze. Ze zag hem door een waas, vanwege haar tranen, en ze was bang dat ze toch nog een huilbui zou krijgen voordat hij helemaal de deur uit was.

'Ja' zei hij. 'Ik zal je niet schrijven, dat is te gevaarlijk, maar zodra het signaal op groen staat, laat ik je overkomen.'

'Hoe zal ik dat dan weten, als je niet schrijft?'

'Het parool is: el buque se bandea. Als er iemand bij je komt die zegt el buque se bandea, dan weet je dat hij door mij werd gestuurd en dat je hem kunt vertrouwen.'

'El buque se bandea' herhaalde ze toonloos. Het schip slingerde inderdaad, ze werd er zeeziek van. 'Toe, ga nu maar. Adios, mon amour.'

'Let goed op jezelf, verwaarloos je gezondheid niet. Tot later, Violeta, mi novia' zei hij achter het ondoorzichtig scherm dat haar tranen tussen hem en haar hadden opgetrokken.

Ze hoorde hem haastig weggaan en het schip kapseisde en zonk. De golven sloegen over haar heen en ze zei tegen de deur: adios, Jacinto. Ze bleef zijn naam eindeloos herhalen, als een bezweringsformulier: Jacinto, Jacinto, Jacinto, Jacinto...

Pas toen ze hem de trap hoorde afgaan, liet ze haar tranen de vrije loop. Ze wilde naar het venster lopen om hem na te kijken, maar struikelde, verblind door haar tranen, over het valies en viel languit op de grond. Ze had zich bezeerd en gaf zich met een soort van masochistische wellust geheel over aan de pijn in haar knieën. Na een poosje trok de pijn langzaam weg, maar ze bleef liggen. Als ik opsta, dacht ze, moet ik weer voortleven, zonder hèm. Ze voelde nog steeds zijn warme handen op haar rug en ze kon zich niet voorstellen hoe ze ooit weer zou kunnen werken, slapen, hopen en zichzelf zijn in een wereld waaruit hij verbannen was, een wereld waarin zijn lichaam en zijn stem verdampt waren tot een schrijnende herinnering.

Een hele tijd later ging ze overeind zitten. Haar linker knie was een weinig opgezwollen en ze begon ze zachtjes te wrijven en staarde onderwijl naar de zwarte koffer, waarin het uniform zat, nog warm van zijn jonge, mannelijke lichaam. De koffer zag er uit als een kleine doodkist, die het stoffelijk overschot van haar liefde bevatte. Ze sloeg het deksel op en liet haar vingers over de ruwe stof glijden, over het gladde, koele leer van de bandoleras en de pistooltas. 'Ook al zou ik duizendmaal sterven...' zong de houthakker met zijn schorre stem in haar bloed. Zonder er bij na te denken haalde ze voorzichtig het pistool uit het foedraal, bekeek het argwanend en tegelijk vol nieuwsgierige opwinding, zoals je iets bekijkt dat je leven totaal zou kunnen veranderen als je de moed had om de uitdaging te beantwoorden die ervan uitging. Het woog zwaarder dan ze verwacht had en het voelde op een haast prettige manier kil aan. Ze had nog nooit een wapen in de hand gehad en ze had er geen flauw idee van hoe ze het zou moeten gebruiken. Ze veronderstelde dat je niets anders hoefde te doen dan de trekker over te halen. Maar misschien was het niet eens geladen. Ze hield het een eindje van zich af en richtte de loop op de potkachel. Haar hand zwaaide lichtjes heen en weer en ze hield haar vinger om de trekker, maar ze schoot niet. Ze wilde alleen maar weten hoe ver ze zou kunnen gaan in het beantwoorden van de uitdaging. Het zou haar nooit lukken: ze was bang. Ze was bang om te sterven en ze was bang om te leven. Ze was niet dapper genoeg en ze was niet laf genoeg; ze wist dat je geen dui-

zendmaal kon sterven omdat je geen duizendmaal kon lief-
hebben. Alleen de dichters, die duizendmaal konden lief-
hebben, konden duizendmaal sterven.

Ze liet haar hand zakken en haalde diep adem. Tu es folle,
zei ze hardop. Ze besloot te wachten, weken, maanden, op
de man of de vrouw die haar op zekere dag zou komen opzoeken en tegen haar zeggen: 'het schip slingert'. Die man
of die vrouw bestond, dat wist ze zeker. Het was waarschijnlijk iemand van de Frente Revolucionario.

Ze legde het pistool in het valies en klapte het deksel dicht.
Toen ze opstond, zakte ze heel even door haar linker knie,
maar nadat ze een paar meter door de kamer gelopen
had kon ze er vrijwel weer normaal op steunen.

Terwijl ze een kam door haar haar haalde, vroeg ze zich af
hoe ze het vlugst in Retiro zou geraken, met de bus of met
de ondergrondse. De microbus deed er langer over, maar ze
zou niet zo ver hoeven te lopen: er was een halte om de
hoek. Als ze de ondergrondse nam, zou ze bovendien moeten overstappen in Pellegrini en ze had een hekel aan overstappen in die drukke metrostations.

Ze nam de koffer op en verliet het huis. Onderweg dacht
ze aan de onvoltooide brief, die op haar tafel was blijven
liggen. Achteraf gezien was ze blij, dat ze daarin geen
woord over Jacinto had geschreven. Als de Brigade tijdens
haar afwezigheid haar kamer binnendrong, hadden ze die
brief als een bewijsstuk tegen haar kunnen gebruiken – ze
zouden haar van medeplichtigheid aan een liefdescomplot
tegen de Staat of zoiets beschuldigen. Nu konden ze dat
niet. Ze konden alleen maar gissingen maken.

Aan de bushalte om de hoek stond een man met een paffe-
rig gezicht de krant te lezen naast een vrouw met een bood-
schappennetje vol tomaten en groene pepers. Violette ging
naast de vrouw staan, netjes in de rij, zoals gebruikelijk
was in dit land. Ze zette haar koffer neer en ze stond er
nog maar pas, toen een politieauto voorbijraasde en met

snerpende banden de Calle Catamarca inreed. Een halve
minuut later kwam de bus aanrijden.

Valentin Mendoza kon niet slapen. De hele tijd lag hij
naar het hoge, beraapte plafond te staren. Zelfs in het donker kon hij in de zwetende raaplaag vaag de wirwar van
troffelkrassen onderscheiden, die aan de sporen van vogel-
poten in de sneeuw deden denken. Na drie dagen en twee
nachten was hij nog steeds niet gewend geraakt aan het
nieuwe huis met zijn vreemde geuren en geluiden, en het
scheelde maar weinig of hij kreeg heimwee naar het smerige hok vol tochtgaten aan de overkant van de weg, het
schemerige kruiphol met zijn roetige, lemen muren en zijn
laag dak van eternieten golfplaten, waar de kippen en de
eend nu een ruimer onderkomen hadden gevonden.
Hij luisterde naar het kraken van het hout en het roffelen
van de vellen plastiek, die voorlopig de onbetaalbare glas-
ruiten in de vensteropeningen vervingen. Als de wind even
ging liggen en het geroffel ophield, hoorde hij het vadsige
snurken van zijn vrouw Clementina en daartussendoor de
gelijkmatige, rustige ademhaling van de kinderen, die
naast elkaar op lege jutezakken tegen de binnenmuur slie-
pen. Ook deze geluiden klonken heel anders in de grote,
lege kamer, tussen de stenen muren. Het herinnerde hem
aan de eindeloze nachten in de cel, die vervuld waren met
de snurkende, hijgende, rochelende, steunende geluiden
van zijn medegevangenen. Hij was de enige die geen oog
had kunnen toedoen – hij en Queipo, een mesties met een
verzworen neus, die zichzelf wakker hield met onafgebroken geklets over de strijd van het proletariaat, het uur van
de wraak en de 'renacimiento de nuestra patria', uit vrees
dat hij in zijn slaap zou verrast worden door zijn beulen.
De arme kerel, hij was ervan overtuigd dat ze hem 's nachts

zouden komen halen om hem te vermoorden, en om zijn angst te onderdrukken kwaakte hij de hele nacht door als een kikvors. Hij wachtte al negenenzeventig nachten op de voltrekking van zijn doodvonnis, eerst bang, daarna ongeduldig, en ten slotte verlangend om te sterven. 'Ik heb tenminste één troost, compañero' zei hij telkens weer. 'Als ze mijn lijk in de Rio gooien, zal ik de mooiste reis van mijn leven maken.' Hij was een Montonero, een linkse peronist, die verdacht werd van medeplichtigheid aan de mislukte poging tot ontvoering van de politieke bloedzuiger Roberto Uzal; de vrouw van de wijnboer in Chacras de Coria, bij wie hij zich een tijdlang had schuilgehouden, had hem aan de politie verklikt. El pobre hombre. Hoezeer Valentin ook probeerde zich de verschrikkingen van de gevangenis uit het hoofd te zetten, steeds weer zag hij het bange, ingevallen, geschonden gezicht van de halfbloed voor zich, en de gesloten, norse, vijandige, gelaten gezichten van de anderen, de dieven en oplichters, de contrabandistas en sindicalistas, en de domme, vreesachtige, wanhopige gezichten van onschuldige, weerloze lieden zoals hij zelf, schurfthoofden en armoedzaaiers, desperados wier lichamen de Staat toevielen als achterstallige cijnzen. Achter al die gezichten doemde ook telkens weer de loense tronie van sergeant Papas op met zijn dikke, harige wenkbrauwen als beerrupsen en zijn mond die, als de bek van een lama, voortdurend kauwende bewegingen maakte.

Er stak een nieuwe windvlaag op en de plastieken ruiten bewogen heen en weer met een bobbelend geluid als van een pot met puchero die op het vuur stond te pruttelen. Par diez, dacht hij, als het maar niet harder gaat waaien, anders worden de golfplaten weer afgerukt. Een ogenblik vergat hij dat ze het nieuwe, stenen huis met het geasfalteerde dak betrokken hadden, de 'palacio del principe de Belgrano' zoals Zorrilla in zijn bienvenida schertsend had gezegd. Hij glimlachte: o mi vida, de prins van Belgrano die zo pas was teruggekeerd van zijn buitenverblijf in de avenida Pueyrredon, de kapitalist met zijn gelapte broek en zijn uitgerafelde hemdsmouwen, de beschermheer van de zakkenrollers, paardendieven en bloedspuwers die door zijn 'lijfwacht' voor 'puerco ladrón' werd gescholden. Zijn glimlach veranderde in een bittere grijns: zijn vader was onder het goederenafdak van een spoorwegstationnetje aan de rand van de pampa gringa geboren, en van zijn moeder wist hij alleen maar dat ze tot haar zestiende jaar op een katoenplantage in Roque Saenz Peña had gewerkt en door een opzichter was verkracht. Hij had zich al dikwijls afgevraagd of hij misschien niet de zoon was van een capataz, een zoon van de overmacht.

Buiten sloeg een hond aan, en toen nog een, en Borla, de drachtige teef die bij de deur lag te slapen, hief haar kop op en begon zachtjes te janken. 'Chito, Borla! Koest!' zei hij. Clementina draaide zich knorrend in haar slaap om en snurkte verder.

Toen de hond bleef janken en aan de deur begon te krabben, stond hij op om hem uit te laten. Hij ging zelf ook naar buiten en tuurde in de spookachtige duisternis van de ciudad oculta. Hier en daar zag hij tussen de hutten en langs de weg schaduwen van nachtelijke vrijers en slapelozen zoals hij bewegen, en een honderdtal meter verder, aan de voet van de heuvel, ontwaarde hij de rode glinsteringen van een smeulend houtvuur. Telkens als de wind in het vuur sloeg, stegen er draaikolken van vonken uit op die als zwermen vuurvliegen over de hutten wegwarrelden. Uit de verte waaide bij tussenpozen het snerpende snarenspel van een charango aan, de Boliviaanse mandoline.

Omdat hij toch niet kon slapen, liep Valentin een eindje de weg af, in de richting van de vuurgloed. Overal waar hij langs kwam, hoorde hij het flapperen van zeildoek, het geklepper van losse planken en het gerammel van zinkplaten in de wind. Een konijn, dat blijkbaar ergens was uitgebroken, liep over de weg, ging bij het horen van de naderende voetstappen kegel staan en verdween toen met enkele vlugge sprongen achter de waterton naast de enfermería.

Nabij het smeulende asadovuur zat een Indiaanse vrouw met zilveren oormunten en lange, zwarte haarvlechten, die als adders over haar schouders kronkelden, een pijp te roken. Ze staarde in de gloeiende ashoop en keek niet op, toen Valentin bij haar stilstond.

'We krijgen storm' zei hij, in een poging om een gesprek met haar aan te knopen. Hij wist dat ze Mémé Aticaca heette en uit het Peruaanse vulkanengebied ten Noorden van Arequipa kwam. Ze nam de pijp uit haar mond, spuwde in de hete as en zei, in een mengelmoes van Spaans en een of ander Indiaans dialect: 'Chepa, de wind schuifelt met zijn voeten als een oude zieke man, hij zal gaan liggen als de zon opstaat, en una hora.' Zoals bijna alle indios sprak ze als een orakel. Met haar blik scheen ze de hele toekomst te omvatten en in haar woorden sidderde het heelal, gingen de zon en de maan op, verbleekten de sterren en klaterden de rivieren langs steile rotswanden en door ondoordringbare wouden.

Een windstoot deed de vonken en asvlokken om haar hoofd opvliegen, maar ze verroerde zich niet. 'Guazi alqual, hombre. Waarom slaap jij niet op dit uur van de nacht?' zei ze. 'Je hebt een huis van steen gebouwd, een huis als het eeuwige hof van Corichanca, en toch loop je 's nachts rond als een desheredado die geen dak boven zijn hoofd heeft. Ben jij soms bang voor de geesten die op de drempel van je nieuwe huis hurken?'

'Por el sol que me alumbra, jij bent de eerste geest die ik in mijn leven ontmoet' zei hij en hield de hand voor zijn ogen om ze tegen de ronddwarrelende vuurspranken te beschermen. 'Waarom slaap jij zelf niet, mujer? Waarom zit jij hierbuiten bij het vuur als een wijf dat tandpijn heeft?'

'Ik wacht op de terugkeer van mijn dochter' zei Mémé Ati-

caca en klemde de pijp tussen haar tanden. 'Ze slaapt bij
de man die beloofd heeft ons weer over de bergen te brengen.'
'Wie is die man?' vroeg hij.
'Enriquez die chaucaca maakt van het suikerriet. Enriquez
el Valiente.'
'En heeft hij beloofd jullie over de bergen te brengen, jou
en je dochter?'
'Si, hombre.'
'Santo Dios, je bent niet goed wijs. Die man is een bedrie-
ger. Hij wil alleen maar bij je dochter slapen.'
'Elke man wil bij een vrouw slapen. Alleen dwazen en
niños de teta weten dat niet' zei de Indiaanse. Haar gezicht
was als een kurken masker, waarachter de vage geheimzinnige gloed van oude beschavingen opflakkerde.
'Hoe oud is die dochter van je?'
'Vijftien zomers en een nieuwe maan.'
'Tonta, ze is zelf nog een niña de teta' zei Valentin. 'En
als Enriquez haar zwanger maakt?'
'Ze is oud genoeg om kinderen te hebben,' antwoordde
Mémé onverstoorbaar. Haar gedachten waren, zoals de
bouwvallige tempels in het hart van de wildernis, overwoekerd door de slingerplanten van een onuitroeibaar geloof
in de beschermende hand van haar heidense goden en
geesten. 'Overigens, mijn dochter is onvruchtbaar tot de
nacht waarin de slang van Cahuan Chipico zichtbaar
wordt op de zilveren trap onder de derde maan' zei ze en
spuwde in het vuur zonder de pijp uit haar mond te nemen.
'Enriquez is een bedrieger, een mooiprater. Hij zal van je
dochter een hoer maken' zei Valentin en haalde uit zijn zak
een sigarepeuk, die hij de dag tevoren in de barrio op straat
had gevonden. Hij hurkte bij het vuur neer, nam er voorzichtig een gloeiende sprokkel uit en stak daarmee het
eindje sigaar aan.
De Indiaanse klopte haar pijp uit, zag hem op een vreemde

manier aan en zei: 'Toen de zon Inti haar dochter Mama Ochllo, de moeder van alle moeders, naar de aarde zond om een nieuw geslacht te baren, was de aarde in de duisternis gehuld. Uit Mama Ochllo werd het licht geboren, dat ik in mijn dochter heb voortgeplant en dat mijn dochter in haar kinderen zal voortplanten. Onze zielen gaan op in de zon, maar waar gaat jouw ziel in op, gringo? In het woord van priesters, die hun god in schijfjes snijden en opeten en die het bloed van hun Messias opdrinken als vampiers. Ga naar huis, hombre, en bid tot die gekruisigde god van je, dat hij jou en je gezin vannacht moge beschermen tegen het geweld van de batidadores. Vóór het aanbreken van de dag zullen ze hier zijn.' Ze bewoog heftig haar hoofd en de adders kronkelden over haar rug.

Valantin lurkte aan zijn peuk en vroeg: 'Bedoel je dat je vannacht een razzia verwacht?'

'Heb ik soms potopoto gesproken?' zei ze.

Hij wierp haar een wantrouwige blik toe. 'Je raaskalt, madre majadera. Hoe kun jij weten wat er over een uur gebeurt? Of is je dochter soms een politiehoer?'

'Kijk dan zelf, jij ongelovige' zei ze op geduldige, maar verachtelijke toon. 'Ik sta aan deze kant van het vuur en ik heb een schaduw. Wie niet blind is kan mijn schaduw zien.' Ze bewoog en ook haar schaduw bewoog achter haar, tegen de rood verlichte wand van het krot waarin zij met haar dochter woonde. 'Jij staat aan de andere kant van het vuur, en waar is jouw schaduw? Ik zie ze niet.'

Verwonderd keek hij naast en achter zich, en toen hij inderdaad zijn eigen schaduw niet zag, werd hij bang. Hij begon zenuwachtig te giechelen.

'Wat betekent dat dan?'

'Het betekent dat je schaduw in de gevangenis is achtergebleven' zei ze onheilspellend en hij staarde haar verbijsterd aan en ging onwillekeurig een paar passen achteruit, van het vuur weg.

'Jij wil me alleen maar bang maken. Waarom zou ik geen schaduw hebben? Ik zie ze toch. Als jij ze niet ziet, ben je blind' schreeuwde hij haar toe, tegen de bulderende windvlaag in. 'Je hebt zelf geen schaduw, uitgeteerde kippeborst. Je ogen zijn beschimmeld.' Hij stopte woedend zijn hemd, dat in de wind flapperde als een vlag, in zijn broek en liep door de rondvliegende vonken van haar weg.

Een heel eind verder, buiten het schijnsel van het vuur, stond hij stil. Zijn knieën beefden. Vervloekt wijf, mompelde hij en gooide de sigarepeuk in de modder. Een rat schoot langs zijn benen weg en plonsde in de sloot. Als ik geen schaduw heb, dan heb ik geen lichaam, dacht hij, en als ik geen lichaam heb, dan heb ik ook geen ziel. Die gedachte beangstigde hem zozeer, dat hij luidop Jezus en de heiligen begon aan te roepen: 'Jesucristo, Santa Maria misericordiosa, San José patrono y bienhechor de los obreros...'

'Wie is daar?' vroeg een vrouwenstem.

Hij gaf geen antwoord en tuurde in de richting van het hol waar de stem vandaan kwam. Hij probeerde het gezicht van de vrouw te onderscheiden, dat als een plasje maanlicht in de stikdonkere opening tussen de opeengestapelde blikken bussen schemerde.

'Ben jij daar, Felipe?'

Hij trok zijn linkervoet uit de modder op en zei: 'Ik ben het, Mendoza.'

De stem van de vrouw veranderde in een kokkelend geluid: 'Che, majo. Ik had je niet herkend. Blijf toch niet daarbuiten in de wind staan, je zult kouvatten. Kom toch binnen.' Hij bewoog zijn rechtervoet en zij kwam naar hem toe en trok hem met zich mee. 'Je hebt geluk: ik ben alleen. Je bent toch niet verlegen voor Natalia, wel? Waarom ben je me nog niet eerder komen opzoeken?'

'Nee, nee. Ik kwam toevallig voorbij. Ik kon niet slapen. Je vergist je – ik...' stamelde hij en volgde haar als een lam. De bange, nieuwsgierige opwinding die zich van hem meester maakte had niets met zinnelijke begeerte te maken. Hij was niet in de stemming om te vrijen en hij had zich ook nog nooit met een hoer ingelaten. Hij wou alleen met iemand praten over zijn lichaam, over de angstige voorgevoelens die Mémé Aticaca bij hem had opgewekt, en in feite dacht hij nergens anders aan toen hij aan de hand van Natalia het donkere hol instrompelde, struikelend over een emmer en over zijn eigen plompe voeten.

'Laten we wat meer achterin gaan, daar tocht het niet zo erg' fluisterde Natalia en loodste hem tussen allerlei vaag zichtbare rommel door naar de achterwand. 'Zullen we eens een mooi nummertje maken, dikkerdje?' Ze schurkte zich tegen hem aan, smakte en knabbelde aan zijn oor als een vretend konijn. 'Als je er niets op tegen hebt blijf ik rechtop staan. Ik heb een zweer op mijn gat. Of heb je me liever over je heen?'

'Ik heb er eigenlijk geen zin in' zei hij zwakjes, zonder veel overtuiging.

'Een vent die er geen zin in heeft, daar heb ik nog nooit van gehoord' knorde ze en rukte zonder veel omhaal zijn gulp open. De knopen sprongen er af en hij hoorde de stof scheuren.

'Wat doe je? Je trekt mijn broek aan flarden!' zei hij verbaasd, verontwaardigd.

Ze giechelde als een schoolmeisje. Haar hand kroop als een koude kikker in zijn broek rond.

'Als je maar weet – als je maar weet dat ik geen geld heb' stotterde hij. 'No tengo un centavo.'

'Mi oso meloso, wie praat er over geld?' koerde ze. 'Je betaalt me volgende week, volgende maand, om het even, m'n grote honigbeer, wanneer het best voor je uitkomt.'

Het stelde hem gerust dat hij niet direct hoefde te betalen. Hij leunde tegen haar aan en gaf zich aan haar tamelijk ruwe liefkozingen over. Na een poosje voelde hij zich onwaarschijnlijk groot worden; het leek wel of er een boom uit zijn buik groeide. Als het niets kost, dacht hij, waarom zou ik me dan niet eens een buitenkansje veroorloven? Hij schortte haar rok op, greep haar als een worstelaar om het middel en wurmde zich tussen haar gespreide benen. Ze stonk als een geit, maar dat deerde hem niet; integendeel, de warme, zure lucht, die van onder haar falda opsteeg, wond hem hevig op. Terwijl hij heftig in haar heen en weer bewoog, dacht hij alleen maar aan zijn lichaam en aan de bewegingen van zijn lichaam, en zijn angst om zijn verloren schaduw werd verdoofd door de roes van zinnelijk genot, door het bewustzijn van zijn sterke, hartstochtelijke, mannelijke lichamelijkheid. Per slot van rekening, dacht hij vaag, heb je niets aan een schaduw – je kunt er niet eens een punt mee zetten.

'Niet zo wild, beertje, je doet me pijn' hijgde Natalia. Hij bleef een tijdje roerloos in haar opgericht staan en toen ze gewaarwerd dat hij dreigde uit haar weg te glijden, wijd en nat als ze was, zoog ze hem als een kwal onmiddellijk weer in zich vast. De wind loeide door de kieren tussen de benzineblikken en bij tussenpozen drong het verwijderde gejengel van de charango in het tochtige hol door als het gejammer van een hond die mishandeld werd.

'Nou, als jij dan geen zin hebt, zoals je beweert, dan vraag ik me af wat voor een geile bok jij bent als je wèl zin hebt' fluisterde Natalia. Ongeduldig begon ze trage, draaiende en schommelende bewegingen met haar lichaam te maken, en terwijl ze dat deed, werd hij afgeleid door het dichtslaan van autoportieren en door allerlei andere geluiden die van buiten doordrongen, geroep en geschreeuw en het nijdige geblaf van honden. Hij verstarde en zij hield zich eveneens stil. Luisterend naar de stemmen, die in de wind opfladderden als opgeschrikte vogels, klemden ze zich aan elkaar vast.

'Wat is dat?' vroeg hij benauwd. 'Hoor je dat?'

'Ik ben niet doof' zei ze. 'Godverdomme, daar heb je ze

weer, los chacales.'

Van de schrik kneep ze haar billen nog harder samen, en toen voelde hij opeens de hete vloed van zijn zaad in zich opborrelen. Hij kreunde en perste haar krampachtig tegen zich aan, terwijl hij met één oor luisterde naar het toenemende rumoer buiten. 'Hou je bek, ik heb je niets gevraagd!' hoorde hij roepen en een andere, overslaande stem, vlak bij de hut van Natalia, schreeuwde: 'Naar buiten, jullie! Todos! Vlug wat.' Haar lichaam verslapte en hij liet zich langzaam uit haar wegglijden. Hij stond te trillen op zijn benen en voelde zijn zaad als warme stroop langs zijn dijen afdruipen.

Ze lieten elkaar los en Natalia zei, terwijl ze zich zenuwachtig van hem afwendde: 'Schiet op, maak dat je weg komt. Ze zijn hier vlakbij.' Hij hoorde haar vlugge, ritselende bewegingen maken, alsof ze iets tussen haar kleren liet verdwijnen.

Zonder een woord te zeggen trok hij haastig zijn broek op, die tot over zijn enkels was afgezakt, en maakte zich uit de voeten.

Toen hij buitenkwam, werd hij verblind door de koplampen van een stilstaande auto die als een zoeklicht over de weg schenen. De auto stond een twintigtal meter verder, in het midden van het kruispunt. Hij draaide zijn hoofd weg van de schelle lichtbundel en zag een eind verderop, aan de overkant, gewapende en gehelmde politiemannen van hut tot hut lopen en de slaperige bewoners naar buiten drijven. Ze bonsden met hun vuisten op de plaatijzeren wanden, schenen met hun zaklantarens in de hutten naar binnen, schreeuwden en brulden tegen iedereen die niet vlug genoeg naar buiten kwam, controleerden de papieren en stelden op brutale, bevelende toon altijd weer dezelfde vragen: 'Hoe heet jij? Is dit je vrouw? Waar is je man?' Een onderofficier, die een hond aan de lijn hield, liep, gevolgd door enkele manschappen, in het midden van de weg, in de richting van de vuurgloed. Door de wind afgerukte lappen zeil en asfaltpapier fladderden in het licht van de autolampen als vleermuizen omlaag.

Een ogenblik staarde Valentin naar de spookachtig lange, onwezenlijke schaduwen van de batidadores en de angstig samendrommende villeros, en toen hij zijn ogen neersloeg zag hij tot zijn opluchting zijn eigen schaduw reusachtig groot afgetekend op de grond. Die ontdekking maakte hem zo gelukkig, dat hij heel even het gevaar rondom zich vergat. Hij strekte zijn arm uit en zijn schaduw strekte haar arm als een slagboom over de weg uit. Hij bewoog zijn hoofd heen en weer en zijn schaduw bewoog haar hoofd heen en weer. Hij hurkte langzaam neer en zijn schaduw hurkte langzaam neer in de sloot langs de weg.

Ergens weerklonk een pistoolschot, onmiddellijk gevolgd door het gekerm van een hond. Geschrokken richtte Valentin zich op, keek om zich heen en verdween ijlings om de hoek van Natalia's hut. Om niet van de hoofdweg af gezien te worden door de politiemannen sloop hij achter de krotten van de Paraguyanen door, ploeterde door modderige greppels en slijkpoelen, klom over hekjes en schuttinkjes en kroop onder drooglijnen met wapperend wasgoed door. De hele tijd moest hij met één hand zijn broek ophouden, want er zat geen enkele knoop meer aan en de gulp was tot in het kruis doorgescheurd. Hij had geen enkele reden om zich te verbergen voor de 'chacales' van Don Diego – zijn papieren waren in orde en ze zouden zelfs geen spijker in zijn bezit vinden die hem niet toebehoorde – maar toch kwam hij zoals elke villero liever niet in aanraking met die kerels. Ze hadden al vaker mensen opgepakt om een onschuldige aanleiding of om de een of andere drogreden: omdat ze er verdacht uit zagen, omdat ze zich vreemd gedroegen, omdat ze ontwijkend antwoordden, omdat ze niet wisten waar hun man of hun vrouw of hun zoon rondhing, omdat ze niet konden bewijzen dat ze de roestige, doorgebrande potkachel waarop het water voor de maté stond te koken op een stortplaats hadden gevonden. Je kon om duizend en één redenen gearresteerd worden, en je kon je op geen enkel recht beroepen om dat te verhinderen sinds de Junta het decreet van het 'onbeperkte voorarrest' had uitgevaardigd.

Toen hij langs een omweg zijn huis bereikte, zag hij onder de eucalyptusboom een arrestantenwagen staan waarvan de koplampen gericht waren op de rij hutten van de families Morelli, Castro en Montez. Hij bleef staan in de schaduw van de hut, die hij tot voor enkele dagen bewoond had en die nu dienst deed als hoender- en eendehok. Zijn hart klopte in zijn keel. Angstig sloeg hij de bewegingen van de politie aan de overkant van de weg gade. Bij de open deuren van de wagen hadden twee politiemannen postgevat met hun geweren in de aanslag, en op een tiental meter daarvandaan, tussen de boom en zijn eigen huis, stonden een stuk of acht mannen en vrouwen op een rijtje naast elkaar, als ter dood veroordeelden die waren aangetreden voor het executiepeleton. Onder hen herkende hij Silvio Castro, Pepe Adios en de vrouw van de camionero Montez, die tijdens het stakingsoproer in Córdoba om het leven was gekomen. Aan de rand van de weg, vlak voor het huis, lag een dode hond. Een jongetje zat er op zijn hurken naast en streelde de hond. Dat jongetje was Pablito, zijn eigen zoon. Een politieman, die de lege hut van de polakken had doorzocht kwam langs de dode hond voorbijlopen en toen zei Pablito tegen hem, met een door haat en verdriet verstikte stem: 'Waarom hebt u hem doodgeschoten?' De politieman wierp een onverschillige blik op het jongetje en de hond, zei 'hij is gevaarlijk, hij heeft me gebeten' en liep toen gewoon door.

'Hij zou jonge hondjes krijgen, zag u dat dan niet?' schreeuwde Pablito hem na, maar de politieman antwoordde niet.

Valentin slikte: de schoften, ze hadden Borla neergelegd. Hij voelde zich beroerd en moest heel even aan de woorden van Mémé Aticaca denken: 'bid tot die gekruisigde god van je, dat hij jou en je gezin vannacht moge beschermen tegen het geweld van de batidadores'. Had ik maar gebeden, dacht hij vol wroeging, was ik maar niet bij die hoer geweest. Het ongeluk had hem steeds vervolgd, en zoals al wie in de duistere kringloop van noodlottigheden terechtkomt had hij al heel vlug vertrouwelijke omgang gekregen met zijn schuldgevoelens. Ook nu weer werd hij, als in een wurgende greep, bevangen door het besef van zijn zwakke zondige natuur, zijn domheid en zijn lichtgelovigheid. Par diez, dacht hij, het is mijn schuld, het is alles mijn onvergeeflijke schuld, ik ben een rund, ik heb gezondigd, vele malen gezondigd, ik heb gestolen en gehoerd, mijn moeder vervloekt en mijn weldoeners gewantrouwd – waarom zou God medelijden met me hebben, met zo'n galgebrok als ik? Het scheelde maar weinig of hij was in tranen uitgebarsten. Ondertussen bleef hij, verdekt opgesteld, naar de overkant staan kijken. Hij vond het wel vreemd dat Clementina en de overige kinderen nergens te bespeuren waren. De deur van het huis stond open en hij zag af en toe het schijnsel van een zaklantaren achter de plastieken ruiten oplichten. Na een tijdje kwam een officier met een capa naar buiten; hij was zo groot, dat hij zich in de deuropening moest bukken. Achter hem verscheen Clementina met het meisje en de andere twee jongens. Ze zei iets tegen de officier, dat Valentin niet kon verstaan en de officier knipte zijn lantaren uit en bulkte met een stentorstem, die als een luidspreker door de laan schalde: 'Dat zeg jullie allemaal. Ik laat me niet door jullie om de tuin leiden, duivelsgebroed!' Er ontstond een woordenwisseling tussen hen beiden, en Clementina riep zo wanhopig als Valentin haar nog nooit had gezien: 'Hebt u dan geen hart? Ik heb vier kinderen en mijn man is werkloos.' De officier stampte de modder van

zijn laarzen, liep een paar passen verder en draaide zich toen om: 'Naar de hel met jullie praatjes! Ik sta hier mijn tijd te verliezen met naar jouw schaamteloze leugens te luisteren. Als je me niet kunt zeggen waar je man is...'
Een rukwind, die zijn capa bol zette, sloeg met een klap als van een geoefende pato-speler de rest van zijn woorden weg.

God sta me bij, dacht Valentin. Hij maakte een kruisteken, sjorde zijn broek op en stak de weg over. Pablito kwam ogenblikkelijk naar hem toe gelopen: 'Papa, de policia heeft Borla doodgeschoten!'

Hij nam de jongen zwijgend bij de hand, terwijl hij met de andere hand zijn broek stevig vasthield.

'Waar kom jij vandaan?' schreeuwde Clementina hem toe, boos en tegelijk opgelucht toen ze hem zag. 'Als ik je nodig heb, ben je er nooit. Je bent elders als je huis gebouwd wordt en je bent elders als het moet afgebroken worden.'

'Afgebroken?' stamelde hij. 'Wie zegt dat?'

'De teniente' zei ze. 'Hij geeft ons vierentwintig uur om het af te breken. Ik heb gehuild en gesmeekt, maar hij heeft stront in zijn oren. Praat jij eens met hem, van man tot man. Hij wou overigens weten waar je was.' Ze riep de officier na, die al een eindje verderop was gelopen: 'Teniente, mijn man is terug!'

De officier keerde op zijn stappen terug, bekeek Valentin van het hoofd tot de voeten: 'Zo, ben je daar? Hoe heet jij?'

'Valentin Mendoza' zei Valentin. Hij durfde de luitenant niet aan te kijken.

'Is dat je vader?' vroeg de luitenant aan Pablito.

Het jongetje knikte: 'Si, señor.'

De officier wendde zich opnieuw tot Valentin: 'Waar kom jij vandaan om zes uur 's ochtends?'

'Ik kon niet slapen, señor teniente' zei Valentin met gebogen hoofd. 'Ik heb een eindje omgelopen.'

'Mijn man lijdt aan slapeloosheid. Hij is ziek' kwam Clementina jammerend tussenbeide. 'U ziet toch wel dat hij ziek is, teniente?'
'Eso tiene gracia! Mij kun je niets wijsmaken, mamarracha. Hij ziet er zo gezond uit als een mestvarken' zei de officier met zijn schallende stem. Hij wees naar het nieuwgebouwde huis: 'Is dat jouw huis, Mendoza?'
Valentin knikte sprakeloos.
'Waar is je bouwvergunning?'
'Die heb ik niet, señor teniente.'
'Die krijgen we niet, dat weet u zelf ook wel' zei Clementina. 'Alleen de rijkelui krijgen een bouwvergunning.'
'Hou jij je brutale bek maar, cochina' schold de luitenant. Zijn ogen traanden van de wind. 'Het is maar goed ook dat jullie geen vergunning krijgen. Jullie maken van dit land een stinkende rotzooi. Denk jullie werkelijk dat je zo maar om het even waar of wanneer een huis kunt neerzetten? Als je die taartjesdoos tenminste een huis kunt noemen.'
Hij maakte een verachtelijk gebaar in de richting van het huis. 'Ik zal je eens wat zeggen, Mendoza, zet je oren goed open: ik geef je vierentwintig uur de tijd om dat tabernakel af te breken. Als je mijn waarschuwing in de wind slaat, zul je de groene schijt krijgen. Dan laat ik de boel gelijkmaken met de grond terwijl je op je wijf ligt. Heb je dat goed begrepen?' Hij draaide zich om en liep weg.
'Teniente, en nombre de Dios...' Valentin strekte smekend zijn armen uit naar de luitenant. Zijn broek zakte over zijn knieën en terwijl hij zich haastig bukte om ze weer op te trekken, liep de officier door naar de wagen en schreeuwde tegen zijn manschappen: 'Dónde está el sargento?'
'Jij vervloekte domkop, je hebt niet eens je mond opengedaan' zei Clementina. Ze huilde, keek radeloos om zich heen en trok het meisje tegen zich aan.
'Mama, ik heb honger' drensde het meisje.

Valentin staarde wezenloos naar de luitenant, die met snelle, ongeduldige tred voorbij de koplampen van de auto liep en opeens in het donker verdween, alsof hij nooit bestaan had. Achter een van de hutten begon een haan te kraaien. 'Ga maar weer slapen, dat kun je morgen ook doen' zei hij tegen het jongetje, dat vroeg of hij Borla onder de eucalyptus mocht begraven.

Al een paar uren doolde Jacinto in de straten van San Juan rond, op zoek naar 'het huis van de tuigmaker Zamora'. Hij had dorst en honger, maar het leek hem veel te gevaarlijk om in de tamelijk drukke avenida doodgemoedereerd te gaan zitten eten en drinken op het terras van een van de eethuizen onder de platanen, ook al zou zijn eigen vader hem in dat nauw zittend burgerpak, zonder zijn snor en met zijn stoppelbaard van drie dagen, waarschijnlijk niet zo dadelijk herkend hebben. Zijn snor, de dunne zwarte penseelstreepjes die Violette zo vaak gekscherend zijn 'samentrekkingsteken' had genoemd, had hij een paar dagen geleden in een kleine kapperszaak in Rio Cuarto laten afscheren. De kapper, een gewezen dynamiteur van de Explotaciónes Mineras de Córdoba, had hem blijkbaar, na een kort en oppervlakig gesprek over de mislukte druivenoogst in de 'zonas de regardio', tot in de diepste plooien van zijn ziel en zijn geweten gepeild. 'Als ik jou was zou ik niet over de Sierra trekken, maar een omweg maken over Villa Mercedes. De milicia heeft de passen en de toeganswegen tot de Punillo afgezet in verband met een sabotageactie van de guerilleros in Córdoba' had hij met een nadrukkelijke blik van verstandhouding gezegd. Normaal zou hij over die omweg minstens vier dagen langer hebben gedaan, maar hij had weer eens geboft: een camionero, die maïsmeel transporteerde, had hem een lift gegeven tot helemaal in San

Luis, een honderdtal kilometer voorbij Mercedes.

Hij sloeg een zijstraat in, die tamelijk steil naar de vallei van de Tulum afdaalde. De eendere, witte huizen met hun groene, overdekte dakterrassen als miniatuurplantages deden hem denken aan zoutbriketten die in een glijgoot tot stilstand waren gekomen. Hij passeerde de zoveelste 'Bar Cordillerano', de zoveelste 'Vinatería del Cuyo', de zoveelste 'Bodega de los Andes', de zoveelste 'Taberna Sarmiento', maar besloot nog een eindje door te lopen, zo ver mogelijk van het centrum weg. De straat liep uit op een pleintje met treurwilgen, waar een dichte menigte zich om enkele tientallen marktkramen verdrong. Om het ganse plein heen waren tussen de bomen snoeren met gekleurde lampjes opgehangen, die klaarblijkelijk aan de een of andere recente fiesta herinnerden. Aan de kant van de rivier, naast het gebouw van de Compañia de Transportes Transandinos, keek president Domingo Faustino Sarmiento, 'el constructor de la nueva Argentina', over het drukke marktgewoel uit. Tegen het hekje, dat het standbeeld omsloot, stond een agent van de policia municipal geleund.

Terwijl hij zich een weg baande tussen de kramen met cactusvijgen, gedroogde abrikozen, meloenen, rozijnen, olijven, maniokbroden, walnoten, gebraden worsten, uien, pastachutta, wollegoed, aardewerk, kralen halssnoeren, heiligenbeelden, rozenkransen en brazieltabak, verpakt in seroenen van gedroogde bananeschillen, wierp Jacinto nu en dan over de schouders van de omstanders een blik in de richting van de agent, maar deze had ogenschijnlijk alleen belangstelling voor een mesties die in de schaduw van 'de grondlegger van het nieuwe Argentinië' een muilezel besloeg.

Bij het zien van de sappige vruchten kreeg hij zo'n hevige, ondraaglijke dorst, dat hij zich liet verleiden tot het kopen van een watermeloen. Aan de vrouw die het kraam hield, een Indiaanse uit de Gobernación del Chaco, vroeg hij of ze wist waar de tuigmaker Zamora woonde. Ze riep er een gringo bij, een man met een gezicht als een gebarsten eikeschors, die hem in gewatteerd Spaans en met lassowerpersgebaren uitlegde, dat Zamora 'langs het water' woonde, 'stroomopwaarts, aan het eind van de Paseo.'

Jacinto vatte weer moed. Hij verliet het marktplein en sloeg op goed geluk een straat in, die evenwijdig met de rivier liep. Hij kon de Rio San Juan van hier uit niet zien, maar hij rook het water en hoorde de hele tijd het verwijderde geklater van kleine watervallen, alsof iemand ergens een bad liet vollopen. Zolang hij op dat geluid aanhield en in stroomopwaartse richting bleef lopen, kon hij zich niet vergissen. Ergens zag hij een wegwijzer naar de 'Casa Natal del Presidente Sarmiento'. Op een smal stenen trapje, dat tussen de huizen naar beneden liep, ging hij de meloen zitten opeten. Met zijn zakmes sneed hij nu en dan een maantje uit het donkerrode vruchtvlees, en terwijl hij daar zat, luisterend naar het bijna vredige gerucht van de gorgelende stroomversnellingen in de vallei, moest hij eraan denken dat Sarmiento als jongeman met liberale denkbeelden eveneens over de Chileense grens was moeten vluchten. Die vergelijking maakte hem aan het glimlachen: Sarmiento was nooit een officier van de 'Mazorqua' geweest, dat beruchte en gehate politiekorps van dictator Rosas. Bovendien, dacht hij, zal ik wel nooit president worden; geen wegwijzer, geen standbeeld, geen straatnaambordje zal ooit aan mijn dubbelzinnig bestaan herinneren. Een gezegde van de gauchos schoot hem te binnen: 'La honradez vale más que el dinero'. Voor hem was de eer zeker niet méér waard dan het geld. Toen hij nog een jonge snaak was en met Martin Fierro dweepte, had hij bij het verdedigen van wat hij onder 'eergevoel' verstond alleen maar blauwe plekken opgelopen, en de enige zalf die de kneuspijn had weten te verzachten was het geld van zijn vader, een gezien advocaat. Toch was hij niet aan het geld gehecht.

Waaráán ben ik eigenlijk gehecht? vroeg hij zich af. Het was moeilijk te zeggen. Uniformen, vrouwen en eethuizen hadden hem altijd sterk aangetrokken, maar je kon niet zonder meer zeggen dat zijn leven er geheel van vervuld was. Misschien was zijn leven alleen maar vervuld van gedachten, die hij nooit helemaal had durven doordenken, en van gevoelens die hij nooit tot het uiterste had durven beleven. Zijn leven was een soort van voortdurend herhaalde, geestelijke 'coïtus interruptus'.

Toen hij zag dat het licht van de snel dalende zon nevelig begon te worden, stond hij haastig op en vervolgde zijn weg. Na een tijdje kwam hij bij een houten brug, waaronder de bemoste puinhopen van een vroegere stenen brug zichtbaar waren. Het waren de eerste sporen die hij ontdekte van de aardbeving, die een jaar of dertig geleden de stad voor twee derde had verwoest. Aan een vrouw, die haar was zat te spoelen in het heldere bergwater dat onder de brug doorstroomde, vroeg hij of ze hem de weg kon wijzen naar de Paseo. Ze lachte al haar tanden bloot en zei, met een stralend gezicht, alsof hij haar gevraagd had of ze met hem wilde trouwen: 'Más lejos, por delante del bastión. El asfalto le lleva.'

Hij liep maar weer verder, over de brug heen, en volgde de lichtjes klimmende weg, zoals de vrouw gezegd had. Hij vroeg zich af wat ze met 'het bastion' bedoelde; de schrik sloeg hem om het hart bij de gedachte, dat hij het plaatselijke garnizoen zou moeten passeren. Het was nog geen ogenblik tot hem doorgedrongen, dat zijn verschijning ongetwijfeld de aandacht zou trekken van waakzamer dienstkloppers dan de maffe politieman op het marktpleintje: je kon zo aan hem ruiken dat hij uit 'la Capital' kwam; daarenboven zaten zijn schoenen dik onder het stof en de modder en zag het jasje dat hij aanhad eruit, alsof hij het in een supermercado gegapt had zonder op de maat te letten. Hij verbeeldde zich zelfs dat ze aan hem zouden kunnen zien, dat hij gewoon was laarzen te dragen, en waarschijnlijk getuigde dat niet eens van een geforceerde verbeeldingskracht: Violette had altijd beweerd dat ze zijn stap uit duizend andere kon herkennen, niet zozeer omdat het de stap was van de man op wie ze verliefd was, maar omdat hij onmiskenbaar tot de 'orde van de hakkenlopers' hoorde. Haar schools gebazel over vliesvleugelige insekten, gesnavelde teengangers en samengesteldbloemige families had hem vaak stierlijk verveeld, maar achteraf gezien zouden haar 'natuurkundige waarnemingen' hem misschien nog wel enig nut kunnen opleveren.

Het bleek echter dat hij zich nodeloos ongerust had gemaakt. Na een kwartier lopen stond hij op het uitgebouwde platform van een oude vesting, waarschijnlijk een overblijfsel van de bevrijdingsoorlogen tegen de Spanjaarden. Het platform, vanwaar men een enig uitzicht had over de vallei en de Cordilleras op de achtergrond, had nu een vreedzamer bestemming gekregen: het was als terras in gebruik genomen door het in het bastion gevestigde 'Restaurante de la Frontera'. Er stonden een tiental gedekte tafeltjes onder hoge, rode parasols, waarin Violette haast zeker giftige vliegenzwammen zou herkennen.

Jacinto stond in twijfel. De meloen had weliswaar zijn dorst verslagen, maar het was al zolang geleden sinds hij nog een hartig maal had genoten. Hij verlangde naar een flinke lap gegrilleerd vlees met een tomatensla. Ten slotte kon hij het er wel op wagen: er zat niemand op het terras. Hij ging aan een van de tafeltjes zitten, met een gelukzalig gevoel van ontspanning, alsof hij het eindelijk allemaal achter de rug had. Hij wist zelf heel goed hoe gevaarlijk dat gevoel was – de zwaarste beproeving stond hem nog te wachten – maar hij wist ook dat hij zijn vermoeide lichaam en zijn afgetobde geest deze kleine inzinking moest gunnen, wilde hij de laatste hindernissen overwinnen.

Hij bestelde een 'bife de lomo' en een 'ensalada criolla' en staarde in afwachting over de groene vallei uit naar de verre einder, waar de indrukwekkende keten van paarsrode bergen verrees aan de voet waarvan hij het woeste, verlaten gebied vol diepe kloven, distels, cactussen en dorre struiken vermoedde. 'La Tierra Roja,' dacht hij. De Rode Aarde. De hel waarlangs hij de hemel zou binnenstrompelen. Als hij een beetje geluk had, zou hij misschien morgenavond al, uiterlijk overmorgen veilig zijn aangekomen 'aan de andere kant'. Van hier uit scheen het gebergte belachelijk dichtbij, maar hij wist dat de afstand naar de Chileense grens driemaal zo groot was als het traject tussen het Lago de Huana Cache en San Juan dat hij de dag tevoren te voet had afgelegd.

Terwijl hij zat te eten, kwam aan een naburig tafeltje een man van middelbare leeftijd zitten, die hem van het eerste ogenblik af met wantrouwen vervulde. De man zag er even moe, haveloos en opgejaagd uit als hijzelf en hij had de schuwe, kwaadaardige oogopslag van een valse hond. Op de een of andere manier kwam dat norse, gesloten gezicht hem vaag bekend voor, maar hoe hij zijn hersenen ook afpijnigde, hij kon de kerel nergens thuisbrengen. Het was natuurlijk mogelijk dat hij het zich alleen maar verbeeldde. Hij was zo moe en zo nerveus en zo gevoelig geworden voor onraad, dat hij blijkbaar in het stadium was gekomen waarin hij overal spoken begon te zien.

Hij sneed een stukje van zijn biefstuk, prikte het laatste schijfje tomaat uit de slakom en kreeg na een tijdje het enigszins opluchtende gevoel, dat de ander hem met eenzelfde soort van wantrouwen zat te begluren. Toen hij van zijn bord opkeek, ontmoetten hun blikken elkaar, en wat hij op dat moment in de ogen van de man tegenover hem las was duidelijk niets anders dan wat anderen in zijn eigen ogen konden lezen: angst. In de belachelijke overweging, dat hij zijn buur ervan moest overtuigen dat *hij* niets te verbergen had en hier rustig kon zitten eten als een vrije burger, besloot hij een gesprek met hem aan te knopen.

'Wat me hier opvalt' zei hij, 'is dat alle littekens van de aardbeving volledig zijn toegegroeid.'

De man, die een omelet met brood zat te eten, schrok even en gromde toen, terwijl hij kauwend in de verte tuurde, naar de witte wolkenbanken boven de Andes: 'Ja, dat is me ook opgevallen.'

'O, u bent dus ook niet van hier?' zei Jacinto, verbaasd over zijn eigen brutaliteit.

'Nee. Ik kom uit het Zuiden' antwoordde de man vaag en poogde zijn onbehagen te verschuilen achter een soort van welwillende grimas.

'Ik zou nochtans gezworen hebben, dat u uit Buenos Aires kwam' gokte Jacinto.

De ander wierp hem een vlugge, argwanende blik toe, liet het schepje ei van zijn opgeheven vork op zijn bord vallen, prikte het haastig weer op en zei toen: 'Ik heb een tijdje in la Capital gewoond, maar ik ben hier geboren, in San Juan.' Hij aarzelde een ogenblik en vervolgde: 'Mijn vader is bij de aardbeving om het leven gekomen.'

Het klonk Jacinto als een wat al te originele leugen in de oren. 'En u komt na al die tijd weer eens een kijkje nemen in uw geboortestad?'

De politieofficier in hem kwam weer boven: hij betrapte zichzelf erop, dat hij de onbekende aan een verhoor zat te onderwerpen.

'Precies' zei de man aan de andere tafel verveeld. 'En u? U bent gewiss een geboren porteño, te oordelen naar uw tongval?'

Jacinto noemde het eerste het beste stadje bezuiden Buenos Aires dat hem te binnen schoot: 'Lobos'. Hij maakte zijn bord schoon en keek op zijn beurt, zo onverschillig mogelijk, naar de wolken die als een kudde schapen over de siërra weidden. In het dal, zag hij, werden de schaduwen langer; hij kon de staken in de wijngaarden op de hel-

lingen al niet meer onderscheiden. Over anderhalf uur zou
het donker zijn. In het gebergte viel de avond verrassend
snel, als een scherm dat werd neergelaten.

De man aan de andere tafel zei niets meer. Jacinto sloeg
hem zo onopvallend mogelijk gade: hij schrokte zenuwachtig zijn omelet op en stak de rest van het brood met een
verstolen beweging in zijn zak. Zijn hals was lang en
schraal en hij had een donkere, Spaanse teint.

'Over een uur is het alweer donker' zei Jacinto wat vrien-
delijker. Hij was zo langzamerhand tot de overtuiging gekomen, dat de gallego een arme bliksem was, een 'desheredado' van wie hij niets had te vrezen.

'Ja, de avond valt hier schnell' zei de gallego. Er waren
hem al eerder enkele Duitse woorden ontsnapt en Jacinto
vroeg hem, eigenlijk alleen maar uit nieuwsgierigheid, of
hij van Duitse afkomst was.

'Mijn moeder is een Wolga-Duitse' zei de man en wenkte
de kelner, die bezig was de parasols boven de onbezette tafels dicht te klappen. 'Perdone usted, ik ben gehaast.' Hij
rekende af en liep schichtig tussen de tafels door naar de
stenen trap aan het uiteinde van het platform.

Jacinto keek hem na en zag eerst zijn benen, daarna zijn
bovenlijf en ten slotte zijn hoofd verdwijnen. Het hinderde
hem, dat hij die vent met zijn gezicht als een aangebrande
pan niet kon thuisbrengen. Hij zou er een eed op willen
doen, dat hij de gallego al eens ergens had ontmoet. Het
hinderde hem vooral omdat hij er op getraind was gezichten te onthouden.

Hij bleef nog wat zitten. Zijn voetzolen gloeiden als strijk-
ijzers, er stonden vast grote blaren op, en aan zijn kuiten
schenen zware gewichten te hangen. Enigszins afwezig
luisterde hij naar de bittere klacht van de vidala, die uit de
radio in het restaurant weerklonk: 'Las penas y las vaquitas se van por la misma senda, las penas son de nosotros,
las vaquitas son ajenas...' Hij herkende de muziek en de

woorden van Atahualpa Yupanqui, de koning van de norteño folklore.

Als vlinders aangelokt door het licht van de bevrijding dat Yupanqui's ziel uitstraalde, kwamen opeens twee Coya-indios over het platform aanschuifelen, een man en een vrouw. Boven de oren van de vrouw, tussen haar strak opgebonden blauwzwarte vlechten, zaten twee vilten meloentjes. De man had een merkwaardige, vèrziende blik, alsof hij de vlucht van een adelaar volgde; zijn haar stond in stijve pijpjes uit, als zwarte trommelstokken. Ze stonden even tegen elkaar te praten, maar Jacinto kon niet verstaan wat ze zeiden. Een vreemd gevoel van afgunst ten opzichte van hen kwam bij hem op: zij, de gesmade indios, de paria's van de Amerikaanse maatschappij, waren volkomen vrij, ze konden gaan waarheen ze wilden, ze konden zeggen en doen waar ze zin in hadden – terwijl hij, de subteniente Cambras, de gehate jager, de oppermachtige blanke bezitter van hun verworpen zielen, hen als een underdog met verschrikte ogen zat gade te slaan. Het ontstelde en vernederde hem; hij was nog niet gewend aan de verdrukking, aan een leven vol angst, wanhoop, onzekerheid en onveiligheid. Het kostte waarschijnlijk enkele generaties om daaraan te wennen.

De schemering vertinde het licht boven de vallei. De Coya's schuifelden voort, als figuranten in een toeristische propagandafilm over 'Argentina Tierra del sol y de los lagos'. Hij stond op, rekende op zijn beurt af en vroeg aan de kelner of het nog ver lopen was naar het huis van de tuigmaker Zamora.

'Tien minuten' zei de kelner. 'Aan het eind van de Paseo.' Die tien minuten schenen hem een eeuwigheid toe. De Paseo was niet de drukke, geasfalteerde wandelweg die hij verwacht had te zullen zien, maar een breed pad van gestampt grind dat langzaam naar de rivier afdaalde en langs het water voortliep. De watervalletjes en stroomversnellingen, veel dichterbij dan daarstraks, begeleidden hem ook nu weer met hun eentonig klaterend geluid. Vlak bij de oever, onder de lange kale slierten van een overhangende treurwilg, lag een gemeerde praam te schommelen en hij moest aan de afspraak met Violette denken, aan de drie magische woorden die hen als het gezoem in een telefoondraad over een afstand van duizend driehonderd kilometer met elkaar verbonden: 'het schip slingert'.

De 'guarnicioneria Zamora' lag een eind van de weg af, in een bocht van de vallei. Het huis was opgetrokken uit cementplaten, die op sommige plaatsen verzakt waren als de dekplaten van een oude grafzerk. Aan de onderkant, tegen de plinten, groeiden moskussentjes op het cement. Dezelfde soort van gestampt grind, die de Paseo bedekte, was over het erf rondom het huis uitgespreid en verhard tot een brokkelige korst. Het was net of je over een dunne laag versteende, rose tandpasta liep. Naast de deur hing een aangewalmde stallantaren, en er kwam juist een kleine, dikke man met een kwabbige, dubbele kin naar buiten om hem aan te steken. Hij had een bombacha aan, een wijde blauwe pofbroek, en Jacinto zag dat de ene helft van zijn gezicht was ingezeept en de andere helft glad geschoren.

'Chau!' zei Jacinto.

De man staarde hem met een samengeknepen mond aan, lichtte het berookte glas van de lantaren op en zei: 'Buenas'. De aangloeiende pit van de lantaren verspreidde een flauw licht in de avondschemering.

'Bent u señor Zamora?'

'Si, soy Sancho Zamora.'

Hij heette Sancho en hij had ook veel weg van Sancho Panza, de wapenknecht van Don Quichote.

'De jacarandá is uitgebloeid' fluisterde Jacinto.

De tuigmaker knikte, keek achterom naar de open deur en vroeg: 'Heeft de vidriero Candido je gestuurd?'

'Nee, padre Paolo.'

'Ben je katholiek?'

'Ik ben gedoopt en ik weet dat er drie goddelijke personen zijn, van wie er twee altijd slapen terwijl de derde de wacht houdt' zei Jacinto. Het was een grapje van sergeant Santos. Het scheen hem een enige gelegenheid toe om het te laten rinkelen.

Zamora lachte niet. 'Muy bién. Kom binnen, compañero' zei hij. 'Ik was juist begonnen me te scheren, zoals je ziet.' Hij ging Jacinto voor naar de werkplaats, waar paardezadels, hoofdstellen, garelen en allerlei riemen hingen en lagen. Op de werkbank tegen de muur lagen een aantal met zilverdraad bestikte zadeltassen. Ernaast, onder een gebarsten spiegel, stonden een metalen scheerbekken, gevuld met water, en een schuimende scheerkwast.

'In dit huis slapen ze alle drie' zei Zamora, terwijl hij de andere helft van zijn gezicht begon te scheren.

'Alle drie? Heb je kinderen?' vroeg Jacinto, moe, verstrooid.

'De goddelijke personen' zei Sancho Zamora zonder een zweem van humor. 'Somos comunistas, nosostros'.

Jacinto geeuwde en ging op een gereedschapskist zitten. Het verwonderde hem dat de guarnicionero niet naar zijn 'geloofsbrieven' vroeg. Hij hoopte dat de zadelmaker niet op het idee zou komen om dit alsnog te doen, want zijn enige geloofwaardige referentie bestond in de blaren op zijn voetzolen. Alles bij elkaar vond hij het nogal onvoorzichtig van zijn gastheer, dat hij geen strengere voorzorgsmaatregelen nam. Om het even welke goed geïnformeerde politiespion kon hier ten slotte komen aanslenteren om te vertellen, dat de jacarandá uitgebloeid was en dat padre Paolo hem gestuurd had.

'Heb je al gegeten, compañero?'

'Ja, ik heb mijn laatste Argentijnse pesos opgemaakt in het Restaurante de la Frontera', zei Jacinto. 'Ik veronderstel dat je daarmee in Chili niet ver zult komen. Met onze valuta, bedoel ik.'

Zamora ging op die opmerking niet in. Hij haalde met het scheermes de laatste restjes zeep van zijn kwabbige kin en zei, tussen de streken in: 'Je hebt waarschijnlijk al gehoord van MIR... de internationale revolutionaire beweging... die in Chili tot ontwikkeling is gekomen... Welnu, de man die je morgen, of overmorgen, zal komen halen... wanneer precies weet ik niet... is een van de verbindingsmannen... tussen de cel van Asiento en het Noordargentijnse net...'

Voordat hij helemaal klaar was met zich te scheren, viel Jacinto in slaap. Hij had een korte, afschuwelijke droom. Hij droomde dat hij in het bureau van de Brigade zat, op enkele passen van de 'blinde kamer', waar Violette door Papas onder handen werd genomen. Hij hoorde haar gillen en smeken, en de sergeant vloekte als een dronken cochero en brulde haar toe: 'La llave! Verdomde teef, ik ruk de tong uit je bek als je me niet zegt wie de sleutel heeft!'

Toen kwam Albarillo het bureau binnen, waar hij zat, en zei cynisch: 'Ach, waarom kwelt ze hem zo? Wat zijn die francesas koppig. Hij wil haar alleen maar even op haar rug leggen, maar het blijkt dat ze een kuisheidsgordel aanheeft en ze weigert te zeggen wie de sleutel heeft.' Hij grijnsde, boog zich voorover en zei met een snijdende stem: 'Waarom geef je hem die sleutel niet, Cambras?'

Op het moment dat hij de hand in zijn zak stak om de sleutel te zoeken, schrok hij wakker. Hij keek in het gladgeschoren spekgezicht van Zamora. De tuigmaker schudde hem zachtjes bij de schouder heen en weer: 'Kom mee, compañero.'

'Gaan we al op weg?' stamelde hij.

'Nee, nog niet.'

Slaapdronken stond hij op en volgde Zamora door de werkplaats naar een deur achterin. Ze kwamen in een klein, rommelig tussenkamertje en toen deed Zamora een andere deur open en zei: 'Ga binnen.'

Jacinto ging naar binnen en zag een creoolse vrouw van een jaar of veertig in een invalidenwagentje zitten. Op haar knieën lag een opengeslagen boek, waarin ze blijkbaar had zitten lezen. In de hoek achter haar, binnen het bereik van haar hand, stond een geweer van Amerikaanse makelij.

Het eerste wat hem aan haar opviel waren haar wrede ogen en haar wrede mond. Haar hoge, onberispelijk gewelfde wenkbrauwen waren als de dubbele boogjes van de bruggen over de Rio Quinto, en ook bij haar sleepten verraderlijke stroomversnellingen en bruisende watervallen onder die boogjes een deel van Argentinië mee naar onpeilbare afgronden. Terwijl hij naar die vlezige, blauw omschaduwde, wrede mond keek, gingen haar lippen vaneen en zei ze, met een mannelijke intonatie in haar stem: 'Como va, subteniente Cambras?'

Hij was verbijsterd, knipte met zijn ogen en wierp instinctief een schuwe, zijdelingse blik op het geweer.

'Heb je besloten de andere zijde te kiezen? Gefeliciteerd. Zoals de christenen verheugen wij ons evenzeer over de bekering van één zondaar als over de loyaliteit van honderd medestanders. Je beweegredenen interesseren ons niet. Als je maar weet dat er geen terugkeer mogelijk is.'

Haar stem donderde over hem heen als een steenlawine, bedolf hem en vernietigde hem. 'Heeft onze vriend Sancho je al gezegd dat je, ook in Chili, in blinde en onvoorwaardelijke gehoorzaamheid aan mijn bevelen onderworpen blijft?'

'No, señora' mompelde hij.

'Señora Ramona Vicuña Cifuentes' zei ze bij wijze van toelichting. 'Ik veronderstel tenminste dat Sancho je ook nog niet heeft gezegd wie het lamme wijf is van wie jij voortaan je orders zult ontvangen.'

Hij viel van de ene verbazing in de andere. Dáár, tegenover hem, in een invalidenwagentje, zat de vrouw die al maandenlang door de Brigade Perro koortsachtig werd opgespoord, die Don Diego en Albarillo slapeloze nachten bezorgde en wier vaag, spookachtig signalement in een zeer geheim dossier sluimerde. Niemand kende haar, niemand had haar ooit ontmoet, en men had zich afgevraagd of ze eigenlijk wel bestond. Hij staarde haar ongelovig aan. Ramona Vicuña Cifuentes: een weerloze, half verlamde vrouw die in een kamer achter een zadelmakerij in San Juan rustig een boek zat te lezen.

Ze genoot zichtbaar evenzeer van zijn verbazing als van haar eigen triomf. Ze klapte het boek op haar knieën dicht en zei: 'Ik las juist dat de beruchte caudillo Chacho Peñalozza net als jij honderddertig jaar geleden als een arme, verhongerde en opgejaagde hond naar Chili moest vluchten. Misschien kan het je troosten, dat hij als een gerespecteerd man in ballingschap is gestorven, zonder zijn paard, maar met zijn sporen aan.'

'Ik heb vanmorgen besloten, mijn overplaatsing naar El Chocón te aanvaarden' was het eerste wat Gustavo zei tegen padre Rodolfo, die hem in een tamelijk opgewonden stemming in de Calle Junta was komen opzoeken. 'Mijn besluit staat vast. Ik zal de kanselier uiterlijk morgen ervan in kennis stellen. Hij zal er blij mee zijn, want hij wou dat ik een pakje meenam voor zijn broer, die opzichter is bij de stuwdam. Ga toch zitten. Zal ik een potje maté zetten? Of heb je liever een cafecito?'

'Doe geen moeite, ik heb niet zoveel tijd' zei Rodolfo. 'Ik kan niet zeggen dat ik er blij mee ben, met je besluit, maar ik heb er wel respect voor. We hebben inderdaad het recht niet om de gemakkelijke oplossingen te kiezen, als de moeilijke kunnen bijdragen tot de verwezenlijking van de christelijke rechtvaardigheidsdroom in de Derde Wereld.' Hij ging zitten en Gustavo zag dat hij zijn jas verkeerd geknoopt had: de middelste knoop zat in het bovenste knoopsgat. Hij scheen er niets van te merken, hoewel hij in zijn optrekkende jas zo wat vastgesnoerd hing als een valschermspringer. 'Por el amor de la santisima Virgen, ik begrijp de houding van onze bisschop niet. Wat wij in dit verschrikkelijke land van carnivoren, centauren, voetbalmaniakken, gerontofiele gorilla's en gemuilkorfde bloedspuwers nodig hebben zijn geestelijke herders van het slag van Monseigneur Alberto Devoto, de bisschop van Goya-Corrientes. Ik heb horen zeggen dat hij van plan is op de komende synode zijn stem te verheffen tegen de willekeurige arrestaties en de folteringen van gevangenen. Eindelijk eens iemand van het sanhedrin die zijn mond durft open te doen. Volgens sommige geruchten zou hij zich ook het lot hebben aangetrokken van Norma Morello, je weet wel, die onderwijzeres die al enkele maanden in Rosario zit opgesloten op grond van een vage verdenking. De bisschop zou, naar het schijnt, over formele bewijzen beschikken van het feit, dat ze gefolterd wordt.'

'Wat een toestand' zuchtte Gustavo.

'Una porquería' zei Rodolfo grimmig. 'Weet jij dat ik je in de grond wel een beetje benijd? Ik weet niet hoe je er zelf over denkt, maar ik ben niet geneigd je overplaatsing naar El Chocón als een discriminatie te beschouwen. Na de hel van Belgrano kan Patagonië alleen maar het vagevuur zijn. Als er inderdaad zoiets als een hel bestaat, dan kan ik me die niet anders voorstellen dan in de vorm van een meedogenloze politieterreur. Het wordt steeds erger, Gustavo. Weet je wat er gisteren gebeurd is? Ik was eigenlijk hierheen gekomen om je dat te vertellen, en om even te telefoneren bij de zusters, in de Hermanitas.'

'Wat is er dan gebeurd?'

'De politie heeft Mendoza's huis met de grond gelijkgemaakt.'

'Wàt? Het nieuwe huis?'

'Het nieuwe huis, inderdaad!' Hij ging zo heftig verzitten, dat de stoel onder hem kraakte. 'Met een bulldozer hebben ze in tien minuten weggevaagd wat die stakkerd na jaren zwoegen en zweten heeft opgebouwd. Kun je je zoiets voorstellen?'

'Schandalig.'

'Ik weet niet of jij ooit hebt gehoord van de vliegende danstent van father Brown. God, ik wou dat ik het geloof en de mirakuleuze macht van father Brown had gehad om de casa de Mendoza te laten opzweven en het weer neer te zetten op Vuurland.'

'Het is misschien goed dat we die macht niet hebben' zei Gustavo nuchter, 'anders zou er niets meer overblijven om voor te vechten. We zouden de plooien gauw even gladstrijken, we zouden de hele janboel rustig op onze sloffen aanharken, en daarna zouden we niets anders meer te doen hebben dan onze tanden te poetsen, onze nagels te knippen en de verslagen van de Rotary Club in La Prensa te lezen.'

'Als La Prensa tegen die tijd nog geen verbod van publikatie heeft gekregen' merkte Rodolfo wrang op. Een ogenblik verviel hij tot stilzwijgen. Hij wreef over zijn blauwe kin en zei toen: 'Het mooiste heb je in ieder geval nog niet gehoord. Ik ben benieuwd hoe jij het dáàrtegen wil opnemen, zonder mirakelen. Het syfilisonderzoek is gisteren eindelijk op gang gekomen. Ze hebben op één dag zo wat achthonderd personen onderzocht. Je weet hoe dat gaat: aan de lopende band. Tussen haakjes: op dat stuk heeft de bisschop tenminste zijn tanden laten zien, hij heeft namelijk verkregen dat wij ons niet aan het onderzoek hoeven te onderwerpen.'

'Ik zou me alleszins niet uit eigen beweging hebben aangemeld.'

'Ik ook niet, om principiële redenen. Hoewel je natuurlijk altijd het slachtoffer kunt worden van een indirecte besmetting. In ons werkmilieu is dat gevaar niet denkbeeldig.

Basta. Daar wou ik het ten slotte niet over hebben. Misschien herinner je je nog wel wat ik een paar weken geleden tegen je gezegd heb: dat het hele onderzoek naar mijn gevoel eerder door overwegingen van politieke dan van hygiënische aard geïnspireerd is. Een stempeltje op de medische kaart van al wie op hun lijsten voorkomt, en de rest kun je wel raden. Nu moet je eens luisteren, Gustavo, wie door dat stelletje venerologen van Volksgezondheid negatief werd bevonden, met andere woorden wie zich aan de besmetting door het duivelse spiraaltje van Schaudinn en Hoffmann heeft weten te onttrekken. Dàt raad je nooit: la Natalia.'

'Zie je wel' glimlachte Gustavo, 'je hoeft je geloof in mirakelen niet zo vlug op te geven.'

'Lach niet. Weet je wie positief zou gereageerd hebben? Zo noemen ze dat toch, nietwaar: positief reageren.'

'Geen idee van.'

'Violette Lafaut.'

Gustavo's glimlach verdween plots als een verlicht raam waarachter de rose schemerlamp werd uitgeknipt: 'Je bedoelt toch zeker niet...?'

'En efecto. Ze hebben haar samen met een stuk of twee andere gevallen naar een inrichting overgebracht, ter observatie of ter behandeling, weet ik veel. Ik weet niet eens welke inrichting.'

'In 's hemelsnaam, wat hebben ze toch tegen haar?' zei Gustavo, verontwaardigd en verdrietig tegelijk.

'Dat weet ik ook niet' schokschouderde Rodolfo. In zijn opwinding liet hij zich verleiden tot een uitdrukking, die Gustavo nog nooit uit zijn mond had gehoord: 'Een loslopende ezel schijt in de distels, maar een loslopend varken schijt in de klaprozen.'

Ze zaten verslagen tegenover elkaar, en Gustavo dacht aan die keer, toen hij Violette met een officier van de Brigade in een taxi had zien voorbijrijden, in de buurt van de ave-

nida Rivadavia. Hij zou zich wel vergist hebben. Waarschijnlijk was het iemand die op haar leek. Of zouden de loslopende varkens de gewoonte hebben, eerst in de klaprozen te schijten en ze daarna uit verliefdheid op te vreten?
'En wat was je nu van plan te doen, Rodolfo? Je zei dat je ging telefoneren bij de zusters. Wie wou je opbellen?'
'De Franse ambassadeur' zei Rodolfo. 'Hij heeft haar onlangs ook uit de klauwen van die kerels gehaald.'
'En als ze nu eens werkelijk...? Ik kan het me niet voorstellen, maar wat weten wij ten slotte van haar privé leven?'
De Napolitaan was met een uitdrukking van vertwijfeling opgestaan en ging door het raam naar buiten staan staren, naar de pokkerig gevlekte stammen van de platanen. Zoals elke winter waren van de grijsgroene bast van de bomen kleine plakken afgevallen op de plekken waar zich in het voorjaar de nieuwe takken zouden ontwikkelen.
'Ja, het is delicaat, je hebt gelijk. Ik heb eerlijk gezegd zelf ook met die mogelijkheid rekening gehouden. Ze heeft me in een vertrouwelijke bui eens iets verteld dat me grote ogen heeft doen opzetten. Je weet wel ongeveer hoe hoog een mens in al zijn *hoogmoed* kan stijgen, ad solem et ad astra, maar je weet nooit hoe diep hij in al zijn *nederigheid* kan vallen. Ze hebben ons op het seminarie wel omstandig de mystieke trappen van de zaligheid bijgebracht, maar uit hoeveel treden de mystieke trappen van de zonde bestaan heb ik nooit kunnen achterhalen. Alles bij elkaar vind ik het nog geen reden om dat arme mens aan haar lot over te laten' zei Rodolfo koppig. 'Ik geloof dat ik de ambassade toch maar eens ga opbellen, gewoon maar om ze van het feit in kennis te stellen.' Op dat moment ontdekte hij dat hij zijn jas verkeerd geknoopt had. 'Ach, kijk eens aan, hoe ik er weer bij loop...' mompelde hij.
Gustavo vergezelde hem door de open gang naast het huis en zei: 'Ik wou je nog iets vragen. Heb jij Gilda Ortiz onlangs nog gezien?'

'Die journaliste, bedoel je?'
'Ja.'
'Ik meen dat ik haar eergisteren nog gezien heb, vorige zondag dus. Waarom vraag je me dat? Is ze er vandoor?'
'Het ziet er naar uit. Lees maar' zei Gustavo en overhandigde hem een smal, opkrullend strookje papier, dat als een rolletje microfilm in een rond, blikken doosje zat.
'Ik zit in de pekel. Ik weet echt geen raad meer. Help me a.u.b. padre en kom volgende dinsdag om halfvier naar de Calle Lugones 141, tweede verdieping, kamer 15. Praat er in Godsnaam met niemand over en vernietig dit briefje. Gilda.' las Rodolfo.
'Aan jou kan ik het natuurlijk wel laten lezen' zei Gustavo verontschuldigend in verband met de laatste zin.
Rodolfo las het kattebelletje nog eens over met gefronste wenkbrauwen: 'Wat een geheimzinnig gedoe. Zat het in dat doosje?' Hij gaf het papiertje aan Gustavo terug.
'Ja. Blanca Molina heeft het gisteren in de brievenbus gevonden.'
'Dinsdag, dat is vandaag' zei Rodolfo. Hij keek op zijn horloge: 'Over een uur. Het is nu halfdrie.'
'Over een uur, ja. Ik begrijp er niets van. Begrijp jij er iets van?'
'Ik kan er alleen maar uit opmaken, dat ze haar intrek in een hotel schijnt te hebben genomen. Kamer 15. Wat zou dat anders kunnen betekenen?'
'Ik hoop maar dat ze halfvier 's namiddags bedoelt, en niet 's nachts' zei Gustavo in een schutterige poging om het hele geval tot een grapje te herleiden. In werkelijkheid kon hij niets grappigs ontdekken in de situaties, waarin Gilda hem voortdurend inspon. Het begon hem langzamerhand duidelijk te worden dat ze hem voor haar doeleinden gebruikte; alleen had hij er geen flauw idee van welke die doeleinden dan waren. Soms had hij het gevoel dat hij door zijn knappe beschermelinge als het blindemannetje binnen een onzichtba-

re, gesloten kring van gevaarlijke jongens en meisjes werd gelokt – jongens en meisjes die 'revolutie speelden', volgens de aanwijzingen van Madrighela uit lege kolaflesjes molotovcocktails ineenknutselden en in 'Media Noche' de bevrijding aankondigden van het Zuidamerikaanse continent door de zegevierende legioenen van het opstandige proletariaat. Telkens als hij, gevangen in hun hijgende en giechelende kring, de armen naar hen uitstrekte, weken ze achteruit, en als hij zijn blinddoek afrukte, waren ze allemaal verdwenen. Ze waren op een griezelige manier ongrijpbaar.

Toen hij zich een kwartier later op weg begaf naar de Calle Lugones, liep hij zich af te vragen of er wel zoiets als een kring bestond. Was het hele 'geheimzinnige gedoe' – God weet of Rodolfo niet onbewust de spijker op de kop had geslagen – niet het eenzame, huiveringwekkende spelletje van een avontuurlijk aangelegd, op sensatie belust en sociaal gefrustreerd meisje? Bestonden het gevaar, de 'articulos marxistos' en de proletarische legioenen niet uitsluitend in haar overspannen verbeelding? Zoveel vragen knaagden aan zijn eigen nieuwsgierige, achterdochtige verbeelding: had ze werkelijk in Maipú boven een kunstgalerij gewoond? – waarom was hij nooit op het idee gekomen om die bewering van haar te controleren? – was zij het die, door middel van een telefoontje of een anonieme brief, Arevalo aan de politie verklikt had, om haar geweten te ontlasten? – welke rol speelde de zoon van Blanca in 'het gedoe'? – had ze hem met amoureuze kunstjes en kneepjes gestrikt, of stond hij er helemaal buiten?...

Het was tien over drie toen hij uit de microbus stapte, en hij was dus nog wat te vroeg. Hij liep een cuadra om, keek naar de ananassen die als grote groene handgranaten in de etalage van een frutería lagen, en vroeg zich af waarom Gilda niet naar Uruguay uitweek, waar haar vader een benzinestation hield. Het was niet zo vreselijk moeilijk om over de grens te geraken tussen Colonia en San José. Voor het uitstalraam van een Duitse gaarkeuken bleef hij staan. Hij had sinds die ochtend niets meer gegeten, maar het plateau met koude vleeskroketten, die er als gepaneerde drollen uit zagen, deed hem de eetlust vergaan.

Toen hij de Calle Lugones insloeg, voelde hij zich zenuwachtig worden. Hij ging automatisch langzamer lopen, alsof hij zichzelf de tijd wilde geven om op zijn besluit terug te komen en zich maar liefst niet verder in te laten met Gilda's private revolutie. Het was een eentonige, troosteloze straat zonder winkels, aan het eind waarvan je een halve eeuw geleden waarschijnlijk regelrecht de pampa was ingelopen. Alsof de duiven van geheel Buenos Aires zich in deze buurt genesteld hadden, waren praktisch alle huisgevels wit beklad. Ook het verhoogde voetpad was bespat alsof er iemand met volle kalkemmers was langsgelopen. Het 'Cuco Hotel' en de aangrenzende huizen waren verweg de enige gebouwen die door de vogels waren gespaard gebleven.

Gustavo stond aarzelend stil voor het hotel. Het was wel degelijk nummer 141. Hoewel hij geen enkele ervaring had op dat gebied, kon er nauwelijks enige twijfel over bestaan dat het een 'amueblado' was, een van de vele rendez-voushuizen in de buitenwijken van de stad die zichzelf tot de rang van hotel verhieven. De 'tarifa' naast de uitnodigend geopende ingangsdeur loog er trouwens niet om: voor de 'primeras tres horas' werden vijfhonderd pesos in rekening gebracht, en wie er de nacht wou doorbrengen moest zevenhonderd pesos betalen. De sfeer van dubbelzinnigheid, die van het 'hotel' uitging, kwam daarenboven oliedik bovendrijven in de benaming: 'cuco' betekende in het Spaans zowel koekoek, boeman als gladde vogel.

Door scrupules overvallen, liep hij een eindje door en keerde langzaam op zijn stappen terug. Zou Gilda zo brutaal zijn om hem een ontmoeting voor te stellen in een gelegenheid, die hoofdzakelijk druk bezocht werd door echtbrekers en straathoeren met hun klanten? Of bleek daaruit alleen maar een verregaande argeloosheid van haar kant? Die laatste mogelijkheid verwierp hij echter dadelijk weer bij de gedachte aan haar 'expeditie' met Pascoli in de maleza. Lieve hemel, dacht hij, verontwaardigd en gekrenkt door haar tactloosheid ten opzichte van hem – lieve hemel, als ze in de pekel zit, is het haar eigen schuld. Waarom liet hij haar niet in de pekel zitten? Wat had hij met haar en haar verwrongen revolutionaire ideeën te maken? Ten slotte zou hij ook helemaal niets meer voor haar kunnen doen, als hij eenmaal naar El Chocón was overgeplaatst.

Opnieuw stond hij stil voor het hotel, en hij schaamde zich over zijn kleinmoedige, farizeïsche gedachten. Het minste wat ik doen kan, dacht hij, is een kijkje gaan nemen. Hoewel de evangeliën hem geen enkel ondubbelzinnig voorbeeld aan de hand deden ter rechtvaardiging van zijn besluit, was hij er zeker van dat Christus desnoods een bordeel zou zijn binnengegaan om een ziel in de verdrukking te hulp te komen.

De gele trottoirklinkers voor het hotel waren uitgebroken en als wafels in een wafelkraam opgestapeld tegen de gevel. De veilige toegang tot 'De Koekoek' werd verzekerd door een plankiertje, dat onheilspellend kraakte toen Gustavo erover liep. In het donkere portaal zat een man met groene ogen, een groene knevel en groene handen in een soort van spookachtig groen verlichte bioskoopkassa, tussen twee marmeren pilaren.

'Bent u alleen?' vroeg het groene spook.

'Ik heb een afspraak met iemand in kamer 15' zei Gustavo en hij kon zich voorstellen wat een gek gezicht het moest zijn, zoals hij daar groen stond te blozen.

De man in de kassa wierp een blik op de verzameling nummerplaatjes aan zijn rechterhand, knikte en zei: 'Tweede verdieping. De lift is links om de hoek.'

De lift maakte een afschuwelijk, rammelend geluid. Toen hij op de tweede verdieping uitstapte, keek hij alweer in een groen verlichte gang. Het was net of hij langs een mysterieus, door Indianen gebaand pad in de wildernis de groene hel van Amazonië binnendrong. Langs de muren in de gang, tussen de kamerdeuren, stonden monsterachtige planten in polyesterbakken, waarachter het onwezenlijke akwariumlicht uitstraalde.

De deur van kamer 15 stond op een kier. Hij klopte aan, ging naar binnen en staarde in een zachte, rode gloed, waarin zich de silhouet van een jonge vrouw bewoog. Het lijkt hier wel een Brabantse lampionnetjeskermis, dacht hij, weinig op zijn gemak.

'Padre?'

Hij herkende haar weemoedige, aanhalige stem, die zo zalig kon zuchten van opwinding over de avontuurlijke gevaren die haar jonge leven bedreigden.

'Noem me alsjeblieft geen padre. Ik zou toch minstens de genade van bijstand niet willen verbeuren,' zei hij boos. Hij was zo nijdig, dat hij eraan toevoegde: 'Je hebt toch een broek aan, niet?'

'Praat niet zo luid en doe de deur dicht' fluisterde ze. 'Por favor.'

Werktuiglijk, met een kwaad gebaar, deed hij de deur dicht en toen zei ze stroperig: 'Ik ben blij dat u gekomen bent. Ik was bang dat u niet zou komen opdagen. U bent inderdaad een goed mens, een heilige. Blanca Molina heeft gelijk.'

'Voor zover mij bekend, leiden de heilige wegen niet naar amueblados' merkte hij nors op.

Het meisje ging op de rand van het tweepersoonsbed zitten en zei: 'Dan ben ik verkeerd ingelicht. Ik heb eens gelezen dat Paulus in zijn jeugd de bordelen van Karthago bezocht.' Hij kon haar gezicht slechts vaag onderscheiden en wat hij voor een duivelse grijnslach hield was misschien alleen maar een nerveuze grimas. Dat vervloekte kamertjeszondelicht veranderde zelfs haar knap, creools gezichtje in een boosaardig masker vol bedrieglijke lijnen en schaduwen.

'Dat was Augustinus, niet Paulus' zei hij. 'Ik weiger in ieder geval hier met je te praten, in dit huis. Wat bezielt jou, dat je me hier laat komen?'

'Beseft u dan niet dat ik nergens veiliger ben dan in een gelegenheid als deze? Hier zullen ze me nooit zoeken' zei ze op een toon die te kennen gaf, dat ze nogal ingenomen was met haar eigen logika.

'Ze?' zei hij. 'Wie zijn ze?

'De politie natuurlijk.'

'Ach, hou op met die onzin, Gilda.' Hij keek nieuwsgierig en ook een beetje achterdochtig om zich heen en zag dat de rode gloed afkomstig was van doorschijnende venstertjes in de laden van de bedkastjes.

'Laten we elders gaan. Dat idiote licht hindert me.'

'In de kerken brandt toch ook een rode lamp' zei ze. Ze was werkelijk onverbiddelijk in haar logika. 'Maar als het u hindert: we hebben de keus tussen rood en groen.' Meteen draaide ze een schakelaar naast het bed om. Haar rode jurk veranderde in een groene jurk, werd opnieuw rood, groen, rood. 'Psychedelisch' constateerde ze bijna opgewekt, alsof ze hier zaten om bewustzijnsverruimende spelletjes te doen. 'Laten we het maar op groen houden, dat is de kleur van de hoop. Ik hoop namelijk dat het niet je bedoeling is me te compromitteren' zei hij vol tegenzin.

Terwijl ze terugschakelde op groen en zei 'er zijn toch geen getuigen, wel?', schrok hij van een hol ratelend geluid, alsof achter de muur een mijnrail liep waarover kipkarretjes voortdenderden.

'Wat is dat voor een hels lawaai?'

'Dat is de lift' zei ze. Het klonk alsof ze hier thuis was.

'Ik zou hier voor geen geld van de wereld de nacht willen doorbrengen' mompelde hij. 'Ook niet naast een geruisloze lift' liet hij er haastig, ietwat preuts, op volgen. Het geratel hield op en hij wendde zich ongeduldig tot het meisje en zei: 'Waarom ben je uit Belgrano weggelopen?'

'Dat zal ik u vertellen' zei ze. 'Maar blijf daar niet zo staan, daar word ik zenuwachtig van. Ga toch zitten.'

Hij kapituleerde en ging schoorvoetend zitten in de pluche fauteuil die zelfs in het gedempte groene licht duidelijke sporen vertoonde van ontelbare hartstochtelijke voorspelen. Je kon zelfs, aan de plekken die het hardst waren afgesleten, heel goed zien welke de meest voorkomende houdingen waren.

'Ik zit in de pekel, padre. Ik weet echt geen raad meer' zei Gilda. Het leek haast of ze haar eigen briefje zat voor te lezen. 'Ik ben er zeker van dat de politie me op het spoor is gekomen. Vorige zaterdag was er weer een razzia, tegen de ochtend. Ik zag geen kans meer om weg te komen, de hele bija was trouwens omsingeld. Madre, de schrik zit me nog in de benen. Een van die jakhalzen vroeg naar mijn papieren, maar ik deed of ik hem niet verstond en maakte een vaag gebaar langs hem heen en zei: enfrente, Uruguay. Aan de overkant zei ik altijd maar, aan de overkant. Hij drong niet verder aan, ik dacht: jij stomme hond, maar toen werd ik werkelijk vreselijk bang, want hij bleef me de hele tijd op zo'n vreemde, nadrukkelijke manier aankijken, alsof...'

'Het zal wel niet de eerste maal zijn dat jij door mannen nadrukkelijk wordt aangekeken' onderbrak Gustavo haar.

'Wat bedoelt u? O, bedoelt u dàt? Aprieta! U denkt toch zeker niet dat ik een lichtekooi ben?' zei ze. Het verwonderde hem dat zij met haar jeugdige, progressieve, strijdbare opvattingen dat ouderwetse woord gebruikte. Ze vond wellicht dat het deftiger klonk dan 'hoer'.

'En ben je dààrom ervandoor gegaan? Omdat je de indruk had dat hij je wantrouwde?'

'Ja. Was dat soms geen voldoende reden?'

'Die kerels wantrouwen iedereen die in die lazarusdorpen rondhangt' zei Gustavo, 'en zeker iemand als jij, die beweert uit Uruguay te komen en geen Spaans verstaat.' Hij was er van overtuigd dat ze gewoon maar een verhaaltje zat te verzinnen.

'Ik heb niet beweerd dat ik uit Uruguay kwàm' zei ze met een listig lachje, dat in de fondantgroene schemering meer op een aanval van kiespijn leek.

'Je hebt je er alleszins aardig uit gered' zei hij, maar de ironie van zijn woorden scheen haar te ontgaan.

Ze nam een sigaret uit het pakje dat op het bedkastje lag, zocht naar lucifers en vroeg, toen ze die niet vond: 'Hebt u toevallig lucifers op zak, of een aansteker?'

Hij zei: 'Je weet dat ik niet rook.'

Ze begon opeens nerveus te doen, liep om het bed heen, trok de la van het andere bedkastje open en zei op een toon, die hem door de oprechtheid ervan verraste: 'Als u eens wist hoe ellendig ik me voel.'

'Waarom ga je niet naar Montevideo, bij je vader?' wierp hij op.

'Het is overal hetzelfde' zei ze triest. 'Ook daar kun je geen poot verzetten. Heel Zuid-Amerika is één politiestaat.'

De lift begon weer te ratelen en hij zag dat ze zelf ook schrok van het vreselijke lawaai. Ze bleef als een zoutpilaar staan en keek daarbij met een eigenaardige, bange blik naar de deur. Het zou me niet verbazen, dacht hij, als ze aan achtervolgingswaanzin leed.

'Héél Zuid-Amerika' herhaalde ze stompzinnig en liet geen oog van de deur af.

Hij kreeg medelijden met haar en voelde de neiging om iets vriendelijks tegen haar te zeggen, haar een compliment te maken of iets dergelijks, maar hij was bang dat al te veel begrip en warme toenadering in deze zwoele, groene kamer van het 'Cuco Hotel' tot een gevaarlijke vertrouwelijkheid zouden kunnen leiden. Zijn mannelijke verbeeldingskracht was nog levendig genoeg, opdat hij zich niet roekeloos aan de bekoringen van het vlees zou blootstellen. De lift stopte en er kwamen stappen de gang op. 'Je zou voor de een of andere krant in Montevideo kunnen gaan werken. Met een diploma van José Hernandez...' zei hij en bleef in zijn woorden steken. Er werd op de deur geklopt. 'De kamer is bezet!' riep Gilda.

'Policia! Openmaken!' klonk het op de gang.

Gustavo rees langzaam uit de fauteuil op en voelde het bloed naar zijn hoofd stijgen. Hij wierp Gilda een verwarde blik toe, zag haar in een groen waas op zich afkomen en rook haar lichaam: het rook net zoals die avond, toen ze in de spreekkamer van de Hermanitas zat, naar warm, rijzend deeg. Samen met die geur streek haar stem langs hem heen, haar adem: 'Trek uw jas uit en ga op het bed liggen, vlug wat. Doe alstublieft wat ik zeg.'

Tot zijn verbazing deed hij met de trage, willoze onderworpenheid van een slaapwandelaar wat ze hem beval. Hij trok zijn jas uit en ging met zijn rug naar de deur op het bed liggen.

'Openmaken! Al instante!'

Het was een vreemde gewaarwording: bijna alsof de stem daarbuiten hen onder schot hield.

'Stommelingen, de deur is niet op slot' hoorde hij het meisje zeggen en hij draaide zich half naar haar om, om te zien wat ze in het schild voerde. Ze had haar jurk en haar onderjurk uitgedaan en hij zag haar vastberaden naar de deur gaan, met niets anders dan haar slipje en haar beha aan. Domine, bad hij instinctief, libera nos a malo. Hij kon niets anders bedenken en wist zelf niet eens welk 'malum' hij bedoelde: het halfnaakte meisje of de politie achter de deur. Hij klampte zich aan God vast alsof het een hefboom was waarmee hij het bed, Gilda en zichzelf kon doen wegzinken door een open luik in de vloer.

Hij hoorde haar de deur openmaken en op een verwonderlijk rustige, brutale, haast uitdagende toon zeggen: 'Je hoeft niet zo'n drukte te maken.'

De stemmen, die hij op de gang had gehoord, drongen de kamer in: 'Pasaportes! Maak voort, en geen smoesjes. Hé, jij daar, opstaan!'

Dat was duidelijk tot hem gericht. Hij kwam van het bed af, keek naar de groene gezichten en de groene uniformen, naar de donkere gekruiste bandoleras als het patroon op de rug van een groene giftige spin, en stamelde: 'Ik heb mijn papieren niet bij me.' Voor het eerst in zijn leven kwam een leugen als vanzelf over zijn lippen.

Ze waren met zijn tweeën: een onderofficier met een gemeen gezicht en een cabo met een nog veel gemener gezicht. De cabo pakte Gustavo's jas op, haalde er zijn portefeuille uit, doorzocht de portefeuille en toonde triomfantelijk het persoonsbewijs aan de onderofficier, die in de lichtstraal van het bedkastje Gilda's papieren stond in te kijken.

'Gilda Marta Ortiz. Een mooie vangst' zei de onderofficier dubbelzinnig. Hij gaf het meisje een klap op haar billen: 'Jammer dat ik dienst heb, guapa. Trek je kleren maar aan. Ik zou je willen voorstellen aan luitenant Albarillo, en die is niet zo gebrand op blote wijven.' Vervolgens wierp hij een blik op Gustavo's persoonsbewijs. 'Muerta de vaca, un padre' zei hij en zag de cabo veelbetekenend aan.

'Jij stinkende wijwaterbak, schaam je je niet?' zei de cabo honend tegen Gustavo. 'We zullen je helpen je belofte van kuisheid na te komen, achter de tralies, in volstrekte afzondering.'

'Señores' zei Gustavo, 'dit is een pijnlijk misverstand. God is mijn getuige...' Hij zweeg. Zijn woorden bleven als een walm in de lucht hangen. Hulpeloos keek hij van de cabo naar de onderofficier, van de onderofficier naar Gilda. Zijn ogen bleven smekend op het meisje rusten; hij hoopte dat ze een verklaring zou geven voor zijn aanwezigheid in deze kamer, maar ze zei niets en ze keek hem niet één enkele maal aan. Ze stond met vaag gegeneerde bewegingen haar jurk dicht te knopen en hij vroeg zich af waarom ze eigenlijk haar kleren had uitgetrokken. Zijn smeulend wantrouwen laaide opeens op tot een ontstellend vermoeden.

'Señores' hernam hij, 'ik eis een verklaring voor deze ongehoorde...'

'Schiet op en hou je bek, verdomde klootzak' viel de onderofficier hem in de rede. Hij liep door de kamer, schoof de gesloten gordijnen opzij en keek neuriënd naar buiten, alsof zijn gedachten door iets heel anders in beslag waren genomen.

'Hebt u geen vuur voor mij?' wendde Gilda zich tot de cabo.

De cabo ging in zijn zak, hield haar zijn aansteker voor en zei ernstig, met iets van mannelijke bewondering in zijn stem: 'Je zult het nog ver brengen, jij. Jij gaat nog wel eens met de bisschop naar bed.'

Hij stond helemaal alleen, poedelnaakt en met opgeheven armen, tegen de klaagmuur van Jaap de Hond. Hij stond er al ongeveer een uur in het onvoldoende verwarmde lokaal: een eeuwigheid die traag aan de grenzen van zijn bewustzijn voortschoof als een gele vloed. Er liepen koude rillingen over zijn rug en zijn armen, zwaar als pijpen lood, schenen niet meer bij zijn lichaam te horen: het waren versteende gebaren, waarmee een gekwelde beeldhouwer uiting gaf aan zijn verlangen naar de genadige glimlach van een levende God. De kramp in zijn vingers ging over en hij voelde nu niets meer in zijn handen.

Zijn sokken hadden ze hem laten aanhouden en hoewel het hem hielp zijn voeten warm te houden op de koude vloer, vond hij het vernederender zoals hij daar stond, als een kangoeroe met puttees aan, dan zonder één enkel draadje aan zijn lijf. De kleur van de muur, spuwerig geel als een cake die met te veel eipoeder was aangemaakt, deed pijn aan zijn ogen. De politieman achter zijn rug verdraaide de knop van zijn transistorradio en stemde op de nieuwsberichten van Buenos Aires af: 'De gouverneur van de provincie Mendoza heeft naar aanleiding van de recente onlusten in de provinciehoofdstad de noodtoestand afgekondigd. De staatssecretaris van het departement van oorlog verklaarde in verband hiermee, dat de regering vastbesloten is elke vorm van kommunistische agitatie met alle beschikbare middelen de kop in te drukken...'

Langzaam, heel voorzichtig, liet Gustavo zijn armen een paar centimeter beneden de horizontale krijtstreep zakken. Hij sloot zijn ogen om niet aldoor tegen de eierkoekgele muur te hoeven aanstaren, en na een tijdje kreeg hij vreemde visioenen: een doornige struik bloeide voor zijn ogen; in de gele bloemkelken zaten groene en rode stampers, die als kleine lampjes aan- en uitgingen. Psychedelisch. El cuco engañoso. Het geflikker van de lampjes verblindde hem. De struik vervaagde en weldra kon hij ook de bloemen niet meer onderscheiden; hij zag alleen de groene en rode lichtflitsen.

Zijn concentratievermogen en zijn geheugen vertoonden duidelijke tekenen van verzwakking en in een poging om helder te blijven, reciteerde hij zachtjes bij zichzelf de zinnen van de psalmen 142 en 143 die hij zich nog te binnen wist te brengen: 'zij hebben voor mij een strik verborgen op de weg die ik gaan zou... let op mijn geschrei, want ik ben zeer uitgeteerd... red mij van mijn vervolgers, want zij zijn machtiger dan ik... voer mijn ziel uit de gevangenis en ik zal Uw naam loven . . . want de vijand vervolgt mijn ziel, hij vertreedt mijn leven ter aarde, hij legt mij in duisternissen als degenen die overlang dood zijn . . . Verhoor mij dadelijk,

Heer, mijn geest bezwijkt... verberg uw aangezicht niet voor mij, want ik zou gelijk worden aan degenen die in de kuil dalen...'

De transistor kraakte en de nieuwslezer zei in borrelend Spaans, opgewonden alsof hij een voetbalmatch versloeg: 'Het lijk van de jonge, blonde vrouw, dat vorige week even buiten Barracas aan de oever van de Rio werd gevonden, kon nog steeds niet geïdentificeerd worden. Alles schijnt er nochtans op te wijzen dat het slachtoffer gevonnist en geëxecuteerd werd door leden van de kleine, anarchistische groep waartoe zij behoorde...'

De woorden drongen nauwelijks tot Gustavo door. Er kwam een andere, luidruchtige politieman het lokaal binnen. Hij stampvoette als een wild paard, niesde tweemaal en schreeuwde tegen de agent die de nieuwsberichten zat te beluisteren: 'Hoe laat word jij afgelost, Carlos?' 'A las ocho' zei Carlos en schakelde over op jazzmuziek.

Gustavo hoorde het wilde paard achter zich komen opdraven. Hij kreeg een stomp tussen zijn ribben: 'Hoger, je armen, stinkende wijwaterbak. Je vingertoppen aan de schreef.'

Daarom wordt mijn geest overstelpt in mij, mijn hart is ontsteld in het midden van mij, hijgde Gustavo en probeerde vruchteloos met zijn vingertoppen de krijtstreep te bereiken.

'Wat gebeurt er met hèm?' hoorde hij de briesende hengst vragen. 'Wordt hij blauwgeschilderd of afgepoetst?' Ze gebruikten een soort van geheimtaal.

Blauw, dacht Gustavo, ik wil blauwgeschilderd worden. Hij was het groen, geel en rood zat. Hij kotste ervan.

'Wat zeg je?' vroeg Carlos.

'Zet die verdomde radio eens wat stiller.' Het geschetter van de trombones klonk opeens verderweg. 'Ik vroeg wat er met hèm moet gebeuren. Wordt hij blauwgeschilderd?'

'Por Dios, gecastreerd, al seguro' grinnikte Carlos.

'Is hij al verhoord?'

'Nee, de jefe is naar het jaarlijkse zweetbad van de suiker-fabrikanten.'

'Viva la republica y los azucareros. Che, ik ga mijn kalveren zogen.'

De hengst niesde en ging weg, met dreunende hoefslag. Gustavo voelde zich langzaam smelten, krimpen en wegzijpelen als een sneeuwman in de schrille, witte winterzon. Het was een krankzinnig heerlijk gevoel: de ijskoude schaal, waarbinnen zijn hersenen bevroren zaten, brak en dooide. Blauw als de mantel van de Santisima Virgen, dacht hij, en toen werd het zwart om hem heen en verloor hij het bewustzijn.

Het eerste wat hij zag toen hij zijn ogen opende, was een kleine, flauwe lichtvlek op een donkere muur. Na enige tijd ontdekte hij dat de vlek, die de vorm had van een platvisje, afkomstig was van een verlicht sleutelgat. Hij lag, blijkbaar nog steeds naakt, op een harde betonnen vloer. Zijn stramme, schier gevoelloze armen lagen naast zijn lichaam als de disselbomen van een afgespannen wagen. Toen hij zich wilde oprichten, beet de pijn als een roofdier in zijn nek.

Steunend liet hij zich weer achteroverzinken op zijn ellebogen en toen zei een afschuwelijk slissende brabbelstem van uit het donker tegen hem: 'Stel je niet zo aan, kerel. Je bent er nog goed afgekomen. Mij hebben ze alle tanden uit de bek geslagen.' Het was de stem van iemand, die praatte alsof hij onderwijl hete soep zat te slobberen.

Hij zei niets en de nauwelijks verstaanbare stem vervolgde: 'Ze hebben jou zeker je eigen stront laten vreten?' De man maakte een dwaas, grinnikend geluid, dat meer op een rochelende hoestbui leek: 'Dan heb je dus al gedineerd. Je bent een bofkont, compañero.'

'Ik geloof dat ik van mijn stokje ben gevallen' zei Gustavo. 'Ze hebben me een paar uur met de armen boven mijn hoofd tegen de muur laten staan.'

'Dan zul je je nog tamelijk fris voelen' zei de ander. 'Wacht maar tot ze je blauw gaan schilderen.' Het leek of hij het over een konijnehok had, dat niet zo goed meer in de verf zat.

'Wat bedoel je? Wat doen ze dan?' vroeg Gustavo en de angst bewoog ritselend onder zijn huid als een adder door hoog gras.

De man blubberde iets dat Gustavo niet verstond.

'Ben je al lang hier?'

'Van de dinsdag na Pinksteren. Hoe lang is dat? Het is vandaag ook dinsdag, niet?'

'Ja.'

'Ahora bién, dat is dan juist zeven weken. Stel je voor: zeven weken. Ik kan niet zo goed rekenen, maar als ik me niet vergis zijn dat negenenveertig dagen.' Hij zweeg even, liet een brakend geluid horen en zei toen: 'Jij bent een intellectueel, waar of niet?'

Gustavo zei: 'Ik ben een priester. Een Belgisch priester.' Hij hoorde zijn celgenoot slikken en tot zijn verwondering kwam er geen antwoord. Pas een hele tijd later zei de man zonder tanden, alsof Gustavo's woorden toen pas tot hem waren doorgedrongen: 'Un padre.' Hij ademde zwaar door zijn neus en zijn hand raakte per ongeluk heel even Gustavo's schouder aan. 'We hebben hier voor jou ook een priester gehad. Een Chileen.'

'Een Chileen?'

'Ja.'

'Hoe heette hij?'

'Paolo.'

Gedurende enkele ogenblikken staarde Gustavo naar het lichtbeeld van het sleutelgat op de muur en hij voelde hoe het bloed weer tintelend door zijn armen begon te stromen, tot in zijn vingertoppen.

'Wat is er met hem gebeurd?' vroeg hij.

'Dat weet ik niet' zei de man zonder tanden. 'Ze hebben
hem in ieder geval lelijk toegetakeld. De elektroden. Ik
hoef je niet te zeggen wat dat is. Op zekere dag, een week
of wat geleden, hebben ze hem weggehaald – weggedràgen'
verbeterde hij zichzelf, 'als een strijkplank. Arme kerel.
Hij woog geen dertig kilo meer. Een paar uur tevoren had
hij nog tegen me gezegd: Esteban, ik ben een slecht priester, ik haat ze.'
Heilige Moeder Gods, dacht hij, waarom maakt Gij het ons
zo moeilijk om onze vijanden lief te hebben? – waarom
zijn ze zo talrijk, zo machtig, zo meedogenloos? Het getuigenis van Esteban vervulde hem met afgrijzen en wanhoop. Hij stelde vast dat hij een nog veel slechter priester
was dan Paolo: hij voelde zich namelijk niet in staat voor
zijn geloof of voor eender welke menselijke waarheid te
sterven. Hij was geen door haat gekwelde, vastberaden
martelaar zoals Paolo; in de grond was hij iets veel ver-
werpelijkers: een van twijfels en eigenliefde vervulde
lafaard.
Tegen Esteban zei hij: 'Ik heb hem zeer goed gekend. Hij
was geen slecht priester. Hij was misschien de beste van
ons allemaal: de oprechtste, de moedigste, de waarachtig-
ste.'
Het was lange tijd stil in de donkere cel, die naar zweet en
urine en braaksel stonk, en Gustavo dacht aan een van die
kenmerkende uitspraken van Paolo, die zozeer getuigden
van zijn hartstochtelijk geloof in zijn maatschappelijke zending: 'als woorden executiepalen waren, ik zou me met veel
plezier eraan laten vastbinden.' De arme drommel, ze hàd-
den hem aan zijn eigen woorden vastgebonden, en uit zijn
opstandige liefde voor de verworpelingen hadden ze zwe-
pen van haat gevlochten om hem te geselen, en door zijn
huid heen hadden ze de haat in zijn ziel gebrand.
'Waarom kleed je je niet aan?' zei Esteban. 'Je zult een
longontsteking opdoen.'

'Ze hebben mijn kleren afgenomen' zei Gustavo.

'Creo que no, compañero. Die moeten hier ergens liggen, ze hebben je spullen achternagegooid.' Het stemde Gustavo dankbaar en gelukkig, dat de ander niet 'padre' tegen hem zei, maar hem gewoon compañero bleef noemen. Meer dan ooit verlangde hij er naar door de underdogs, wier lot hij zich gedurende negen lange moeilijke jaren had aangetrokken, als een gelijke behandeld en aanvaard te worden. 'Wacht, ik zal ze even voor je zoeken.'

Opnieuw probeerde Gustavo overeind te komen. Niet zonder moeite en pijn slaagde hij daar na enkele pogingen in. De bracero reikte hem, tastend in het donker, zijn kleren aan en hij begon, steun zoekend tegen de kille vochtige celmuur, zijn hemd en zijn broek aan te trekken. 'Mijn jas heb ik niet' zei hij. 'Kun je die niet vinden?'

'Die ligt er niet' zei Esteban. 'Ik zou me maar niet druk daarover maken.'

'Mijn papieren zitten erin.'

'Je hebt geen papieren nodig voor de hel' antwoordde de bracero cynisch.

Gustavo bleef roerloos tegen de muur geleund staan. Hij probeerde niet aan zichzelf te denken, niet aan zijn eigen pijn en ellende, niet aan de beproevingen die hem te wachten stonden. Hij probeerde aan zijn lotgenoot te denken, aan de bracero met zijn kapotgeslagen gezicht, die al bijna twee maanden in deze donkere, stinkende cel had doorgebracht. Je kon je moeilijk voorstellen dat iemand het hier langer dan enkele weken kon uithouden zonder gek te worden.

'Ben je getrouwd?' vroeg hij.

'Ja.'

'En heb je kinderen?'

'Drie' zei Esteban en noemde de namen van zijn drie kinderen. Ofwel hadden ze vreemde namen, ofwel kon hij ze vanwege zijn geschonden mond niet behoorlijk uitspreken.

Ze klonken Gustavo in ieder geval in de oren als de namen van militaire en politieke verdragsorganisaties: Nato, Uno, Unetad...

'Waar word je eigenlijk van beschuldigd?'

'Ik zat in het stakingscomité bij Fiat' zei de bracero.

'Is dat dan een misdrijf?' vroeg Gustavo verwonderd.

De bracero zei op zijn beurt verwonderd: 'Hoelang ben jij al in Argentinië?'

'Negen jaar.'

'Negen jaar, Madre de Dios, en jij weet dus nog altijd niet...' Hij zweeg. In de gang weerklonken voetstappen, die voor de deur van hun cel stilhielden. De deur werd ontgrendeld en een lichtbalk kantelde geruisloos naar binnen, tot vlak voor hun voeten.

'Jij daar, meekomen! De jefe wil je spreken' bauwde een keelstem, galmend door de gang.

Verblind door het plotse lichtschijnsel, konden ze het gezicht van de politieman niet zien en ze wisten dus niet wie hij bedoelde. Esteban deed weifelend een stap in de richting van de deur.

'Jij niet, marrano. Die hoerenzoon van de Kerk!'

Gustavo strompelde de cel uit en had moeite om de stevig aanstappende agent te volgen door de lange, flauw verlichte gang. Ze gingen een steil, stenen trapje op, waarvan de treden in het midden zo diep waren afgeschuifeld dat ze op hakblokken leken. De agent porde hem enkele malen zo brutaal in zijn rug, dat hij telkens bijna struikelde: 'Schiet op, hijo de puta, of denk je soms dat ik je misdienaar ben?'

Gustavo beet op zijn tanden. Hij was er zeker van dat het misverstand nu wel gauw zou worden opgehelderd. De herinnering aan het gesprek, dat hij onlangs met de rechterhand van kolonel Perro had gevoerd, gaf hem het vrij geruststellende gevoel dat er met de luitenant alles bij elkaar wel te praten viel, als je hem op 'zijn' terrein maar niet uitdaagde.

Maar toen hij in het bureau van de jefe werd voorgeleid en diens norse, weerbarstige gezicht zag, was hij lang niet meer zo zeker van het begrip en de welwillende aandacht die hij hoopte te ontmoeten. De jefe bood hem om te beginnen geen stoel aan, zoals hij de vorige maal had gedaan. Hij zat gemelijk en met samengetrokken wenkbrauwen achter de tafel met dezelfde rose sousmain vol zwarte sterrenzwermen, hetzelfde juweliersplateau met manchetknopen en dezelfde vuilblauwe dossiermappen onder hetzelfde verzilverde hoefijzer als presse-papier. Zijn tong bewoog binnen zijn gesloten mond voortdurend heen en weer, en Gustavo herinnerde zich dat de teniente naar het banket van de machtige, invloedrijke suikerfabrikanten was geweest. Blijkbaar had hij hinder van enkele etensrestjes die in zijn holle kiezen waren blijven zitten.

'Luitenant, ik geloof dat ik het recht heb te weten waarom u me hebt laten arresteren' begon Gustavo, vooraleer Albarillo iets tegen hem had kunnen zeggen. Het verraste hem zelf te horen hoe zwak en beverig van bange emotie zijn stem klonk. Het had niets weg van het krachtige protest dat hij had willen laten horen.

'Ik geloof dat ik het recht heb jou een klap op je schijnheilige smoel te geven, als jij volhardt in die belachelijke rol van Gods heilige martelaar' zei Albarillo. Hij keek niet op van het notitieblok dat hij voor zich had liggen en waarop hij, schijnbaar afwezig, een vet omlijnd klavertjevier zat te tekenen.

'Kunnen we niet tenminste beleefd tegen elkaar blijven?' zei Gustavo en hij was zich ervan bewust, dat hij er niet in slaagde de weerzin in zijn stem te onderdrukken.

Albarillo tekende het steeltje onder het klaverblad en voltooide op die tergend onaandoenlijke, laconieke toon van hem zijn gedachtengang: 'Ik stel me voor dat de Padre Celeste zijn neus wel zal ophalen voor een martelaar die met een jonge guerillera naar bed gaat.'

'U weet heel goed dat die guerillera een van uw eigen spionnen is' zei Gustavo verontwaardigd. 'U hebt me in de val gelokt, en zij diende tot lokaas. Overigens, ik ben niet met haar naar bed gegaan. Ook dàt weet u heel goed.'
De jefe legde zijn bolpen neer: 'Je bent een verrekte stommeling. Jij kunt niet bewijzen dat zij een politiespionne is, maar wij kunnen wel bewijzen dat zij actief is geweest in de Ejército Revolucionario Popular en dat zij daarenboven seksuele betrekkingen met jou heeft gehad.'
'Dat is een schandelijke insinuatie' zei Gustavo. 'Ik heb geen betrekkingen van die aard met haar gehad, en dat kunt u ook niet bewijzen.'
'O nee? Als ik niet onbescheiden ben' merkte Albarillo ironisch op, 'mag ik dan vragen wat je in die amueblado deed in het intieme gezelschap van die halfnaakte jongedame?'
Hij zag Gustavo met een venijnig lachje aan en gaf zelf het antwoord; 'Ik ben misschien een idioot, maar ik kan die compromittante situatie slechts op twee manieren uitleggen: ofwel ben jij een gluiperige smeerpruim, die het vijfde gebod aan zijn liederlijke laarzen lapt, ofwel was dat galante afspraakje in Cuco geënsceneerd ter camouflage van subversieve activiteiten. Het kan natuurlijk ook een combinatie van beide mogelijkheden zijn. De politiek en de liefde hebben wel een en ander met elkaar gemeen: het feit bijvoorbeeld dat ze alle twee uit overspannen denkbeelden geboren worden en dat ze alle twee van schaamteloze leugens gebruik maken om hun doel te bereiken.'
Gustavo begreep in wat voor een hopeloze situatie hij zich bevond. Wat hij ook verklaarde, het zou hem altijd voor de schenen springen. De jefe liet hem de keus tussen de galg en de giftbeker.
'Ik ben een Belgisch onderdaan' zei hij radeloos. 'Ik sta er op verhoord te worden in het bijzijn van een vertegenwoordiger van de Belgische ambassade.'
'De ambassadeur zal zich haasten om een zwijn als jij, dat

zijn land tot schande strekt, uit de modder te halen' zei Albarillo schamper. Op dezelfde toon ging hij voort: 'Zoveel weet ik overigens wel, dat jij onderworpen bent aan de jurisdictie van het bisdom, en niet aan die van het corps diplomatique. Waarom wil je nu opeens de bescherming van de diplomaten genieten? Ben je bang dat de bisschop je in de stront zal laten zitten, als hij hoort dat jij door de politie op heterdaad betrapt bent in een amueblado?' Hij stak een sigaret op, keek naar de deur die openging en vroeg aan de sergeant met de dikke, rosse wenkbrauwen, die kwam binnenzwaaien: 'Iets gevonden?'

'Niet veel bijzonders' zei de sergeant met een kauwende mond. 'Behalve zijn identiteitspapieren en een paar honderd pesos alleen maar dit blikken doosje.' Hij zette het trommeltje, dat Gilda's boodschap bevatte, op de rose vloeimap en de luitenant schroefde er het deksel af, haalde het strookje papier tevoorschijn en las wat er op geschreven stond. Hij grijnsde: 'Dat heeft ze heel handig gedaan. Ik zou er verdomd zelf in zijn gelopen.' Meteen stopte hij het kattebelletje weer in het doosje. 'Toch wel interessant, als bewijsmateriaal. Je kunt nooit weten.'

'Dat zou mijn dochtertje heel wat beter doen' zei de sergeant, doelend op het stuntelig getekende klavertjevier.

'Hoe oud is die dochter van je?' vroeg Albarillo.

'Negen' zei de sergeant, kauwend als een kameel. Zijn mond stond geen ogenblik stil.

'Jammer dat ze niet wat ouder is. Mijn hulpje is er vandoor, waarschijnlijk met de een of andere leegloper. Kun jij geen geschikte criada voor me opscharrelen?'

'Ik geloof wel dat ik iemand weet: de dochter van mijn conciërge.'

'Hoe oud is dat kind?'

'Drieëntwintig, en ze presenteert zich goed. Een lekkere brok, de veras. Zal ik haar eens langssturen?'

'Convenido.'

Het leek haast of Gustavo uit hun gedachten verdwenen was, of hij volkomen onbelangrijk was geworden nu ze hem als een weerloze prooi in hun greep hadden. Ze bleven rustig tegen elkaar staan kletsen, over koetjes en kalfjes, en toen ging de sergeant weg, geeuwend en met een scharnierende worstelaarstred.

Gustavo wachtte even en vroeg toen: 'Wat hebt u met me voor? Word ik uit het land gezet?'

De jefe drukte zijn sigaret uit in de asbak en zei: 'Diantre, we zijn niet gek. Wij lezen ook in de Europese kranten de spookachtig opgeschroefde verhalen van uitgewezen priesters, die een hoge borst opzetten over hun heldhaftig verzet tegen de Zaïrese, Braziliaanse, Columbiaanse, Uruguyaanse en Argentijnse dictaturen – zoals jullie dat noemen. We zouden verrekt stom zijn als we jou naar België terugstuurden en je de gelegenheid gaven om daar de martelaar voor de vrijheid uit te hangen ten koste van onze reputatie.'

Hij wond zich een weinig op: 'Jij denkt toch zeker niet dat wij een handje zullen helpen om van jou de Argentijnse Torres te maken? Qué ilusion!'

Gustavo keek met een starre blik langs hem heen door het raam. Zijn gedachten waren verward en er dansten af en toe vliegjes voor zijn ogen. Jezus, lam zonder vlek, laat deze beker aan mij voorbijgaan, bad hij. Het binnenplein met de oude, arduinstenen drenkbak en de palissade was rondom door booglampen verlicht. Het zag er schilderachtig en bijzonder vredig uit, bijna zoals het marktplein van een toeristendorp op een zwoele zomeravond.

'Teniente' zei hij in een laatste, wanhopige poging om de gevaarlijke, onberekenbare, onbewogen man tegenover hem te vermurwen, 'ik ben geheel in uw handen, ik ben aan uw willekeur overgeleverd, dat weet u en dat besef ik zelf ook wel. Waarom laat u me niet naar El Chocón gaan? Ik had op advies van de bisschop besloten mijn overplaatsing daarheen aan te vragen.'

'Ja, dat weet ik' zei Albarillo. 'Ik weet ook dat het advies van de bisschop beïnvloed werd door bepaalde suggesties van kolonel Perro. Maar de kolonel en ik verschillen nu eenmaal van mening over enkele tactische punten. Ik ben voorstander van een harde, meedogenloze aanpak. Ik heb geen medelijden met kerels zoals jullie, die als slijmzwammen op de rotte plekken van de Argentijnse samenleving woekeren. Jullie misbruiken niet alleen het Evangelie, maar ook het vertrouwen van onze regering. Als ik de vrije hand had, ik zou jullie als winterknollen inkuilen in het hart van de pampa. Ik zou jullie opslaan in een reusachtig massagraf en jullie over een jaar of tien als mest laten uitspreiden. Op die manier zouden jullie dit land tenminste nog een dienst kunnen bewijzen.'

De telefoon ging. Luitenant Albarillo nam de hoorn op en zijn grimmige woordenvloed vol huiveringwekkende visioenen brokkelde af tot een onderdanig, welwillend gestamel: 'Si, Excelencia. En qué puedo servirle?... Eso es, Excelencia, logicamente... No hay problema, Excelencia...'

Gustavo deed zijn ogen dicht, overmand door een vreemd, zielverheffend gevoel van gelatenheid. Het leek hem zinloos zijn stem te verheffen tegen een denkwijze, waarin geen plaats was voor liefde en rechtvaardigheid, voor medelijden en vergiffenis. Hij voelde de spanning uit zijn lichaam wijken. Het was of hij tegen de hemel aanleunde, maar niet de hemel zoals hij die zich altijd had voorgesteld: een galerij vol licht onder een stralende regenboog. Het was alleen maar een koel, verkwikkend plekje, als een glinsterend bevroren ruit, waartegen zijn gloeiend voorhoofd rustte.

Terwijl de jefe de wensen en bevelen van Zijne Excellentie in ontvangst nam, haalde Gustavo de manchetknopen uit zijn hemd en legde ze met een voorzichtig gebaar op de rose sousmain, in de melkweg van zwarte inktspatten. Er kwam een kleine vrachtwagen het binnenplein oprij-

den en er sprongen enkele politiemannen uit, maar dat gebeurde aan de andere kant van de wereld, in een ver en
onbeschaafd ontwikkelingsland.